16	3	2	13
5	10	11	8
9	6	7	12
4	15	14	1

Coleção LESTE

Nikolai Leskov

HOMENS
INTERESSANTES
e outras histórias

Tradução, posfácio e notas
Noé Oliveira Policarpo Polli

editora■34

EDITORA 34

Editora 34 Ltda.
Rua Hungria, 592 Jardim Europa CEP 01455-000
São Paulo - SP Brasil Tel/Fax (11) 3811-6777 www.editora34.com.br

Copyright © Editora 34 Ltda., 2012
Tradução © Noé Oliveira Policarpo Polli, 2012

A FOTOCÓPIA DE QUALQUER FOLHA DESTE LIVRO É ILEGAL E CONFIGURA UMA
APROPRIAÇÃO INDEVIDA DOS DIREITOS INTELECTUAIS E PATRIMONIAIS DO AUTOR.

Imagem da capa:
Boris Kustodiev, Briga às margens do rio Moscou, *1897*

Capa, projeto gráfico e editoração eletrônica:
Bracher & Malta Produção Gráfica

Revisão:
Lucas Simone
Cide Piquet
Cecília Rosas

1ª Edição - 2012, 2ª Edição - 2014 (1ª Reimpressão - 2021)

CIP - Brasil. Catalogação-na-Fonte
(Sindicato Nacional dos Editores de Livros, RJ, Brasil)

Leskov, Nikolai, 1831-1895

L724h   Homens interessantes e outras histórias /
Nikolai Leskov; tradução, posfácio e notas de
Noé Oliveira Policarpo Polli — São Paulo:
Editora 34, 2014 (2ª Edição).
328 p. (Coleção Leste)

ISBN 978-85-7326-497-5

1. Literatura russa. I. Polli, Noé Oliveira
Policarpo. II. Título. III. Série.

CDD - 891.73

HOMENS INTERESSANTES
E OUTRAS HISTÓRIAS

1. A sentinela 7
2. O velho gênio 31
3. Homens interessantes 43
4. O expele-diabo 121
5. O artista dos topetes 139
6. A fera 171
7. O papão 197

Sobre os contos 264

Leskov, humanista e satírico,
   Noé Oliveira Policarpo Polli 279

Traduzido do original russo, de Nikolai Semiónovitch Leskov, *Sobránie sotchiniénii v odínnadtsati tomakh* [Obras reunidas em onze volumes], Moscou, Gossudárstvennoie Izdátelstvo Khudójestvennoi Literaturi, 1958.

As notas do autor fecham com (N. do A.); as da edição russa, com (N. da E.); e as do tradutor, com (N. do T.).

A SENTINELA

I

O acontecimento cujo relato oferecemos abaixo à atenção dos leitores é comovente e terrível pelas consequências para a personagem principal da história, e o desfecho do caso é tão original, que algo semelhante dificilmente seria possível em qualquer lugar que não na Rússia.

É uma anedota em parte cortesã e em parte histórica, que caracteriza bem os costumes e a orientação dos anos trinta do século que se encerra, época muito interessante mas extremamente pobre em fatos dignos de nota.

De invenção, no relato entrante, não há nem um tiquinho.

II

No inverno de 1839, perto do Dia de Reis, houve em Petersburgo um forte degelo. Foi um tamanho desnevetimento generalizado, que ficou parecendo primavera: a neve derretia-se, gotejava dos telhados à tarde, e o gelo, nos rios, azulecera e mudara em água. No rio Nievá, bem em frente ao Palácio de Inverno, havia áreas livres de gelo, e profundas. Do oeste soprava um vento morno, mas muito forte: o vento do litoral crispava a água, e os canhões davam salvas.

A guarda do palácio era feita por uma companhia do regimento Izmáilov, brilhantemente comandado por um oficial jovem e muito bem colocado na sociedade, Nikolai Ivánovitch Miller (posteriormente, general do exército e diretor de liceu). Esse era um homem de orientação, como se diz, "humanista", a qual se lhe notara havia tempos e que o prejudicava um tanto na carreira, no conceito dos superiores.

Na verdade, Miller era consciencioso e de confiança, e a guarda do palácio, nos tempos de então, não representava nenhum perigo. Era uma época calma e tranquila. Da guarda do palácio não se exigia nada além duma pontual ocupação dos postos de sentinela, mas foi aí, no serviço de guarda do capitão Miller no palácio, que aconteceu um caso extraordinário e alarmante, que quase não costumam recordar os poucos contemporâneos ainda vivos.

III

A guarda corria bem: postos distribuídos, sentinelas cada uma no seu lugar, tudo em perfeita ordem. O soberano Nikolai Pávlovitch estava bem de saúde, à tarde fora passear de carruagem, voltara ao palácio e recolhera-se. Com ele, adormecera também o palácio. Corria a mais tranquila das noites. No corpo da guarda, reinava o silêncio. O capitão Miller prendeu com alfinetes o seu lenço branco ao espaldar alto e, como é tradição, sempre ensebado da poltrona de oficial e sentou-se para matar o tempo com um livro.

N. I. Miller era um leitor voraz e, por isso, não se entediava; à leitura, nem notava o deslizar da noite; mas, de repente, perto das duas da madrugada, foi sobressaltado por um terrível transtorno: a ele apresentou-se o suboficial da ronda e este, pálido que nem um cadáver, todo apavorado, balbuciou, atropelando as palavras:

— Uma desgraça, Vossa Nobreza, aconteceu uma desgraça!

— Que foi?!

— Aconteceu uma terrível infelicidade!

N. I. Miller levantou-se de salto, numa aflição indescritível, e mal conseguiu entender direito em que precisamente consistiam a "desgraça" e a "terrível infelicidade".

IV

O caso consistia no seguinte: uma sentinela, soldado do regimento Izmáilov, de sobrenome Póstnikov, durante o seu turno junto à atual entrada Iordánskaia do palácio, ouviu que, no espaço degelado do Nievá à sua frente, se afogava uma pessoa, que gritava desesperadamente por socorro.

O soldado Póstnikov, filho de servos da gleba, era pessoa muito nervosa e muito sensível. Ficou longo tempo a escutar os distantes gritos e gemidos do desgraçado e foi caindo em torpor. Estarrecido, percorria para lá e para cá com o olhar todo o espaço visível da rua marginal ao rio e nem aí nem no Nievá conseguia enxergar vivalma.

Ninguém podia socorrer o infeliz, que estava fadado a afogar-se...

Enquanto isso, o desgraçado continuava a lutar tenazmente.

Parecia que só lhe restava ir para o fundo, sem despender mais forças, mas não! Os seus gemidos desfalecidos e gritos por ajuda ora se entrecortavam e cessavam, ora novamente se faziam ouvir, e, ademais, cada vez mais perto da margem em frente à sentinela. A pessoa, pelos vistos, ainda não se rendera ao desespero e seguia o rumo certo, indo diretamente à luz dos lampiões, mas, evidentemente, apesar de tudo, não se salvaria, porque precisamente por aquele caminho daria no *prórub*[1] da Iordánskaia. Ali, um mergulho sob o gelo e acabou-se tudo... E de novo o silêncio e, um minuto após, o agitar-se nas águas e os gemidos: "Salvai-me, salvai-me!". E agora já tão perto que até se podia ouvir o seu debater-se na água...

O soldado Póstnikov ficou a pensar que seria muito fácil salvar aquela pessoa. Era correr até o gelo e o desgraçado ali estaria. Atirar-lhe uma corda, ou estender uma vara, ou oferecer o fuzil, e ele estaria salvo. Ele estava tão perto que conseguiria agarrar-se e saltar para fora. Mas Póstnikov lembrava-se bem do serviço e do juramento: sabia que ele era uma sentinela e que uma sentinela por nada, sob nenhum pretexto, abandona o seu posto.

Já por outro lado, o coração de Póstnikov rebelara-se: doía tanto, batia tanto, parava tanto... Vontade de arrancá-lo do peito e pisotear, tamanho o desassossego feito daqueles gemidos e berros... Terrível ouvir outra pessoa morrer, e não dar ao moribundo nenhuma ajuda, quando, propriamente falando, pra isso existe a mais completa possibilidade, porque a guarita não ia fugir do lugar e nenhuma outra coisa de mau poderia acontecer. "Corro ou não corro, hein?... Será que vão ver? Ah, Senhor, termina logo com isto! Outro gemido..."

Na meia hora que aquilo durou, o soldado Póstnikov martirizou-se de coração e começou a experimentar as "dúvidas da razão". E ele era um soldado inteligente e consciencioso, de raciocínio lúcido, e entendia perfeitamente que abandonar o posto era uma tamanha falta por parte da sentinela, que dava corte marcial na hora, com o lombo depois no corredor das vergastadas e os trabalhos forçados, e quem

---

[1] Abertura feita com machado no gelo dos rios e lagos para coleta de água, lavagem de roupa, pesca e até banho. (N. do T.)

sabe até "fuzilamento"; mas, vindos do rio avolumado, de novo iam chegando, cada vez mais perto, gemidos e um balbucio desesperado.

— Ai que me afogo!... Socorro, que me afogo!

Bem onde ficava o *prórub* da Iordánskaia... Fim de tudo!

Póstnikov olhou mais duas vezes para todos os lados. Nem vivalma em nenhum lugar, só os lampiões oscilavam com o vento e tremeluziam, e com o vento chegava, entrecortado, esse grito... talvez o derradeiro grito.

Mais um ruído de água agitada, mais um grito sofrido, e, depois, só *glugluglu*.

A sentinela não aguentou e abandonou o seu posto.

V

Póstnikov precipitou-se para as pranchas, correu com o coração endoidecido para o gelo, pulou na água e, vendo onde se debatia o infeliz, esticou-lhe a coronha do seu fuzil.

O homem agarrou nela, e Póstnikov foi puxando-o pela baioneta e tirou-o para a margem.

Salvado e salvador estavam inteiramente ensopados, e como o salvado estava terrivelmente exausto, o seu salvador, o soldado Póstnikov, achou por bem não deixá-lo no gelo e conduziu-o para a rua e ficou a ver a quem confiar o infeliz. Enquanto isso acontecia, na rua apareceu um trenó, em que estava um oficial do destacamento de inválidos adjunto à corte (depois, dissolvido).

Esse cidadão, que chegava em tamanha má hora para Póstnikov, era, é de se supor, uma pessoa de caráter muito leviano, e para além disso, um tanto atrapalhada, e um descarado dos bons. Ele pulou do trenó e foi perguntando:

— Quem é esse homem... quem são vocês?

— Estava a afogar-se — disse Póstnikov.

A sentinela

— Como assim, a afogar-se? Quem se afogava? E por que estais aqui?

Este virou-se por um instante, e já Póstnikov sumira: ele fizera o "ombros arma" e de novo se postara na guarita.

Deu o oficial ou não pela coisa, o fato é que parou de fazer perguntas e pôs na hora a pessoa salva no seu trenó e foi com ela para a rua Morskaia, onde ficava o posto de polícia do almirantado.

Ali, o oficial declarou ao comissário que a pessoa molhada estava a afogar-se no Nievá, em frente do palácio, e tinha sido salva por ele, um oficial, que tinha arriscado a própria vida.

O infeliz estava todo molhado, com frio e sem forças. Do susto e dos terríveis esforços, caíra em estado de desmemoriação, e para ele não fazia diferença quem o tinha salvado ou não.

O enfermeiro da polícia prestou-lhe cuidados, enquanto no escritório se fazia o protocolo das declarações do oficial inválido, e os agentes da polícia, com a sua desconfiança característica, ficavam a imaginar como é que o militar saíra sequinho da água. O oficial, que tinha o desejo de receber uma medalha "por salvar uma pessoa em risco de morte", explicou isso por uma feliz coincidência, mas explicou de modo incoerente e nada plausível. Acordaram o comissário, mandaram fazer diligências.

Enquanto isso, no palácio, o caso tinha já formado outras correntes, fortes.

VI

No corpo da guarda do palácio, esses desdobramentos todos após a colocação do quase afogado no trenó do oficial eram desconhecidos. Lá, o oficial e os soldados do regimento

Izmáilov sabiam só que um soldado deles, Póstnikov, depois de largar a guarita, tinha ido salvar um sujeito e que, como isso era uma grande infração às obrigações militares, agora ia sem falta para julgamento e para as pauladas, e que todo o mundo de mando, dos comandantes de companhia até o comandante do regimento, todos agora teriam terríveis aborrecimentos, em que não era possível dizer nada nem de objeção nem de justificação.

O molhado soldado Póstnikov, tremendo, nem é preciso dizer, foi na hora tirado do posto e levado para o corpo da guarda; ali, contou francamente a N. I. Miller tudo o que é do nosso conhecimento, e com todos os pormenores, que chegavam até ao passo em que o oficial inválido pôs o quase afogado no seu trenó e mandou o cocheiro tocar depressinha para o posto de polícia do almirantado.

O perigo ia ficando cada vez maior e mais inevitável. Evidentemente, o oficial inválido contaria tudo ao comissário, que levaria o caso ao conhecimento do chefe da Polícia, Kokóchkin, e este cedinho prestaria contas do serviço ao soberano, e aí o negócio ia "esquentar".

Não havia tempo para muitas voltas à moleira, era preciso pôr os superiores no meio.

Nikolai Ivánovitch Miller mandou imediatamente um bilhete alarmado ao comandante do seu batalhão, Svíniin, no qual pedia vir o mais depressa possível ao corpo da guarda do palácio e ajudar como pudesse na terrível desgraça acontecida.

Isso foi já perto das três horas da madrugada, e Kokóchkin iria com o relatório ao soberano bem cedinho, de jeito que para todas as cogitações e ações restava pouco tempo.

A sentinela

VII

O tenente-coronel Svíniin não tinha a compaixão e a brandocoraçonância que distinguiam Nikolai Ivánovitch Miller: Svíniin não era uma pessoa desalmada, mas sobretudo, e mais do que tudo, era um "caxias" (tipo que hoje em dia é recordado com pena).[2] Svíniin distinguia-se pelo rigor e até gostava de fazer alarde das exigências de disciplina. Não tinha queda para o mal e a ninguém procurava causar sofrimento em vão; mas, se a pessoa infringisse qualquer norma que fosse do serviço, então Svíniin era inexorável. Achava sem cabimento entrar na discussão dos impulsos que dirigiram as ações do culpado e seguia a regra de que, no serviço, toda a culpa é culpada. Por isso, no pelotão de guarda, todos sabiam o que esperava o soldado Póstnikov pelo abandono do posto, que ele aguentaria firme e que Svíniin não choraria pelo fato.

Desse jeito era conhecido esse oficial de Estado-maior pelos superiores e camaradas, entre os quais havia gente que não simpatizava com Svíniin, porque então ainda não sumira totalmente o "humanismo" e outras equivocações. Svíniin não ligava se os "humanistas" o recriminavam ou elogiavam. Pedir e implorar a Svíniin ou até tentar despertar compaixão nele era tempo perdido. Contra tudo isso ele recebera a têmpera rija das pessoas carreiristas daquela época, mas ele também, como Aquiles, tinha o seu ponto fraco.

Svíniin também tinha uma carreira de serviço bem começada, que ele, claro, defendia escrupulosamente e não media esforços para que nela, tal qual na sua farda de parada, não caísse nenhum grãozinho de poeira; era assim, mas o

---

[2] Gíria militar: indivíduo que coloca o cumprimento do regulamento disciplinar acima de tudo e esmera-se no cuidado do uniforme, tudo fazendo para manter a sua ficha limpa. (N. do T.)

desatino infeliz de uma pessoa do batalhão a ele confiado ia sem falha pôr uma nódoa na disciplina de toda a sua tropa. Se o comandante do batalhão tinha culpa ou não tinha culpa pelo que fizera um dos seus soldados, levado pela mais nobre compaixão, lá em cima não iam querer saber aqueles dos quais dependia a bem começada e bem cuidada carreira de serviços de Svíniin, ainda mais que muitos até com gosto lhe poriam um tropeço sob os pés, para abrir caminho para um parente ou empurrar à frente algum protegido, no caso de o soberano ficar zangado e acabar dizendo ao comandante do batalhão que ele tinha "oficiais moles" e que com eles "as pessoas ficaram relaxadas". E quem fez a trapalhada? Svíniin. E era aquilo o que todos repetiriam, que "Svíniin é mole", e a pecha de fraqueza ficaria como nódoa indelével na reputação dele, Svíniin. Ele não conseguiria, então, aparecer nem com a mínima relevância entre os seus contemporâneos e não conseguiria deixar o seu retrato na galeria das personagens históricas do Estado russo.

Na época, as pessoas estudavam muito pouco a História, mas, apesar disso, criam nela e de muito bom grado esforçavam-se por contribuir para a sua construção.

VIII

Tão logo Svíniin recebeu, lá pelas três horas, o bilhete alarmado do capitão Miller, ele levantou-se dum pulo da cama, vestiu a farda e, sob o efeito do medo e da fúria, chegou ao corpo da guarda do Palácio de Inverno. Ele interrogou o soldado Póstnikov e convenceu-se de que a incrível história tinha realmente acontecido. O soldado Póstnikov contou de novo com toda a franqueza tudo o que acontecera no seu turno e o que ele já dissera antes ao seu comandante de batalhão, Miller. O soldado disse que ele "era culpado pra Deus e pro tsar sem misericórdia", que estava no seu turno e que aí começou a ouvir os gritos duma pessoa no Nievá, sofreu um tempão, ficou um tempão na luta entre o dever de serviço e a compaixão e aí, por fim, veio a tentação pra cima dele e ele não aguentou a luta: largou a guarita, pulou no gelo e puxou o desgraçado para a margem e ali, para mal dos seus pecados, apareceu, de passagem, um oficial do destacamento de inválidos do palácio.

O tenente-coronel Svíniin estava desesperado: tirou pra si a única reparação possível no caso, descarregando a sua fúria em Póstnikov, que mandou dali mesmo, na hora, para a cadeia, e depois disse umas mordacidades ao capitão Miller, censurando a sua "humanéria", a qual não prestava para nada no serviço militar; mas isso tudo não bastava para consertar o negócio. Achar, se não uma justificação, então pelo menos uma desculpa para uma sentinela largar o seu posto era impossível, e restava só uma saída: esconder toda a história do soberano.

Mas era possível esconder um negócio daqueles?

Parecia impossível, já que o salvamento do sujeito era já do conhecimento não só de todas as sentinelas, mas também daquele odioso oficial inválido, que àquela altura já tinha conseguido levar tudo ao conhecimento do general Kokóchkin.

Para onde galopar agora? A quem apelar? A quem pedir ajuda e defesa?

Svíniin queria pegar o cavalo e ir falar ao grande príncipe Mikhail Pávlovitch e contar-lhe toda a história com franqueza. Manobras dessas, na época, estavam em voga. O grande príncipe podia, pelo seu caráter impetuoso, ficar brabo e gritar, mas o seu feitio e costume eram tais, que, com quanto mais força fosse logo soltando rispidezes e até pusesse a pessoa abaixo do chão, tanto mais depressa ele ficava com dó e intercedia pelo sujeito. Ocasiões assim tinham acontecido não poucas, e, às vezes, eram procuradas de propósito. "Palavrões e ralhos não ficam no portão",[3] e Svíniin queria muito levar o negócio para essa situação favorável, mas quem ia entrar no palácio no meio da noite e incomodar o grande príncipe? Agora, esperar a manhã e apresentar-se a Mikhail Pávlovitch depois que Kokóchkin já tivesse ido ao soberano, aí já seria tarde demais. E, enquanto se debatia com tais dificuldades, Svíniin foi acalmando-se, e a sua inteligência começou a lobrigar mais uma saída, uma que até então ficara escondida na neblina.

IX

Entre as manobras militares conhecidas, existe uma que consiste em, no minuto do maior perigo vindo das muralhas da fortaleza cercada, não afastar-se, mas, ao contrário, ir para junto delas. Svíniin decidiu não fazer nada das coisas que lhe tinham vindo à cabeça de começo, mas ir imediatamente falar direto a Kokóchkin.

Do chefe da polícia Kokóchkin em Petersburgo diziam um monte de horrores e disparates, mas, entre os tantos e os tais, afirmavam que ele tinha um admirável tino multilateral e que, com a colaboração desse tal tino, "sabia fazer um elefante duma mosca e, com a mesma facilidade, sabia fazer uma mosca dum elefante".

Kokóchkin era de fato muito severo e terrível e metia

---

[3] Ditado russo com o significado de que não devemos prestar atenção aos impropérios, injúrias e palavrões que se nos digam, e aguentá-los serenamente e não nos ofendermos, porque as palavras ditas vão-se com o vento, esquecem-se (não ficam escritas no portão). Alude-se ao fato de que, na Rússia antiga, era costume passar breu nos portões da casa das pessoas que tivessem cometido esta ou aquela falta ou patifaria. (N. do T.)

A sentinela

um medo grande em toda a gente, mas ele, às vezes, fazia olhos grossos pras coisas dos maganões e bons trocistas do meio militar, e olha que de maganões desses existia um monte naquele tempo, e mais duma vez aconteceu eles encontrarem, na sua pessoa, um defensor poderoso e ardente. No geral, ele podia muito e conseguia fazer muito, mas tinha de ter vontade. Era desse jeito que era conhecido por Svíniin e Miller. Miller também fermentou a coragem do seu comandante de batalhão de ir imediatamente falar a Kokóchkin e confiar-se na sua magnanimidade e no seu "tino multilateral".

X

Acordaram o chefe da polícia Kokóchkin e falaram-lhe de Svíniin, que vinha por um assunto importante e urgente.

O general levantou-se imediatamente e foi atendê-lo, esfregando a testa e bocejando, todo encolhido. Tudo o que Svíniin lhe contou ele escutou com muita atenção, mas também com serenidade. Durante todo o tempo de explicações e pedidos de indulgência, ele disse apenas uma coisa:

— O soldado abandonou a guarita e salvou uma pessoa?

— Exatamente isso — respondeu Svíniin.

— E a guarita?

— Durante todo esse tempo ficou sem ninguém.

— Hum... Eu sabia que ficara sem ninguém. Ainda bem que ninguém a levou embora.

A conversa fez Svíniin convencer-se ainda mais de que Kokóchkin estava já ciente de tudo e, claro, já decidira de que maneira, pela manhã, contaria a história ao soberano e que não mudaria a sua decisão. Senão, um acontecimento daqueles, como o abandono do posto por uma sentinela da guarda do palácio, deveria, sem dúvida, deixar o enérgico chefe da polícia muito mais preocupado.

Mas Kokóchkin não sabia de nada. O comissário de polícia, a quem se apresentara o oficial inválido com o quase afogado, não vira no sucedido nenhuma importância especial. Aos seus olhos, aquilo tudo nem era coisa para ele ir incomodar o seu cansado superior tarde da noite e, para além disso, o próprio acontecimento parecia-lhe muito suspeito, porque o oficial inválido estava com a roupa sequinha, sequinha, o que não podia ser para quem tivesse salvado alguém de afogar-se com risco para a própria vida. O comissário via, nesse oficial, apenas um ambicioso e mentiroso, que queria mais uma medalha no peito, e, por isso, enquanto o escrivão apalavrava o protocolo, o comissário retinha o oficial e tentava arrancar dele a verdade, com perguntas acerca dos mínimos pormenores.

O comissário também não estava nada satisfeito com o fato de o negócio ter acontecido na sua jurisdição e o infeliz ter sido salvo não por um polícia, mas por um oficial do palácio.

A calma de Kokóchkin tinha uma explicação simples; em primeiro lugar, o terrível cansaço que sentia naquele momento, depois da correria de um dia inteiro e da participação noturna no apagamento de dois incêndios, e, em segundo, o negócio feito pela sentinela Póstnikov não dizia respeito diretamente a ele, como chefe da polícia.

A propósito, Kokóchkin deu de imediato a ordem correspondente. Mandou irem ao posto do almirantado com ordem para que o comissário se apresentasse sem demora a ele, trazendo o oficial inválido e o quase afogado, e pediu a Svíniin que o esperasse na antessala do gabinete. Em seguida, Kokóchkin foi para o gabinete e, com a porta aberta, sentou-se à mesa e, mal tendo começado a assinar uns papéis, apoiou a cabeça nas mãos e adormeceu.

A sentinela

XI

Naqueles tempos, na cidade não havia telégrafo nem telefone, e para a corremunicação das ordens das autoridades galopavam, em todas as direções, "quarenta mil mensageiros", dos quais ficou a eterna lembrança na comédia de Gógol.[4]

Isso, lógico, não era rápido como o telégrafo e o telefone, mas, em compensação, punha na cidade uma grande animação e testemunhava a vigilância diuturna das autoridades.

Enquanto chegavam do almirantado o resfolegante comissário e o oficial salvador com o quase afogado, o nervoso e enérgico general pôde cochilar e recompôs-se. Isso via-se na expressão da sua cara e na manifestação das suas capacidades mentais.

Kokóchkin chamou os chegados ao gabinete e convidou também Svíniin.

— O protocolo? — perguntou laconicamente, com voz refeita, Kokóchkin ao comissário.

O comissário entregou-lhe uma folha de papel dobrada e disse baixinho:

— Devo pedir permissão a Vossa Excelência para dizer umas palavras em segredo...

— Está bem.

Kokóchkin afastou-se em direção à janela, e o comissário atrás.

— Que foi?

Ouviram-se o cochicho indistinto do comissário e os claros grasnidos do general...

— Hum... Pois, pois! Mas como é que pode uma coisa

---

[4] Referência à peça *O inspetor geral*, de Nikolai Gógol (1809-1852). (N. do T.)

dessas?... Pode ter sido isso... Ele insiste que saiu sequinho... Mais alguma coisa?

— Mais nada, Vossa Excelência.

O general voltou à mesa, sentou-se e começou a ler. Ele leu o protocolo para si, sem manifestar nem medo nem dúvidas, e em seguida dirigiu-se diretamente ao salvado com uma pergunta alta e firme:

— Mas como foste cair na água em frente ao palácio, meu caro?

— Peço desculpa — respondeu o salvado.

— Pois então! Estavas bêbado?

— Peço desculpa, bêbado não estava, estava só um pouco bebido.

— Por que te meteste na água?

— Queria cortar caminho, atravessando pelo gelo, mas perdi o rumo e caí na água.

— Quer dizer, um breu diante dos olhos?

— Um breu, e um breu em volta também, Vossa Excelência!

— E tu não conseguiste ver quem te tirou da água?

— Peço desculpa, não consegui. Foi ele, parece.

Ele indicou o oficial e acrescentou:

— Eu não consegui ver, estava cego de medo.

— Pois aí está, ficais por aí a bater pernas, quando deveríeis estar na cama! Olha bem agora e guarda para sempre quem é o teu benfeitor. Uma nobre pessoa arriscou por ti a vida!

— Guardarei por toda a vida.

— O vosso nome, senhor oficial?

O oficial disse o seu nome.

— Ouviste?

— Ouvi, Vossa Excelência.

— Tu és ortodoxo?

— Ortodoxo, Vossa Excelência.

— Anota o nome, para orares pela saúde dele.

— Anotarei, Vossa Excelência.

— Ora aos céus por ele e vai-te daqui: estás dispensado.

O sujeito fez uma profunda reverência e saiu correndo, desmedidamente contente de o terem deixado ir-se.

Svíniin, de pé, estava perplexo com o rumo que a coisa toda tinha tomado com a graça dos céus!

XII

Kokóchkin dirigiu-se ao oficial inválido:

— Salvou essa pessoa, arriscando a própria vida?

— Exatamente, Vossa Excelência.

— O sucedido foi sem testemunhas, e, pelo adiantado da hora, nem podia havê-las, não?

— Sim, Vossa Excelência, estava escuro, e na avenida da margem do rio não havia ninguém, para além das sentinelas.

— De sentinelas nem se fale; a sentinela guarda o seu posto e não deve distrair-se com nenhuma outra coisa. Eu acredito no que está escrito no protocolo. É o que o senhor declara, não?

Kokóchkin proferiu essas palavras com uma acentuação especial, como se fizesse uma ameaça ou levantasse a voz.

O oficial, porém, não se intimidou e, arregalando os olhos e enchendo o peito, respondeu:

— Palavras minhas e consoantes com a verdade, Vossa Excelência.

— O seu ato é digno de uma condecoração.

O oficial começou a fazer mesuras de gratidão.

— Não há por que agradecer — continuou Kokóchkin —, comunicarei o seu abnegado ato ao soberano imperador, e o seu peito talvez ainda hoje seja adornado com uma medalha. Mas agora pode ir para casa, beba alguma coisa quente e não saia para lugar nenhum, que ainda pode ser-nos necessário.

O oficial inválido ficou radiante, fez uma reverência e saiu. Kokóchkin seguiu-o com o olhar e disse:

— É capaz de o soberano querer vê-lo.

— Sim, senhor — respondeu o comissário.

— O senhor está dispensado.

O comissário saiu e, ao fechar a porta atrás de si, por um costume de devoção, imediatamente benzeu-se.

O oficial inválido ficara a esperar pelo comissário, e os dois foram-se juntos, em tratos mais cordiais do que no caminho para lá.

No gabinete do comandante da polícia ficou apenas Svíniin, a quem Kokóchkin primeiro lançou um olhar demorado, fixo, e depois disse:

— Não terá o senhor ido procurar o grande príncipe?

Naqueles tempos, quando se falava de grande príncipe, todos sabiam que se tratava do grande príncipe Mikhail Pávlovitch.

— Eu vim direto ao senhor — respondeu Svíniin.

— Quem é o comandante da guarda?

— O capitão Miller.

Kokóchkin de novo lançou um olhar a Svíniin e depois disse:

— O senhor, parece, antes contou-me uma história diferente.

Svíniin nem sequer entendeu do que se tratava e ficou calado, e Kokóchkin acrescentou:

— Não importa; tenha um bom sono.

A audiência terminara.

A sentinela

XIII

À uma da tarde, o oficial inválido foi realmente chamado de novo a Kokóchkin, o qual declarou-lhe muito amigavelmente que o soberano estava muito satisfeito de saber que, entre os oficiais do destacamento de inválidos do seu palácio, havia gente tão vigilante e abnegada, e concedia-lhe uma medalha "por salvar uma pessoa em risco de morte". E mais, Kokóchkin condecorou de próprio punho o herói,[5] e este foi fazer ostentação da medalha. O caso, então, podia considerar-se acabado, mas o tenente-coronel Svíniin sentia nele sei lá que lacuna e achou-se conclamado a pôr *point sur les i*.[6]

A sua tribulação fora tamanha, que ele passou quatro dias de cama; no quarto levantou-se, foi à igreja, desfiou uma ladainha de graças diante do ícone do nosso redentor e, chegando a casa com o coração sossegado, mandou chamarem o capitão Miller.

— Pois é, graças a Deus, Nikolai Ivánovitch — disse ele a Miller —, a tempestade que estava em cima de nós passou por completo, e o nosso infeliz caso da sentinela arranjou-se direitinho. Agora, parece, podemos respirar sossegados. Isso tudo a gente deve, sem dúvida, à misericórdia divina, em primeiro lugar, e, em segundo, ao general Kokóchkin. Falam por aí que ele é mau e que não tem coração, mas eu só sei agradecer a sua generosidade e admirar a sua presença de espírito e tato. Ele usou dum jeito a gabolice daquele bilontra inválido! E, para falar a verdade, pelo descaramento, era não para agraciar o sujeito com uma medalha, mas arrancar-lhe o couro a chicotadas numa estrebaria, mas não havia outro

---

[5] No original, em vez do mais apropriado *sobstvennolítchno* ("pessoalmente"), Leskov usa *sobstvennorútchno* ("de próprio punho"). (N. do T.)

[6] Em francês, no original: "os pingos nos *is*". (N. do T.)

jeito: era preciso usar o patife para a salvação de muitos, e Kokóchkin ajeitou o negócio com tamanha inteligência, que para ninguém ficou aborrecimento, até pelo contrário: está todo o mundo contente e satisfeito. Cá entre nós, foi-me comunicado por uma pessoa digna de acreditação que o próprio Kokóchkin *estava muito satisfeito* comigo. Ele gostou de eu não ter ido a lugar nenhum, mas direto a ele, e não ter discutido com o patife que recebeu a medalha. Numa só palavra, ninguém saiu perdendo, e tudo foi feito com tamanho tato, que não temos do que ter medo daqui para a frente, mas nós dois temos ainda uma coisinha por fazer. Nós também devemos seguir com tato o exemplo de Kokóchkin e terminar o negócio da nossa parte para evitar qualquer coisa no futuro. Ficou ainda uma pessoa com uma situação que não seguiu todas as formalidades. Eu falo do soldado Póstnikov. Ele ainda está preso na cadeia e, sem dúvida, está a sofrer muito com a expectativa do que vai ser dele.

— Sim, já é tempo! — disse Miller.

— Pois é, e ninguém melhor do que o senhor para fazê-lo: por favor, vá imediatamente para o quartel, reúna o seu pelotão, tire o soldado Póstnikov da reclusão e puna-o na frente de todos com duzentas chibatadas.

XIV

Miller ficou muito admirado e tentou mover Svíniin, para a alegria geral, a ter clemência com o soldado Póstnikov e perdoá-lo completamente, posto que já sem punição tinha sofrido muito na prisão à espera do que lhe viria; Svíniin, porém, esquentou-se e nem deixou Miller continuar:

— Não — interrompeu ele —, pode parar, eu acabei de falar-lhe de tato, e lá vem o senhor com falta de tato! Pare com isso!

Svíniin mudou para um tom mais seco e oficial e acrescentou com firmeza:

— E como nessa história o senhor também não está totalmente com a razão e até é muito culpado, porque tem uma delicadeza que não fica bem num militar e esse defeito do seu caráter se reflete na disciplina dos seus subordinados, então eu ordeno que esteja presente ao castigo e que as chibatadas sejam para valer... com o máximo rigor possível. Para isso, providencie de modo que o castigo seja encargo de soldados jovens dos recém-incorporados, porque todos os nossos veteranos estão contaminados do liberalismo da guarda quanto a isso: eles não açoitam um camarada como deve ser, eles só espantam as pulgas do lombo do sujeito. Irei pessoalmente e olharei pessoalmente como o culpado será "feito".

Esquivar-se da ordem que fosse, vinda de um superior, nem precisa dizer, era coisa fora de questão, e o capitão Miller, com o seu coração brando, tinha de cumprir direitinho a ordem do comandante do seu batalhão.

A companhia estava em forma, no pátio do quartel Izmáilov, do almoxarifado tinham sido trazidas chibatas em quantidade suficiente, e o soldado Póstnikov, conduzido da cadeia para ali, "foi feito", com a aplicada colaboração dos seus jovens camaradas recém-incorporados. Os recrutas, gente ainda não estragada pelo liberalismo da guarda, puseram-lhe à perfeição todos os pingos *sur les i* que o comandante do batalhão prescrevera. Na continuação, o castigado Póstnikov foi levado direto dali para a enfermaria do regimento, no capote sobre o qual fora açoitado.

XV

O comandante de batalhão Svíniin, ao ser informado do cumprimento da punição, foi na hora, paternalmente, visitar

Póstnikov na enfermaria e, para o seu agrado, verificou, da maneira mais convincente, que a sua ordem se cumprira à perfeição. O piedoso e nervoso Póstnikov tinha sido "feito como rezava a cartilha". Svíniin ficou satisfeito e mandou que ao punido Póstnikov fossem dados, em seu nome, uma libra de açúcar e um quarto de libra de chá, para que ele pudesse aprazerar-se enquanto estivesse em convalescença. Póstnikov, deitado numa maca, ouviu a instrução acerca do chá e respondeu:

— Estou muito sastifeito, vossincelência, agradeço a bonavolença paternal.

E ele estava realmente "sastifeito", porque, nos três dias passados no cárcere, ele esperara por coisa muito pior. Duzentas chibatadas, nos rijos tempos de outrora, eram pouco em comparação com as punições que as pessoas sofriam por sentença de corte marcial; uma tal punição é que teria sido dada a Póstnikov, se, para a sua dita, não tivessem sido feitas todas as ousadas manobras táticas que foram acima referidas.

Mas o número de satisfeitos com o acontecimento relatado não parou por aí.

XVI

À boca pequena, o feito do soldado Póstnikov espalhou-se pelos vários círculos da capital, que, naquele tempo de afonia impressa, vivia numa atmosfera de mexericos intermináveis. Nos relatos orais, o nome do verdadeiro herói, soldado Póstnikov, perdera-se, mas, em contrapartida, a epopeia em si inflou-se e ganhou um caráter muito interessante, romântico.

Diziam que dos lados da fortaleza de Pedro e Paulo viera pelo rio um nadador extraordinário, contra quem uma das sentinelas do palácio disparara, ferindo-o, e que um oficial inválido que por ali passava se atirara na água e o salvara, pelo que receberam: um, a devida condecoração; o outro, a merecida punição.

Esse boato disparatado chegou ao palácio do prelado, homem cauteloso e não indiferente aos "acontecimentos mundanos" e de benévola simpatia pela devota família moscovita dos Svíniins.

Ao perspicaz prelado era obscura a história do disparo. Que raios de nadador noturno era aquele? Se ele era um cativo em fuga, então por que é que tinham punido a sentinela, que cumprira o seu dever, disparando contra ele, quando este da fortaleza cruzava o Nievá? Se ele, então, não era um recluso, mas uma pessoa qualquer que, portanto, era preciso salvar das águas do Nievá, então como é que a sentinela podia saber dela? Pois então, mais uma vez, era impossível que as coisas tivessem sido como no mundo se tagarelava. No mundo, as pessoas pegam muita coisa de modo extremamente leviano e "dão à língua", mas quem vive nos mosteiros e nos palácios de prelado encara tudo dum jeito muito mais sério e conhece a verdadeira essência dos assuntos mundanos.

XVII

Certa vez, quando calhou Svíniin estar na residência do prelado para tomar dele a bênção, o honorável anfitrião veio com a conversa "a propósito do disparo". Svíniin contou toda a verdade, na qual, como sabemos, não havia nada parecido com o que se dizia "a propósito do disparo".

O monsenhor escutou o verdadeiro relato das coisas em silêncio, bulindo levemente com as contas branquinhas do seu rosário e sem tirar os olhos de Svíniin.

Quando Svíniin terminou, o prelado proferiu, em manso gorgolejo:

— Assim, é de mister concluir que, no caso em pauta, nem tudo nem em todos os lugares as coisas foram referidas consoante a inteira verdade?

Svíniin titubeou e depois respondeu com a evasiva de que o relatório do caso ao soberano fora não dele, mas do general Kokóchkin.

O prelado desfiou as contas do rosário por entre os dedos, várias vezes, e proferiu:

— É nosso dever distinguir o que é mentira e o que é meia verdade.

Novamente as contas do rosário, novamente silêncio, e, por fim, a voz em manso fluxo:

— Uma meia verdade não é mentira. Mas isso é o de menos.

— É realmente assim — começou Svíniin a dizer, incentivado. — A mim o que mais incomoda é que eu tive de castigar esse soldado, que, embora tivesse cometido uma infração...

As contas do rosário e o manso fluxo, que agora o cortou:

— O regulamento de serviço não deve jamais ser infringido.

— Sim, mas o soldado fez isso por um impulso de generosidade, por compaixão, e, para mais, com tanta luta e perigo: ele compreendia muito bem que, com a salvação da vida de outra pessoa, estava a arruinar a si próprio. Esse é um sentimento santo, elevado!

— Deus é que sabe o que é santo, e o castigo corporal das gentes do vulgo não sói matar e não contraria nem o costume dos povos nem o espírito da Sagrada Escritura. É muito mais fácil aguentar a vara de salgueiro num corpo rude do que um sofrimento sutil no espírito. Nisso, a justiça não sofreu nem um pouco com o senhor.

— Mas ele nem recebeu uma medalha por salvar uma pessoa da morte.

— Salvar alguém da morte não é mérito nenhum, é, isto sim, um dever. Quem podia salvar e não salvou, está sujeito à punição das leis, e quem salvou, cumpriu o seu dever.

Pausa, as contas do rosário e o manso fluxo:

— Para um guerreiro, sofrer uma humilhação e ferimentos por um seu feito pode ser muito mais útil do que ser exaltado com uma distinção. Mas o que há de mais importante nisso tudo é que é de mister cercar a história toda de muito cuidado e em absoluto, em nenhum lugar, mencionar de quem e por qual motivo se fala.

Pelo visto, também o prelado estava satisfeito.

XVIII

Se eu tivesse a audácia dos felizes eleitos do céu, a quem, pela sua grande fé, é dado penetrar os mistérios da providência divina, eu talvez me arrojasse a conjecturar que até o próprio Deus devia estar satisfeito com o comportamento da mansa alma por ele dada a Póstnikov. Mas a minha fé é pequena; ela não dá, ao meu intelecto, forças para enxergar algo tão elevado: eu sou aferrado ao terreno e ao carnal. Eu penso nos mortais, que amam o Bem pelo Bem em si e não esperam nenhuma recompensa pela prática dele, nem aqui nem em outro lugar que seja. Essas pessoas francas e firmes, creio, também devem estar inteiramente satisfeitas com o santo impulso do amor e com a não menos santa resignação do manso herói do meu relato, que foi feito com fidelidade aos fatos e sem artifícios.

(1887)

O VELHO GÊNIO

> "O gênio não tem idade: ele supera tudo o que detém as mentes comuns."
>
> La Rochefoucauld[1]

I

Há alguns anos, veio a Petersburgo uma velhinha, proprietária de terras, que tinha, como ela dizia, "um caso gritante". O caso era que ela, pela sua bondade de coração e simplicidade, puramente por compaixão, salvara da desgraça um janota da alta roda, hipotecando por ele a sua casinha, que era todo o patrimônio dela, da sua entrevada e aleijada filha e da neta. A casa fora hipotecada em quinze mil rublos, que o janota pegara inteirinhos, com a obrigação de liquidar a dívida no mais curto prazo.

A boa velhinha acreditara nisso, e fora difícil não acreditar, porque o devedor pertencia a uma das melhores famílias, tinha pela frente uma carreira brilhante e recebia boa renda das suas propriedades e bom salário como funcionário público.

A velhinha conhecera a mãe desse senhor e, em nome da velha benevolência, ajudou-o; ele partiu belo e feliz para Petersburgo, e em seguida, nem é preciso dizer, começou a brincadeira de gato e rato bastante comum em tais casos. Decorriam os prazos, a velhinha dava-se-lhe a lembrar por meio de cartas, no início as mais brandas, depois um pouco mais

---

[1] François La Rochefoucauld (1613-1680), escritor e pensador francês. (N. do T.)

duras e, por fim, passou a descompô-lo: dizia com indiretas que aquilo não era honesto, mas o devedor era sujeito calejado e não queria saber de nada, não respondia a carta nenhuma. Enquanto isso, o tempo corria, foi chegando o prazo do penhor, e diante da pobre mulher, que confiava terminar a estada na terra na sua casinha, descortinou-se a terrível perspectiva do frio e da fome com a filha aleijada e a netinha pequena.

A velhinha, em desespero, confiou a sua doente e a criança a uma boa vizinha, juntou as últimas migalhas e voou para Petersburgo para "entrar na justiça".

II

As suas diligências, no início, tiveram bom êxito: calhou-lhe um advogado muito compassivo e benevolente, em juízo saiu-lhe uma sentença rápida e favorável, mas quando o negócio chegou à execução, aí a porca torceu o rabo, e dum jeito capaz de pôr a mioleira duma pessoa em desarranjo. Não que a polícia e os outros tais oficiais de justiça dessem moleza ao devedor; eles diziam que estavam já fazia muito tempo bem fartos do sujeito e que todos eles tinham dó da velhinha e gostariam de auxiliar, *mas não se metiam a tal...* O fulano tinha não sei que poderoso parentesco ou condição, que não se podia pôr-lhe uma mão pesada como em outro pecador qualquer.

Não sei ao certo a força e a importância dessas relações, e até acho que isso não tem importância. Não fazia diferença que vovozinha proteções lhe dava e tudo em mercês lhe transformava.[2]

---

[2] No original "*kakaia bábuchka emu vorojila i vsió na mílost prelojila*". Fusão deturpada de duas expressões idiomáticas. A primeira, "*bá-*

Também não sei dizer-vos com exatidão o que era preciso fazer com ele, mas sei que era preciso "entregar ao *devedor* contra recibo" não sei que papel, e era justamente isso que ninguém, nenhuma pessoa de posição nem posto nenhum conseguia fazer. A quem quer que a velhinha se dirigisse, todos vinham com conselhos da mesma toada:

— Ah, senhora, mas que teima a sua, hein! Largue mão disso, é melhor! Nós ficamos com muita pena, mas que fazer quando ele não paga a ninguém... Se lhe serve de consolo, a senhora não é a primeira nem será a última...

— Amigos meus — respondia a velhinha —, mas que consolação há nisso de que não só eu vou passar por um mau bocado destes? Eu desejaria muito mais, meus caros, que pra mim e pros outros ficasse tudo bem.

— Olhe — respondiam-lhe —, pra ficar bom pra tudo mundo é melhor a senhora deixar pra lá, isso foi invenção dos especialistas,[3] é coisa impossível.

A mulher, na sua simplicidade, não lhes dava trégua:

— Por que que é impossível? O patrimonho dele, por todo caso, cobre a dívida com tudo mundo; ele pode devolver tudo, que ainda vai ficar com um monte de sobra.

— Eh, senhora, quem tem "muito" nunca acha que tem muito, pra eles nada é suficiente, mas o principal é que ele não tem o costume de pagar, e se a senhora pegar muito no pé dele o sujeito pode sair-lhe com alguma coisa desagradável.

— Que coisa desagradável?

---

buchka vorojit" significa que a vovó, por meio de bruxaria e premonições, torna tudo fácil a alguém e dá-lhe proteção. A outra, "*prelojit gniev na mílost*" tem o sentido de "acalmar-se, aplacar-se". Leskov apropriou-se da expressão, alargando o campo dos objetos da ação do verbo para tudo (*vsió*). (N. do T.)

[3] Entenda-se: os socialistas. (N. do T.)

O velho gênio

— Pois, mas pra que perguntar isso: vá passear que é melhor, bem ao seu gostinho, pela avenida Niévski,[4] e quem sabe até resolva ir pra casa.

— Mas desculpai-me — dizia a velhinha. — Eu não acredito em vós: ele está todo enrolado, mas é gente boa.

— Sim — respondiam-lhe —, claro, é um senhor bom, mas só que duro de pagar; quem se meteu por esse caminho é capaz de fazer qualquer patifaria.

— Pois então empregai as vossas medidas.

— Pois aí é que está o ponto e vírgula, minha senhora, não podemos "empregar medidas" contra tudo mundo. Por que que a senhora foi meter-se com gente assim?

— Mas qual é a diferença?

Os perguntados só olhavam pra ela e viravam as costas, e até sugeriam que fosse queixar-se mais pra cima.[5]

III

Pois ela foi queixar-se mais pra cima. Lá o acesso é mais difícil e a conversa é mais curta e também mais abstrata.

Disseram: "Onde está ele? Consta que o seu paradeiro é ignorado!".

— Ora, mil perdões, se eu o vejo tudo dia na rua, ele está lá na casa dele!

— Não é a casa dele, não. Ele não tem casa: a casa é da esposa.

— Mas que diferença isso faz: marido e esposa, uma só raposa.

— A senhora é que acha assim, a lei pensa diferente. A

---

[4] A principal via de São Petersburgo. (N. do T.)

[5] Ou seja, às instâncias superiores. (N. do T.)

esposa também já lhe pediu contas e entrou na justiça, e consta que ele não mora com ela...[6] Ele, que o diabo o carregue, já nos encheu; e também por que a senhora foi dar-lhe dinheiro?! Quando aparece em Petersburgo, ele se registra como hóspede de hotel, mas não fica lá. E se a senhora pensa que nós o defendemos e que temos dó dele, está muito enganada: dê buscas, pegue o homem, essa é a sua tarefa, aí então *"nós lhe daremos o papel"*.

Coisa mais consoladora do que isso a velhinha não encontrou em nenhuma das alturas superiores e, pela sua desconfiança de provinciana, começou a murmurar que aquilo tudo era "por causa de que a colher seca esfola a boca".[7]

— Ora, que dizes? — dizia a este e àquele. — Não tentes convencer-me, eu vejo muito bem que tudo anda por aquela mesma coisa, que *é preciso besuntar a mão deles*.

E foi ela "besuntar" e voltou ainda mais desgostosa. Dizia que "tinha começado logo com um milhar inteirinho", isto é, prometera mil rublos do dinheiro cobrado, mas não quiseram nem escutá-la, e quando ela fez cautelosamente um acrescento, acenando com até três mil, aí então chegaram a pedir-lhe que se retirasse.

— Não pegam três mil nem pra só entregar um papel! Onde é que o mundo está? Não, antes era melhor.

— Não é bem isso — lembrei a ela. — Esqueceu, decerto, como era a coisa antes: quem dava mais é que estava com a razão.

— Isso — respondeu ela — é a tua completa verdade, mas só que no meio dos funcionários antigos havia sujeitos que eram verdadeiros diabos pra esse tipo de coisa. Era assim,

[6] Na Rússia, até hoje, os órgãos da administração municipal têm o registro dos ocupantes de cada domicílio. (N. do T.)

[7] Ditado russo com o significado de que, se não se peita uma pessoa, não se tem a sua benevolência. (N. do T.)

O velho gênio

tu perguntavas: "É possível?", e ele respondia: "Na Rússia, impossibilidades não existem", e sem de cá nem por lá inventava um jeito e fazia a coisa. Pois me apareceu um agora e não me dá sossego, mas eu não sei: devo acreditar ou não? Nós almoçamos juntos na galeria Mariínski, no Vassili, que vende *saikas*,[8] porque eu agora economizo e seguro firme o menor tostãozinho; prato quente, ih, faz tempo que não como, poupo pra este negócio, e ele, decerto, também por pobreza ou de gosto para a bebedeiragem... fala do jeito mais convincente: "dê pra mim conhentos rublos, que eu *entrego* o papel pro homem". Que achas disso?[9]

— Minha cara — respondi-lhe — creia-me, a sua desgraça comove-me muito, mas eu não sei cuidar nem da minha vida e definitivamente não posso aconselhar-lhe nada. Pergunte pelo menos a alguém acerca desse homem e quem pode dar garantia por ele.

— Pois eu já apertei o saiqueiro, mas ele não sabe de nada. "Pois é", diz, "deve ser algum mercador afastado do comércio ou alguém descaído lá das suas nobrezidades."

— Então pergunte diretamente ao homem.

— Já perguntei quem era ele e que grau de escolaridade ele tinha. "Contar essas coisas, no meio desta gente aqui, não é preciso pra nada nem se faz; pode chamar-me Ivan Ivánitch, e eu fiz coleção de grau em catorze degraus. Pra me investir dum pregaminho, é só virar o escolarinho."

— Pois aí está, como pode ver, uma figura pra lá de suspeita.

---

[8] Pãozinho de farinha de trigo e massa muito espessa. (N. do T.)

[9] A personagem usa uma sintaxe difícil de reproduzir em português, no qual as palavras têm menos mobilidade. Daí a deturpação da regência dos verbos e dos numerais, as contrações não sancionadas pela gramática e, mais adiante, a imitação de outras características da fala incorreta. (N. do T.)

— Sim, suspeita... "Coleção de grau nos catroze degraus", eu sei o que isso é, pois fui casada com um funcionário público. Isso significa que ele é da décima quarta classe. E pra nome e recomendações declara francamente que "nesse negócio de recomendações", diz ele, "eu não faço caso nenhum e não tenho nenhuma, mas eu tenho ideias geniais na minha cachola e conheço pessoas bem dignadas, que esperam prontinhas pra pôr em execução qualquer plano meu por treiscentos rublos".

"Mas por que, diga, obrigatoriamente *treiscentos?*"

"Assim tal, isso é um certo nosso *prifix*,[10] que nós não abaixamos e pra riba não cobramos."

"Não percebo nadinha, meu senhor."

"E não tem precisão. Os de hoje cobram muitos miles, e nós só alguns cens. Doiscentos pra mim pela ideia e pela soprevisão e treiscentos pro pressonagem executivo, na proporção dos três meses de cadeia que ele pode pegar pela execução, e o término coroa o negócio. Quem quer, que acredite em nós, porque eu só pego negócios impossíveis; agora, quem não tem crença, aí com esse não há nada pra fazer." Mas, no que toca a mim — acrescenta a velhinha —, pois, imagina tu a minha tentação: por alguma razão, eu acredito nele...

— Eu definitivamente não sei por que a senhora acredita nele.

— Pensa só: é um pressentimento, sei lá, e tenho uns sonhos, e um calorzinho gostoso empurra-me a confiar.

— Não seria bom esperar mais um pouco?

— Esperarei, enquanto for possível.

Mas logo ficou impossível esperar.

---

[10] Corruptela do francês *prix fixe* (preço fixo). (N. do T.)

IV

Entrou-me pela porta a velhinha no estado da mais comovente e pungente amargura: em primeiro lugar, estava perto o Natal; em segundo, de casa escreveram-lhe que a sua casa seria posta à venda por aqueles dias; e terceiro, ela encontrara o seu devedor de braço dado com uma dama e correra atrás dele e até o agarrara pela manga do sobretudo e conclamara o público que passava à cooperação, a gritar com lágrimas: "Bom Deus, ele me deve dinheiro!". Mas isso só levara a que a afastassem do devedor e da sua acompanhante e a chamassem à responsabilidade por perturbação do sossego público e da ordem em lugar movimentado. Mais terrível ainda do que essas três circunstâncias era a quarta: o devedor da velhinha conseguira uma licença para viajar ao exterior e, no mais tardar no próprio dia seguinte, partiria para lá com a exuberante dama do seu coração, e ali passaria um ano ou dois e, quem sabe, talvez até nem voltasse, "porque a dita senhora era muito rica".

Dúvidas quanto a tudo isso ser exatamente assim, como dizia a velha, não podia haver nem a menorzinha. Ela aprendera a seguir com sagacidade cada passo do seu sempre escapadiço devedor e conhecia-lhe todos os segredos da boca dos seus criados, que ela subornara.

Pois então, no dia seguinte, teria fim a longa e dolorosa comédia: no dia seguinte, ele daria no pé e por muito tempo, talvez para sempre, porque a sua companheira, claro-decertamente, não queria ficar em cartaz só por um minutinho e depois adeus.

A velhinha submetera tudo isso em miudinho à discussão com o seu agente de casos especiais, o tal do grau dos quatorze degraus, e ele, ali mesmo, sentado entre as selhas do saiqueiro da galeria Mariínskii, respondeu a ela: "Pois é, o negócio ficou curto, mas ele ainda tem jeito; conhentos rublos agora pra riba da mesa, e amanhã ainda tuda dilatação de alívio pra vossa alma; mas, se não tem em mim a vossa crença, pros quinze mil, então adeusinho".

— Eu, meu amigo — contou-me a velhinha —, peguei e confiei-me a ele... Que posso fazer? Ninguém mais quis pegar o negócio, ele pegou e disse com firmeza: "eu entrego o papel". Não me olhes desse jeito, por favor, com olhos de sondar. Não estou nem um pouco doida, eu própria não entendo o negócio, mas só que tenho não sei que confiança pra ele no meu pressentimento, e com os sonhos que eu tive, foi aí então que eu me decidi e levei o homem comigo.

— Para onde?

— Pois então, vês, a gente só se encontra na galeria, cada um pra almoçar. Mas amanhã já será tarde demais, pois eu então o peguei comigo e não largo até amanhã. Pra minha idade, ninguém pode ver nada de errado nisso, e é preciso ficar de olho nele, porque eu tenho que dar os quinhentos pra ele agora mesmo, e sem recibo, sem nada.

— Está decidida, então?

— Claro, decidida. Que mais que eu posso fazer? Eu já dei pra ele cem rublos de avanço, e ele agora está na minha espera numa taberna, a beber chá, e eu vim aqui com um pedido: eu tenho mais duzentos e cinquenta rublos, faltam cento e cinquenta. Por caridade, dá-me, eu te devolverei. Podem até vender a minha casa, ainda assim cento e cinquenta rublos lá ficam.

Eu tinha-a na conta de mulher da mais bela honestidade, e o seu sofrimento comovia-me tanto, e eu pensava comigo: empresto ou não empresto, ao diabo com eles, cento e cinquenta rublos não deixam ninguém mais pobre nem mais rico, e ela não ficará com nenhum peso na alma de não ter tentado todos os jeitos pra que "entregassem pro homem o papel" que podia salvar o negócio.

O velho gênio

Ela pegou o dinheiro pedido e foi voando pra taberna, ao encontro do seu arrojado agente. E eu fiquei a esperar por vê-la na manhã seguinte, cheio de curiosidade de saber: que mais artes e manhas tinham os trampolineiros inventado para ganharem a vida em Petersburgo?

Só que o que eu vim a saber foi muito além de todas as minhas expectativas: o gênio da galeria não fizera envergonhação nem para a crença nem para o pressentimento da boa velhinha.

V

No segundo dia do feriado, ela entrou-me voando em casa, com roupa de viagem e uma maleta, e a primeira coisa que fez foi colocar sobre a mesa os meus cento e cinquenta rublos, e em seguida mostrou um recibo de depósito bancário no valor de quinze mil rublos...

— Eu não acredito no que vejo! Que significa isso?

— Nada mais que eu recebi o meu dinheiro com juros.

— Mas como? Não me diga que por artes do tal Ivan Ivánitch da coleção de grau nos catorze degraus!

— Do próprio. Aliás, houve mais um outro, pra quem ele deu trezentos rublos, porque, sem a ajuda desse segundo, nada feito.

— Mas que figura é mais essa? Pois conte-me tudinho como eles a ajudaram!

— E ajudaram dum jeito muito honesto. Eu, quando cheguei à taberna e entreguei o dinheiro pro Ivan Ivánitch, ele pegou, contou, guardou e disse: "Agora, minha senhora, vamos. Eu sou um gênio na minha ideia, mas preciso dum executivo pro meu plano, porque eu sou um desconhecido disfraçado e não posso produzir ações jurídicas ca minha pópria fusonomia". Andamos por tudo que era lugar sórdido e pelos banhos públicos, sempre atrás dum tal de "combatente sérvio", e isso um tempão.[11] Até que acabamos achando. Sai esse combatente lá dum buraco, com uniforme militar da Sérvia, todo esfarrapado, e com um canudo de papel de jornal na boca, e diz: "Eu faço tudo pra quem é preciso, mas primeiro tem que beber". E lá fomos nós três pra uma taberna negociar, e o combatente sérvio exigiu "um cento de rublos pra cada mês dos três". Trato feito. Eu ainda não entendia nada, mas vi o Ivan Ivánitch dar pra ele o dinheiro, quer dizer, ele acreditava no homem, e eu fiquei mais aliviada. E eu depois levei o Ivan Ivánitch pro meu cantinho alugado, pra que ficasse perto de mim, e o combatente sérvio mandamos ir dormir pruma casa de banhos, mas que aparecesse de manhã. Pois ele veio e disse: "Eu tô pronto!". E o Ivan Ivánitch bem baixinho pra mim: "Mande buscar uma bebidinha pra ele: ele vai precisar de coragem. Eu vou dar só um pinguinho, só o tanto preciso pra ele ficar valente: está perta a hora da sua grande participação no plano".

O combatente sérvio tomou uns goles, e os três foram para a estação ferroviária, de onde partiria para o exterior o devedor da velhinha com a sua dama. A velhinha ainda não estava a perceber o que é que eles tinham inventado de fazer e de que jeito, mas o combatente sérvio acalmava-a e dizia que "vai ser tudo dum jeito pobro e nobre". Começou a chegar gente para o trem, e o devedor apareceu loguinho-rapidinho, e junto com ele uma dama; um criado foi comprar o bilhete pra eles, ele e a dama ocuparam uma mesa, ele pôs-se a beber chá e olhar para as pessoas em redor com inquietação. A velhinha, escondida atrás do Ivan Ivánitch, apontou para o devedor e disse: "É aquele!".

O combatente sérvio viu, disse "tá certo", levantou-se

---

[11] Combatente da guerra da Sérvia com a Turquia (1876-78). (N. do T.)

imediatamente e passou em frente do janota uma vez, depois duas, depois três, aí parou bem na frente dele e disse:

— Proque que o senhor me olha assim?

O outro respondeu:

— Pois eu em absoluto não estou de modo nenhum a olhar para o senhor, eu estou aqui a beber o meu chá.

— A-ah! — disse o guerreiro da Sérvia. — Não olha, é, mas bebe chá, é? Pois eu vô obrigar o senhor a olhar pra mim. Tome lá pro seu chá, então: pão, limão e requeijão!... — E com isso *zape*! *zape*! *zape*! — cascou três tabefes na cara do sujeito.

A dama pulou para um lado, o belo senhor também quis fugir e dizia que não ia dar queixa, mas a polícia apareceu correndo e entrou no meio: "Isso não pode, uma coisa dessas em lugar público não pode, não", prendeu o guerreiro da Sérvia, e o agredido também. Que estava na maior agonia, sem saber se corria atrás da dama ou se respondia para a polícia. Nesse meio tempinho, o boletim da ocorrência foi lavrado e o trem partiu... A dama partira, e ele tinha ficado... e aí que ele disse título, nome e sobrenome, um guarda foi logo dizendo: "Pois olhe, a poprósito, eu tenho cá um papelinho pro senhor". O homem, que podia fazer, na frente de testemunhas assinou a intimação e, para ficar livre da proibição de viajar, saldou rapidinho com um cheque, e com juros, toda a sua dívida com a velhinha.

Assim foram vencidas todas as dificuldades insuperáveis, triunfou a verdade, e numa casa honrada mas pobre entrou a paz, e o festivo dia foi também luminoso e feliz.

O sujeito encontrado para dar um jeito a um negócio tão difícil desses, parece-me, tem realmente todo o direito a considerar-se um gênio.

(1886)

HOMENS INTERESSANTES

> "Não há nada mais admirável do que o ímpeto de um sentimento ardente."
>
> Bersier[1]

I

Numa casa amistosa, esperava-se com impaciência o número de fevereiro da revista *O Pensamento*, de Moscou. Essa impaciência é compreensível, porque nele devia vir um novo conto do conde Lev Nikoláievitch Tolstói. Comecei a ir ver mais vezes os meus amigos, para encontrar a esperada obra do nosso grande escritor e lê-la na companhia de boas pessoas, à sua mesa redonda e à luz suave de uma lâmpada caseira. Como eu, ali também iam outros que eram amigos próximos dos da casa, e todos com o mesmo objetivo. E eis que chega o volume desejado, mas sem o conto de Tolstói: um bilhetinho cor-de-rosa explicava que o conto não pudera ser publicado. Todos ficaram desgostosos, e cada um expressou isso na feição do seu caráter e temperamento: uns ficaram amuados, de cara feia, outros soltaram palavras de irritação, e terceiros traçaram paralelos entre o passado recordado, o presente vivido e o futuro imaginado. Enquanto isso, eu folheava calado o volume e percorria um ensaio de Glieb Ivánovitch Uspiénski, um dos nossos poucos colegas escritores, que não rompia o seu laço com a verdade da vida, não mentia e não fingia para agradar às assim chamadas tendências.

---

[1] Eugène Bersier (1831-1889), pregador francês. (N. do T.)

Por isso, palestrar com ele sempre dá gosto e, muito amiúde, até tem proveito.

Dessa vez, o sr. Uspiénski escrevia acerca do seu encontro e palestra com uma senhora de muita idade, que pegara a lembrar a ele o passado recente e dissera que os homens de antigamente eram *mais interessantes*. Eles eram muito arrumadinhos, trajavam farda bem justa e, ao mesmo tempo, tinham muita animação, muito ardor de coração, muita nobreza e graça: numa palavra, muito de tudo o que torna uma pessoa *interessante* e a faz agradar às outras. Hoje em dia, pela observação da dama, há menos disso, e às vezes até nem se vê por aí. Com as novas profissões, os homens agora ficaram mais soltos e vestem-se do jeito que querem e têm lá muitas grandes ideias e, apesar de tudo isso, são estereotipados, tediosos e desinteressantes.

As observações da idosa dama pareceram-me muito acertadas, e eu fiz a proposta de deixarmos o desgosto pelo que não tínhamos podido apreciar e, em troca, ler o que nos oferecia o sr. Uspiénski. A minha sugestão foi aceita, e o relato do sr. Uspiénski pareceu a todos muito justo. Vieram lembranças e comparações. Apareceram várias pessoas, que haviam conhecido o corpulento general Rostislav Andrêievitch Fadiéiev e lembraram quanto interesse vivo e extraordinário ele sabia fazer emanar da sua pessoa, que era toda desajeitada e como que não prometia grande coisa. Lembraram que ele, até quase na velhice, dominava sem fazer força a atenção das mulheres mais inteligentes e encantadoras e que nenhum janota na flor da juventude e saúde conseguia tomar-lhe a supremacia.

— Pois então o que o senhor disse! — desse jeito reagiu às minhas palavras um interlocutor, que era o mais velho do grupo e distinguia-se pelo poder de observação. — Como se fosse difícil, para um homem inteligente como o falecido Fadiéiev, cativar a atenção de uma mulher *inteligente*! As mulheres inteligentes passam muito apertado neste mundo, *bátiuchka*.[2] Em primeiro lugar, elas são pouquinhas, e em segundo, porque entendem mais do que as outras, elas também penam mais e ficam felizes quando acham uma pessoa inteligente de verdade. Aqui *simile simili curatur*[3] ou *gaudet*[4] — não sei como dizer do jeito mais certo: "o semelhante alegra-se com o semelhante". Não, o senhor e a dama da palestra com o nosso agradável escritor, estabeleceis um patamar muito alto: exibis pessoas com dotes fora dos ordinários, e o mais notável é que, muito mais embaixo, nas esferas mais ordinárias, onde, assim de cara, não se podia esperar nada de especial, apareceu gente viva e atraente ou, como dissestes, "homenzinhos interessantes". E as damas ocupadas com eles também estavam longe de serem mulheres eleitas, que fossem capazes de "reverenciar" a inteligência e o talento, mas também acontecia que, dentro do seu tipo, pessoas medianas eram muito meigas e sensíveis. Como nas águas profundas, havia nelas o seu calor oculto. Pois precisamente essas pessoas medianas, na minha opinião, são ainda mais maravilhosas do que as que se aproximam do tipo das personagens de Liérmontov, por quem de fato era impossível não apaixonar-se.

— E conhece o senhor algum exemplo desse tipo de gente mediana interessante e dotada do calor oculto das águas profundas?

— Sim, conheço.

— Pois então conte, e que isso nos seja uma espécie de indenização por termos sido privados do prazer de ler Tolstói.

— Bem, "indenização" o meu relato não será, mas, para

---

[2] Literalmente, "paizinho", forma respeitosa de tratamento. (N. do T.)

[3] Em latim, no original: "o semelhante cura-se pelo semelhante". (N. do T.)

[4] Em latim, no original: "alegra-se". (N. do T.)

passarmos o tempo, eu vos contarei uma historiazinha da nossa bem modesta vida de nobres e militares.

II

Servi na cavalaria. Estávamos estacionados na província de T., distribuídos por várias aldeias, mas o comandante do regimento e o Estado-maior tinham ficado naquela cidade. Ela não era grande, mas já então era alegre, limpinha, espaçosa e com instituições: havia nela teatro, clube dos nobres, hotel — bem ridículo, a propósito, de que nos apoderamos e ocupamos mais da metade dos quartos. Uns eram ocupados por oficiais de estada permanente na cidade, e outros eram mantidos para aqueles que chegavam dos acampamentos de aldeia, e esses não se davam a pessoas de fora do nosso meio, e, com isso, acabavam todos os quartos por ficar "para os oficiais". Uns chegavam, outros iam substituí-los, de modo que os quartos chamavam-se "dos oficiais".

O passatempo, nem é preciso dizer, eram as cartas e a devoção a Baco e também à deusa das alegrias do coração.

Jogava-se de vez em quando à grande, principalmente no inverno e à época de eleições. Jogava-se não no clube, mas nos quartos do hotel, para mais liberdade, sem a sobrecasaca e com tudo desabotoado, e nessa ocupação, muitas vezes, passávamos dias e noites. Jeito mais vazio e mais indecente de passar o tempo não devia haver, e daí vós podeis tirar uma conclusão do tipo de gente que éramos então e quais eram, basicamente, as ideias que nos moviam. Líamos pouco, escrevíamos menos ainda, e ainda assim só depois de uma grande perda no jogo, quando era preciso engabelar os pais e pedir-lhes dinheiro pra cima do estabelecido. Numa palavra, não havia nada de bom que se pudesse aprender entre nós. Perdíamos ao jogo ora entre nós, ora com proprietários de terras hospedados no hotel, gente da mesma disposição séria de espírito que nós, e nos entreatos bebíamos, batíamos em amanuenses, levávamos embora esposas de mercadores e atrizes e trazíamo-las de volta.

Era a sociedade mais vazia e mais depravada, em que os jovens corriam pra ficar iguais aos mais velhos e do mesmo modo não tinham, nas suas pessoas, nada de inteligente e digno de respeito.

Acerca de honra sublime e nobreza também nunca houve conversa ou aranzéis edificantes. Andavam todos como era a praxe e comportavam-se de acordo com o hábito estabelecido: afogavam-se em orgias e no esfriamento do coração pra todas as coisas ternas, elevadas e sérias. Enquanto isso, o *calor oculto*, inerente às águas profundas, existia e acabou por mostrar-se nas nossas aguinhas rasas.

III

O comandante do nosso regimento era já pessoa um tantinho idosa, um militar muito honesto e arrojado, mas pessoa severa e, como se dizia então, "sem agradabilidades para o sexo frágil". Tinha uns cinquenta anos e qualquer coisa. Casara duas vezes, em T. ficara viúvo de novo e pretendia casar com uma senhora jovenzinha do círculo não rico dos proprietários de terras da região. Chamava-se Anna Nikoláievna. Um nome bem insignificante, e, para dançar quadrilha com ele, tudo nela era também da mais completa insignificância. De estatura média, mediana gordura, nem bonita nem feia, cabelinhos loirinhos, olhinhos azuis, labiozinhos escarlates, dentinhos branquinhos, rosto redondo, rosto branco, uma covinha em cada bochecha: numa palavra, uma pessoa nada inspiradora e exatamente o que se chama "consolo dos velhos".

Homens interessantes

Conheceu-a o nosso comandante numa reunião, por meio do irmão dela, alferes nosso, e por meio dele também pediu a mão da senhora aos pais.

Fez-se isso assim, como coisa entre camaradas. Chamou o oficial ao seu gabinete e disse:

— Escute, causou-me a mais agradável das impressões a sua digna irmã, mas, saiba, na minha idade e na minha posição receber uma recusa seria coisa muito desagradável, e eu e o senhor somos como soldados, camaradas entre nós, e eu com a sua franqueza, qualquer que seja ela, não ficarei nem um pouco ofendido... No caso de tudo certo, então muito bem, mas se lá disserem não, então Deus me livre, que eu não vou ficar de queixa contra a sua pessoa por isso, mas informe-se lá...

O outro respondeu-lhe da mesma maneira simples:

— Seja servido, eu me informarei.

— Fico-lhe grato.

— Posso, para essa necessidade, ficar fora da minha unidade por uns três ou quatro dias para ir a casa?

— Tenha a bondade, até por uma semana.

— E não permitiria que fosse comigo o meu primo?

O primo era quase como ele, jovenzinho, rapaz de cara rosada, a quem pela juventude e frescor virginal chamavam "Sacha[5] rosado". Nenhuma descrição especial é merecida por esses dois jovens, porque em nenhum deles havia o que quer que fosse digno de nota e relevante.

O comandante observou ao alferes:

— Mas para que precisa do seu primo numa questão tão de família?

E respondeu o alferes que justamente por ser uma questão de família é que tinha precisão do primo.

---

[5] Diminutivo de Aleksandr. (N. do T.)

— Deverei conversar com o meu pai e com a minha mãe, e ele nisso ficará com a minha irmã e desviará a atenção dela, enquanto eu ajeito o negócio com os meus velhos.

Respondeu o comandante:

— Pois muito bem, nesse caso, vá com o seu primo; eu dou uma licença a ele.

Os alferes partiram, e a missão teve a consequência mais favorável. Uns dias depois, o irmão da senhora voltou e disse ao comandante:

— Se desejar, pode escrever aos meus pais ou fazer o pedido verbalmente: não haverá recusa.

— Bem, e a sua irmã — perguntou o comandante —, que pensa ela?

— Também ela — respondeu o alferes — está de acordo.

— Mas como ela... isto é... ficou feliz com isso ou não ficou?

— Mais ou menos.

— Bem, mas... diga pelo menos se ela ficou contente ou mais o contrário.

— Para informar a verdade, ela não manifestou quase nada. Só disse: "Como vós, papacha e mamacha, quiserdes, eu obedecerei".

— Pois, pois, isso é maravilhoso, que ela fale assim e obedeça, mas é que pelo rosto, nos olhos, sem palavras, talvez fosse possível pegar a expressão que ela tinha.

O oficial pediu desculpas, disse que, como irmão, estava muito acostumado a ver o rosto da irmã e que não seguira a expressão dos seus olhos, donde de concreto, nesse campo, nada podia dizer.

— Pois é, mas o seu primo pode ter notado. Não conversou com ele na viagem de volta?

— Não — respondeu o alferes —, nós não falamos disso, porque eu tive pressa de cumprir a incumbência e voltei sozinho. Deixei-o sozinho com os meus pais e aqui tenho a honra de apresentar a Vossa Excelência o informe dele quanto à doença, pois que ele ficou doente, e nós mandamos avisar o pai e a mãe.

— A-ah! Mas que foi isso com ele?

— Um desmaio de repente e tonturas.

— Doencinha bem de donzelas. Muito bem. Fico-lhe muito agradecido, e como agora nós somos como parentes, peço-lhe: fique, por favor, para almoçar comigo.

E durante o almoço volta e meia perguntava de novo do primo — que fizera e como era recebido lá — e, sempre de novo, em quais circunstâncias fora o desmaio. E não parava de pôr vodca para o rapaz e foi levando-o até àquele ponto em que, se o jovem tivesse alguma coisa para contar, acabaria por contá-la na certa; mas, por felicidade, nada disso havia, e o comandante logo casou-se com Anna Nikoláievna, todos nós fomos às bodas e bebemos mel e vinho, e ambos os alferes, irmão e primo, foram padrinhos da noiva, e não se notou nadinha em ninguém: nem tédio nem desenxabimento. Os jovens continuaram na pândega de sempre, e a nossa nova coronela começou a avantajar-se no seu contorno, e vontades muito especiais deram-lhe nos gostos. O comandante ficou muito feliz com isso, e todos nós, cada um do jeito que podia, corríamos a satisfazer aos seus caprichos, e os jovens — o seu irmão e o seu primo — em particular. Era troica atrás de troica para Moscou atrás disso e daquilo pedido por ela. E as suas vontades, lembro-me, não se assanhavam para apetitosidades eleitas, era tudo por coisas simples, mas que nem sempre se encontram: ora lhe dava vontade de comer tâmara do sultão, ora *khalvá* grego de nozes; numa palavra, tudo coisa simples e de criança, como ela própria tinha cara de criança. Finalmente, chegou também a hora de Deus e da alegria conjugal dos dois, e de Moscou foi trazida uma parteira pra Anna Nikoláievna. Eu me lembro como se fosse agora; essa senhora chegou à cidade bem no momento em que os sinos chamavam para as vésperas, e todos nós rimos: "Pois aí está, tocam os sinos para receber a mulher mandada pelo faraó! Que alegria é que ela veio trazer?". E ficamos à espera, como se aquilo fosse realmente um assunto do regimento inteiro. Nesse meio-tempo, veio um acontecimento inesperado.

IV

Se vós já lestes em Bret Harte[6] como no deserto americano umas pessoas desdenregradas, pelo simples tédio de não terem o que fazer, ficaram interessadas no nascimento de uma criança de uma mulher completamente desconhecida para elas, então não ficareis admirados de nós, oficiais, sujeitos pândegos e libertinos, termos ficado de todo absorvidos em Deus dar um rebento à nossa jovem coronela. Isso de repente tomou, aos nossos olhos, uma importância social tão grande, que até fizemos as preparações para comemorar com um banquete a vinda da criança ao mundo e, para isso, mandamos o nosso taberneiro fazer uma reserva reforçada de bebestíveis espumantes, e nós próprios, pra evitar o tédio, sentamo-nos, ao som dos sinos das vésperas, a "lascar no baralho" ou, como se dizia então, a "laborar em prol da casa educativa imperial".[7]

Repito, isso era pra nós uma ocupação, um hábito, um trabalho e o melhor meio de lutar contra o tédio. E então

[6] Francis Bret Harte (1836-1902), autor estadunidense que escreveu fundamentalmente acerca dos garimpeiros de ouro no Oeste do seu país. (N. do T.)

[7] Todo o dinheiro dos impostos, recolhidos no país na venda de baralhos, destinava-se a um abrigo-escola do governo para órfãos e enjeitados. (N. do T.)

tudo se fazia como sempre se fizera: deram início à vigília os mais velhos, os capitães e oficiais do Estado-maior com uma calzinha nas têmporas e bigodes. Sentaram-se à mesa bem no instante em que os sinos tocavam às vésperas e os citadinos, fazendo profundas reverências uns aos outros, iam devagarinho, em cortejo, para as igrejas confessarem-se, pois que o acontecimento descrito por mim foi numa sexta-feira, na sexta semana da quaresma.

Os capitães olharam para esses bons cristãos, seguiram com a visão também a parteira e, em seguida, com a simplicidade de soldados, desejaram a todos eles bom êxito e a felicidade necessária a cada um, e, baixando as cortinas de percal verde dum dos quartos grandes do hotel, acenderam candelabros e lascaram com as cartas para a direita e para a esquerda.

Os jovens ainda fizeram alguns trajetos pelas ruas e, quando passavam por casas de mercadores, trocaram uma piscada com as filhas desses senhores, e depois, com o adensamento do lusco-fusco, também vieram para junto dos candelabros.

Lembro-me perfeitamente desse anoitecer, de como ele foi dos dois lados das cortinas baixadas. Fora, estava lindo. O luminoso dia de março extinguira-se num poente rosado, e tudo o que derretera nos lugares soalheiros de novo se congelara; o ar estava fresco, e volta e meia sentia-se nele um sopro de primavera, e no alto ouviam-se cotovias. As igrejas estavam a meia-luz, e delas saíam, de um em um, os que ali haviam descarregado os seus pecados. Seguiam devagar, cada um por si, sem um pio com ninguém, para casa, e sumiam em silêncio profundo. Cada um com uma única preocupação, não distrair-se com nada, para não se privarem da paz e da serenidade entradas nas suas almas.

O silêncio baixou duma vez sobre toda a cidade, que já não era, a propósito, barulhenta. Trancaram-se os portões, e atrás das cercas ouviram-se os puxões das correntes dos cães, que corriam ao longo de cordas; fecharam as pequenas tabernas, e apenas junto ao hotel ocupado por nós se podia ouvir dois cocheiros, que esperavam para uma eventual necessidade.

A essa hora, ao longe, pelo tabuado semicongelado da larga rua ouviu-se o estrondear de um grande trenó de viagem, puxado por três cavalos, e aproximou-se do hotel um homem alto e desconhecido, de casaco de pele de urso com mangas longas, e perguntou: "Há algum quarto disponível?".

Isso aconteceu exatamente no momento em que eu e mais dois jovens oficiais chegávamos ao hotel, após a nossa ronda de olhos pelas janelas, às quais tinham o hábito de mostrar-se a nós as inacessíveis senhoritas das famílias de mercadores.

Ouvimos o recém-chegado pedir um quarto e Marko, o empregado mais velho do hotel, que viera atendê-lo, chamar-lhe "Avgust Matviéitch". Marko felicitou-o pelo feliz regresso e respondeu à sua pergunta:

— Não ouso, meu caro Avgust Matviéitch, mentir à vossa benevolência e dizer que não temos quarto. Há um sim, mas eu só tenho medo que o senhor não fique sastifeito com ele.

— Qual o problema? — perguntou o recém-chegado. — Ar empesteado ou percevejos?

— De jeito nem maneira, co desasseio nós pelejamos sem parar, seja servido de saber, mas só que estamos com muitos oficiais...[8]

— E que há, fazem bulha, é?

---

[8] Procuramos preservar a fala incorreta da personagem, que deturpa palavras e confunde casos de declinação. (N. do T.)

— Po-o-o-is, o senhor sabe, tudo uma solteirada... andam, assoviam... Depois não fique bravo e não ponha irritação contra nós, porque, olhe, a gente não consegue apaziguá-los.

— Pois é, metam-se vocês a chamar os oficiais à ordem! Depois disso, de que vós iríeis viver, então...? Mas eu acho que com tanto cansaço pernoitar é possível.

— Isso, está claro, pode, mas eu só antes quis explicar o negócio pra sua benevolência, mas, está claro, lá isso pode. É pra pegar então a mala e os travesseiros?

— Pois pega-os, irmão, pega-os. Venho da própria Moscou sem paragem nenhuma e estou com tanto sono, que podem fazer o barulho que for: ninguém me incomodará.

O empregado foi acomodar o hóspede, e nós nos encaminhamos para o quarto principal, o do capitão do esquadrão, onde corria o jogo em que já tomava parte toda a nossa companhia, com exceção de Sacha, o primo da coronela, que, queixando-se de mal-estar, não queria nem beber nem jogar e andava para lá e para cá pelo corredor. O irmão da nossa coronela fora conosco à revista contemplatória de janelas e conosco entrara no jogo, já Sacha apenas entrou no quarto onde estávamos e imediatamente saiu de novo e ficou a andar para lá e para cá.

Ele estava estranho, e não houve jeito de não prestar atenção a ele. Estava com cara de quem realmente estivesse fora do seu ambiente, sabe-se lá se doente, se triste, se aflito, mas para quem olhasse, era como se não fosse nada. Só o jeito era de quem se tivesse afastado em pensamento de tudo à volta e estivesse entretido com algo distante e alheio a todos nós. Todos nós fizemos leve troça dele com "será que não estás interessado na parteira, não?", e, de resto, não demos nenhuma importância especial ao seu comportamento. Realmente, ele era ainda um rapaz muito jovem e ainda não tinha entrado para valer na verdadeira bebedice "de nove elementos" dos oficiais.[9] Provavelmente estivesse cansado das trabalheiras recentes e por isso estava quieto. Para mais, o quarto do jogo estava imerso no fumo de tabaco, e a cabeça bem podia começar a doer; e também podia ser que as finanças de Sacha estivessem em desordem, porque nos últimos tempos jogara como um doido e andara com perdas significativas, e ele era um menino com regras e tinha vergonha de incomodar os pais a toda hora.

Numa palavra, deixamos esse jovem rapaz andar pra lá e pra cá sobre a passadeira de feltro que recobria o corredor, e caímos no jogo, entre goles e petiscos, discussões e algazarra, e esquecemos completamente o andar das horas noturnas e do solene acontecimento esperado na família do comandante. E para que esse esquecimento fosse ainda mais cerrado, cerca de uma hora depois da meia-noite, fomos parados no nosso ardor por uma circunstância inesperada, trazida pelo mesmo recém-chegado desconhecido que, como eu disse, víramos sair dum trenó pra pernoitar no nosso hotel.

V

Pouco depois da uma da madrugada, no quarto em que jogávamos entrou Marko, o empregado mais velho do hotel e, meio hesitante, informou que o recém-chegado, "entendente-chefe de príncipes" que ocupara o quarto tal, o mandara a nós para pedir desculpas e informar que estava sem sono e com

[9] Provavelmente, o ponche. No ponche clássico, há cinco elementos: açúcar, uma bebida alcoólica forte (conhaque, rum ou vodca), vinho (champanhe ou tinto), especiarias (canela, noz-moscada e cravo) e sumo de alguma fruta. Podia haver mais elementos no ponche bebido pelos hussardos, que costumavam acrescentar-lhe chá quente, clara batida de ovos e casca seca de limão moída, entre outras coisas. (N. do T.)

Homens interessantes

tédio e, por isso, mandava perguntar se os senhores oficiais não lhe permitiriam juntar-se a eles e tomar parte no jogo.

— Mas tu conheces esse senhor? — perguntou o mais graduado de nós.

— Por favor, como não conhecer Avgust Matviéitch? Tudo mundo aqui conhece Avgust Matviéitch, na Rússia inteira, basta que seje um lugar com porpriedades de algum príncipe, todos conhecem. Avgust Matviéitch tem a mais alta percuração pra tudo que é negócio e patrimonho de príncipes e ganha pra perto de quarenta mil por ano só desde salário. (Naquela época, tudo era contado em notas.)

— Por acaso é polaco, é?

— É dos polacos, mas só que uma pessoa da melhor e também fez o serviço militar.

O empregado que nos falava disso era tido por todos na conta de pessoa direita e dedicada a nós. Era esperto e religioso, não perdia nunca as matinas e coletava dinheiro para a paróquia da aldeia comprar um sino. Marko, ao ver que nos interessáramos, procurou aumentar o interesse.

— Avgust Matviéitch agora — disse — vem vindo de Moscou, dizem praí, com duas porpriedades dum príncipe hipotrocadas, e deve tar com dinheiro, só quer esprairecer um pouco.

Os nossos entreolharam-se, cochicharam e decidiram:

— Pra que vamos ficar passando as nossas testudas[10] do porta-moedas de um pro de outro? Que venha uma pessoa nova e nos renove com um elemento novo.

— Pois está muito bem — dissemos. — Mas responde lá: ele tem dinheiro?

---

[10] Na Rússia tsarista, moeda de ouro (inicialmente francesa, com a imagem da cabeça de um dos Bourbons; daí a designação popular), com o valor de cinco rublos (1755-1897) e, posteriormente, sete rublos e meio. (N. do T.)

— Por favor! Avgust Matviéitch nunca está desdinhei-
rado.

— Bem, se é assim, então que venha e traga dinheiro,
nós ficamos muito contentes. Não é isso, senhores? — dirigiu-
-se a todos o capitão do Estado-maior.

Todos responderam com um aceno de cabeça.

— Então, maravilha. Dize-lhe, Marko, que está convidado.

— Sim, senhor.

— Mas só uma coisa... pra todo caso, dá-lhe a entender
ou dize francamente que nós aqui podemos ser camaradas e
tudo o mais, mas até entre nós o jogo sem falta é só a dinheiro. Nada de contas nem de recibos, por nada no mundo.

— Sim, senhor, mas nisso não se preocupe. Ele tem dinheiro em tudo que é lugar.

— Então convida-o.

Depois do tempo mais curtinho, o suficiente para uma
pessoa não janota vestir-se, abriu-se a porta e na nossa nuvem
de fumo entrou um desconhecido de aspecto decente, alto,
airoso e entrado em anos, em traje de civil, mas de modos
marciais e olhai... até se poderia dizer, de oficial dos corpos
de guarda, como então estava na moda; isto é, um jeito despachado e cheio de confiança em si, mas com a graça indo-
lente da saturação indiferente. O rosto bonito, com os traços
rigorosamente distribuídos como no mostrador metálico dos
compridos relógios de Graham.[11] Ponteiro por ponteiro, o
complexo mecanismo funciona à maior perfeição.

E ele próprio era comprido como um relógio, e falava
tal qual os Graham badalam.

[11] George Graham (1675-1751), célebre mestre relojoeiro inglês.
Seus relógios distinguiam-se por uma absoluta precisão. Fabricou grande
quantidade de aparelhos astronômicos e cronômetros por encomenda do
Observatório de Greenwich. (N. da E.)

— Peço desculpas — começou —, senhores, por permitir-me querer um cantinho na vossa amistosa companhia. Eu sou fulano de tal (disse o seu nome), venho de Moscou a caminho de casa, mas fiquei cansado e quis descansar aqui, aí ouvi a vossa conversa e "o sossego foge dos olhos".[12] Como um velho cavalo de combate, eu vim correndo e apresento-vos a minha sincera gratidão por me haverdes aceito.

Responderam-lhe:

— Por favor! Por favor! Nós somos gente simples e comemos pães de mel não enfeitados.[13] Nós aqui somos todos camaradas e não sabemos o que é cerimônia.

— A simplicidade — respondeu ele — é o melhor de tudo, é amada por Deus e nela está a poesia da vida. Eu próprio servi no serviço militar e posso ter sido obrigado a deixá-lo por questões familiares, quando eu estava na manobra mais feliz, mas os costumes militares ficaram em mim, e eu sou inimigo de todas as cerimônias. Mas vejo que estais todos, senhores, de sobrecasaca, num calor destes.

— Pois é, temos de confessar, acabamos de vesti-las para a recepção de uma pessoa desconhecida.

— Ai, que vergonha! Era o que eu temia. Mas se vós já tivestes toda a gentileza de receber-me, então no primeiro passo da nossa amizade não me podeis fazer prazer maior do que livrar-vos delas e ficar do jeito de antes da minha chegada.

---

[12] Citação imprecisa de *Ermak*, tragédia em versos de Aleksei Khomiakov (1804-1860), filósofo religioso, escritor, poeta e publicista, um dos fundadores da doutrina eslavófila. (N. do T.)

[13] Fusão de dois provérbios russos: "*mi liúdi prostie i iedim priániki tólstie*" ("somos gente simples e comemos pães de mel grossos") e "*mi liúdi negrámotnie i iedim priániki nepíssanie*" ("somos gente analfabeta e comemos pães de mel *não escritos*"). (N. do T.)

Os oficiais permitiram ser inclinados a isso e ficaram só de colete e exigiram, ademais, o mesmo *deshabillier* do desconhecido. Avgust Matviéitch lançou de si a *venguierka*[14] ágil e solidamente costurada com forro de seda azul nas mangas e não se recusou a beber um cálice de vodca "pelo conhecimento com todos".

Todos beberam um cálice e petiscaram, e nisso lembraram-se do "primo" Sacha, que continuava o seu passeio pelo corredor.

— Desculpe — disseram —, está a faltar um dos nossos. Chamai-o cá!

E disse Avgust Matviéitch:

— O senhor deve dar pela falta desse interessante e jovem alferes que está a andar em encantadora meditação pelo corredor, não?

— Pois, sim, dele. Chamai-o cá, senhores!

— Mas ele não vem.

— Mas que negócio!... Um jovem camarada, pessoa encantadora e que já tirou todo o curso das ciências da bebida e do jogo, e hoje sem mais nem menos mudou e deu pra modorrar. Trazei-o cá, senhores, à força.

Isso foi contradito, e ouviram-se várias observações de que Sacha podia estar realmente doente.

— Com os diabos, dou a minha cabeça ao carrasco se ele não está simplesmente cansado ou ficou triste por falta de costume de perder muito dinheiro.

— E o alferes perdeu muito?

— Sim, no último tempo teve um azar desgraçado, esteve o tempo todo como que descontrolado e o tempo todo perdeu.

— Ora vejam, isso acontece; mas ele está com um as-

[14] Literalmente "húngara", japona com cordões transversais bordados, pelo modelo do uniforme dos hussardos húngaros. (N. do T.)

pecto, como se fosse não tanto infeliz nas cartas, quanto infeliz no amor.

— E o senhor viu-o?

— Sim; e aliás pude olhá-lo atentamente da maneira mais casual possível. Ele está tão pensativo e perdido, que entrou por engano no meu quarto em lugar do seu e, sem ver-me na cama, foi direto à cômoda e começou a procurar algo. Até pensei que fosse um lunático e chamei Marko.

— Que coisa assombrosa!

— Sim, e quando Marko lhe perguntou o que desejava, ele não mostrou jeito de entender logo o que se passava e, depois, pobrezinho, ficou muito envergonhado... Eu me lembrei dos velhos tempos e pensei: isso é paixonite na certa!

— Que seja paixonite, então. Acabará passando. Vós, lá na Polônia, meu senhor, dais demasiada importância a essa sentimentação, mas nós da Moscóvia somos gente rústica.

— Sim, mas o aspecto desse jovem não fala de rusticidade; ele, pelo contrário, é meigo e pareceu-me perturbado ou aflito.

— Ele está simplesmente cansado, e, pela nossa filosofia, é preciso usar de força com ele. Senhores, saiam dois e tragam cá o Sacha, ele que rebata as suspeitas de amor sem esperanças!

Dois oficiais saíram e voltaram com Sacha, em cujo rosto jovem vagavam, um vencendo os outros, o cansaço, a vergonha e um sorriso.

Ele dizia que realmente não estava bem, mas que o que mais o transtornava era que constantemente o intimavam a dar contas. Quando lhe disseram, em brincadeira, que até um desconhecido notara nele "um sofrimento do coração por *amour*", Sacha de repente teve um acesso e olhou para o nosso hóspede com um ódio indescritível, em seguida disse zangado e ríspido:

— Mas que absurdo!

Ele pediu permissão para ir para o seu quarto e deitar-se, mas lembraram-no de que naqueles dias estava-se à espera de um importante acontecimento, que todos desejavam comemorar juntos e, portanto, deixar o grupo não era permitido. À menção do "acontecimento" esperado, Sacha de novo empalideceu.

Disseram-lhe:

— Ir-se está proibido, mas toma o teu cálice de vodca de regra e, se não queres jogar, então tira a sobrecasaca e deita-te aqui num divã. Quando a criança berrar lá, aí nós ouviremos e te acordaremos.

Sacha obedeceu, mas não totalmente; o cálice de vodca ele bebeu, mas a sobrecasaca ele não tirou e também não se deitou, e sentou-se a um canto escuro, ao pé da janela, onde pela cortina mal colocada entrava um friozinho, e deixou-se ficar a olhar para a rua.

Se ele esperava por alguém e estava à espreita ou se simplesmente alguma coisa interior o incomodava, isso não sei dizer-vos; mas ele só ficava a olhar a chama tremer no lampião, que o vento balançava e fazia ranger, e ora afundava-se na poltrona, ora parecia querer arrancar-se e fugir correndo.

O nosso desconhecido, a cujo lado eu estava sentado, notou que eu observava Sacha, e ele próprio o observava. Eu devia saber isso pelos seus olhares e pelo que me disse, e ele disse-me a meia-voz as seguintes e reles palavras, que eu nunca mais consegui esquecer:

— O senhor dá-se com esse seu camarada?

Com isso, deu um arremesso de olhos na direção de Sacha, que estava afundado na poltrona.

— Sim, claro — respondi com um leve ardor da juventude, que enxergara na pergunta uma familiaridade descabida.

Avgust Matviéitch notou-o e apertou a minha mão levemente sob a mesa. Olhei para o seu rosto respeitável e boni-

Homens interessantes

61

to, e de novo, por uma estranha associação de ideias, torna-ram-me à lembrança os relógios ingleses de caixa comprida de fabricação Graham, que nunca se traíam. Cada ponteiro arrastava-se segundo o seu devido fim e assinalava as horas, os dias, os minutos e os segundos, o fluxo lunar e os "zodíacos estelares", e sempre com a mesma fria e indiferente fachada: eles conseguem indicar tudo, assinalam tudo — e permanecem os mesmos.

Tendo-me reconciliado comigo próprio com aquele aperto carinhoso de mão, Avgust Matviéitch prosseguiu:

— Não se zangue comigo, rapaz. Creia, eu não quero dizer nada de ruim acerca do seu camarada, mas já vivi muito, e a situação dele sugere-me uma coisa.

— Em que sentido?

— Ela parece-me um tanto... como dizer-lhe isso... feral; ela comove-me profundamente e inquieta-me.

— Até já o inquieta?

— Sim, precisamente: inquieta-me.

— Ora, ouso assegurar-lhe que é uma inquietação de todo injustificada. Conheço bem todas as circunstâncias desse meu camarada e garanto que não há nelas nada que possa turvar ou interromper o curso da sua vida.

— *Interromper*! — repetiu ele, depois de mim. — *C'est le mot*![15] Eis precisamente a palavra... "interromper o curso da vida"!

Deu-me um certo mal-estar. Por que fora eu expressar-me dum jeito que daria àquele desconhecido um pretexto para agarrar-se à minha expressão?

Avgust Matviéitch começou de repente a não agradar-me, e passei a olhar com má vontade para o seu preciso mostrador de Graham. Algo harmonioso e ao mesmo tempo

---

[15] Em francês, no original: "Eis a palavra". (N. do T.)

opressivo e irresistível. Anda, anda — soa o carrilhão, e a sua marcha prossegue. E tudo nele era tão extraordinário... Ali estava a manga da sua camisa,[16] que era incomparavelmente mais fina e mais branca do que todas as nossas, e sob ela uma malha vermelha de seda brilhava, qual sangue, sob os punhos brancos. Como se ele tivesse tirado de si toda a pele viva e se houvesse transformado em outra coisa. E no antebraço um bracelete feminino de ouro, que ora se elevava até à mão, ora de novo caía e ocultava-se embaixo da manga. Nele podia ler-se nitidamente o nome russo "Olga", gravado com letras polacas.[17]

Essa "Olga", não sei por quê, irritou-me. Seja lá quem fosse ela e o que fosse para ele, parente ou amante, do mesmo modo irritava-me.

Como assim, com que motivo, por quê? Não sei. Assim, era uma das milhares de tolices que vêm não se sabe de onde para "turvar o entendimento aos mortais".

Mas lembrei-me de que precisava livrar-me daquela minha palavra, "interromper", a que ele dera um significado indesejável, e disse:

— Lamento haver-me expressado assim, mas a palavra que eu disse não pode ter nenhum duplo sentido. O meu camarada é jovem, tem posses, é o filho único dos seus genitores e é querido por todos...

— Sim, sim, mas no entanto... ele não está bem.

---

[16] O parágrafo inteiro remete o leitor aos contos maravilhosos russos, em que pessoas enfeitiçadas vivem sob uma pele de disfarce e, quando precisam, tiram-na e transformam-se em outro ser. No conto "A princesa-rã", por exemplo, ela enfia restos de comida nas mangas e, quando se põe a dançar e agita os braços, dali saem joias e outras maravilhas. Tudo serve para cercar a personagem do intendente de uma aura de mistério. (N. do T.)

[17] Diferentemente do russo, cujo alfabeto, o cirílico, baseia-se no grego, o idioma polaco usa o alfabeto latino. (N. do T.)

— Não percebo o que diz.

— Ele é mortal, não?

— Subentende-se, como o senhor e eu, como o mundo inteiro.

— Inteiramente justo, só que as pessoas do mundo inteiro eu não consigo ver, e nem em mim nem no senhor há os sinais fatídicos que há nele.

— Que "sinais fatídicos"? De que está a falar?

Eu ri-me despropositadamente.

— Por que ri de uma coisa dessas?

— Pois é, desculpe-me — disse eu. — Reconheço a indelicadeza do meu riso, mas coloque-se na minha situação: nós dois olhamos para a mesma pessoa, e diz-me o senhor que vê nela algo fora do comum, quando eu não consigo enxergar nada para além do que sempre vi.

— Sempre? Isso não pode ser.

— Asseguro-lhe.

— A face hipócratica!

— Eu não percebo nada dessas coisas.

— Como não percebe? Há, pois, um *agent psychique*.[18]

— Continuo a não perceber — disse eu, a sentir que a expressão me metera um pouco de um medo tolo.

— *Agent psychique*, ou face hipócratica, são sinais impenetráveis, fatídicos e estranhos, que há muito se conhecem. Esses traços imperceptíveis surgem nos rostos das pessoas nos momentos fatídicos das suas vidas, apenas às vésperas de "dar o grande passo em direção ao país de onde nenhum viandante jamais voltou"...[19] Quem sabe observar magnificamente esses traços são os escoceses e os hindus das Montanhas Azuis.

---

[18] Em francês, no original: "sinal psíquico". (N. do T.)

[19] Citação inexata de passagem do *Hamlet* (ato III, cena 1), de William Shakespeare. (N. do T.)

— O senhor esteve na Escócia?

— Sim, estudei agronomia na Inglaterra e viajei pelo Hindustão.

— Pois bem, quer-me dizer que o senhor vê esses malditos traços que conhece no bom Sacha?

— Sim; se esse jovem agora se chama Sacha, creio eu, logo receberá *outro* nome.

Senti o terror atravessar-me todo e fiquei indizivelmente feliz com a aproximação, nesse exato momento, de um dos nossos oficiais, que já estava bem tocado; perguntou-me:

— Que é que foi? Sobre que discutes com esse senhor?

Respondi que não estávamos em absoluto a discutir, mas que entre nós começara uma conversa que era estranha e me deixara perturbado.

O oficial, jovem simples e decidido, olhou para Sacha e disse:

— Ele é realmente um tipo asqueroso! — mas, em seguida, virou-se para Avgust Matviéitch e perguntou com severidade:

— E o senhor que é? Frenólogo ou adivinho?

O outro respondeu:

— Não sou frenólogo nem adivinho.

— Então sabe-se lá o que é o senhor?

— Bem, também isso não, não sou "sabe-se lá o quê" — respondeu o outro tranquilamente.

— Mas que é o senhor, então? Bruxo?

— Bruxo também não.

— Mas quem?

— *Místico*.

— Aha! O senhor é um *místico*!... Isso significa que gosta de jogar uístico.[20] Conheço, conheço, já vimos gente assim

---

[20] No original, a palavra *vint* ("uíste") é deturpada para rimar com *místik* ("místico"). (N. do T.)

— disse o oficial de modo arrastado, e, estando já bem bebido, foi de novo refrescar-se mais um pouco com vodca.

Avgust Matviéitch olhou para ele nem bem com pena, nem bem com desprezo. No seu mostrador, os ponteiros indicadores moveram-se; ele levantou-se, afastou-se em direção aos que jogavam, a declamar bem baixinho uns versos de Krasinski:[21]

> *Ja Boga nie chce, ja nieba nie czuje,*
> *Ja w niebo nie pójde...*[22]

Veio-me de repente uma aflição tamanha, como se eu estivera a conversar com o próprio *pan* Twardowski,[23] e eu quis ganhar um pouco mais de ânimo. Fui para mais longe ainda da mesa de jogo, encaminhando-me para a de petiscos, e retardei-me ali um pouquinho com o camarada, que explicara a seu modo a palavra "místico", e, quando depois de cerca de uma hora uma onda me levou de volta para onde se jogava, eu vi a talha nas mãos de Avgust Matviéitch.

Tinha ele um registro enorme dos ganhos e perdas, e em todos os rostos lia-se uma certa antipatia a ele, a qual em parte se expressava até com expressões desafiadoras, que a cada minuto ameaçavam tornar-se mais agudas e talvez fazer-se causa de sérios aborrecimentos.

---

[21] Zygmunt Krasinski (1812-1859), poeta polaco, considerado um dos maiores expoentes do Romantismo na Polônia. (N. do T.)

[22] Em polaco, no original: "não quero Deus, não almejo o céu, para o céu não irei...". (N. do T.)

[23] Herói de uma lenda popular polaca, o Fausto da Polônia, que vendeu a alma ao diabo pelos conhecimentos e deleites do mundo. A lenda de Twardowski foi elaborada por muitos escritores do país, como Józef Ignacy Kraszewski (1812-1887), que escreveu a novela *Pan Twardowski,* traduzida na Rússia em 1859. (N. da E.)

Sem aborrecimentos mais adiante o caso parecia que não ficaria, como se assim já houvesse o destino, no dizer dos mujiques, "disponhado" as coisas.

VI

Quando me aproximei dos que jogavam, algum dos nossos observou, por exemplo, a Avgust Matviéitch que o bracelete, que saltava para cima e para baixo no seu braço, o atrapalhava no dar as cartas. E imediatamente acrescentou:

— Talvez fosse melhor o senhor tirar esse enfeite feminino.

Mas também diante disso Avgust Matviéitch manteve a calma e respondeu:

— Tirar seria melhor, pois assim é, mas estou impedido de valer-me da sua bondosa sugestão: esta coisa foi rebitada para nunca mais sair do meu braço.

— Olhai só a fantasia: fazer-se de cativo!

— E por que não? Às vezes, é muito bom sentir-se cativo.

— Aha, até os polacos finalmente reconheceram isso!

— Como não? No tocante a mim, desde os primeiros dias em que se me tornaram acessíveis os conceitos de bem, verdade e beleza, reconheci que eles eram dignos de imperar sobre os sentimentos e a vontade do homem.

— Mas em quem soem vir reunidos todos esses ideais?

— Claro, na melhor criação divina: a mulher.

— Numa chamada Olga — brincou alguém, ao ler o nome no bracelete.

— Pois, sim, adivinhou: Olga é o nome da minha esposa. Não é verdade que esse é um belo nome russo e não é grato pensar que os russos, embora o tenham tomado aos gregos, o tenham também encontrado no seu meio natal?

— É casado com uma russa?

— Eu sou viúvo. A felicidade com que fui distinguido foi tão completa e tão grande, que não podia ser prolongada, mas a mim até hoje faz feliz a lembrança de uma mulher russa que se considerou feliz comigo.

Os oficiais entreolharam-se. A resposta pareceu-lhes um pouco mordaz e endereçada a alguém.

— O diabo o carregue! — disse alguém. — Não quererá esse viageiro dizer que os senhores polacos são especialmente encantadores e corteses e que as nossas mulheres perdem a cabeça com a sua amabilidade?

O outro devia ter sem falta ouvido essas palavras, até olhou na direção de quem falara e sorriu, mas imediatamente pôs-se a dar cartas tranquila e corretamente. Seguiam-no, naturalmente, com os olhos bem abertos os que jogavam contra a banca, mas nenhum deles notou algo de errado. Ainda por cima, não podia haver nenhuma suspeita de trapaça, porque Avgust Matviéitch estava com uma perda muito significativa. Por volta das quatro horas, ele pagara já mais de dois mil rublos e, terminado o pagamento, disse:

— Se os senhores desejarem continuar o jogo, então eu aposto mil.

Os oficiais que tinham vencido, pela etiqueta do jogo de apostas, consideraram embaraçoso abandonar a mesa e responderam que apostariam.

Alguns apenas, virando-se, olharam de novo o dinheiro que Avgust Matviéitch lhes dera, mas atestaram a sua validade.

Tudo estava em completa ordem, ele pagara a todos com as notas mais fidedignas e indubitáveis.

— Daqui para a frente, senhores — disse ele —, não poderei pôr sobre a mesa, à sua frente, dinheiro corrente, já que tudo o que eu tinha nessa modalidade já se foi das minhas mãos. Mas tenho letras bancárias de quinhentos e mil rublos. Porei essas letras e, por comodidade, pedirei aos senhores, para a primeira rodada, que me troquem um par desses bilhetes.

— Isso é possível — responderam-lhe.

— Nesse caso, terei agora honra de apresentar-lhes dois bilhetes e pedirei que os examinem e troquem por dinheiro.

Com essas palavras, levantou-se do lugar, foi até à sobrecasaca, deitada sobre o sofá, não longe de onde Sacha continuava sentado, em solta autoprofundação, e pôs-se a remexer nos bolsos. Mas isso durou um certo tempo, e depois Avgust Matviéitch atirou bruscamente a sobrecasaca para longe de si, levou a mão à testa e por pouco não foi ao chão.

Esse movimento foi de imediato notado por todos e pareceu tão verdadeiro e autêntico, que Avgust Matviéitch despertou em muitos a mais viva simpatia. Dois ou três que dele estavam mais perto exclamaram compassivamente: "Mas que é isso com o senhor?" e apressaram-se em ampará-lo.

O nosso hóspede estava muito pálido, e o seu rosto, transfigurado. Eu vi dessa vez, e pela primeira, como uma mágoa enorme e inesperada transtornava e envelhecia instantaneamente uma pessoa muito forte e de grande autodomínio, a qual, parecia-me, devia considerar-se aquele intendente-chefe de príncipes que aparecera entre nós para a sua, e também nossa, infelicidade. A desgraça inesperada que acomete instantaneamente uma pessoa como que a tritura, amassa e amarrota, como uma mulher a um trapo na lavanderia, e depois malha-a com a pá de bater roupa até as pancadas lhe tirarem tudo de dentro. Não sei e não tentarei descrever-vos o rosto e os olhares de Avgust Matviéitch, mas lembro-me vivamente da comparação, deplorável e desrespeitosa com a sua desgraça, que me veio à cabeça quando fui para perto do intendente-chefe e aproximei uma vela do seu rosto. Isso de novo tinha que ver com relógios e o seu mostrador, e ademais era um caso engraçado com eles.

Homens interessantes

Meu pai tinha paixão por quadros antigos. Procurava um monte deles e estragava-os: ele próprio os borrava com solvente e cobria com novo verniz. Costumávamos vê-lo trazer um quadro antigo de algum lugar, e víamos a superfície lisa e um tanto escura na qual todas as cores de algum jeito se esbatiam e suavizavam-se formando algo indistinto mas harmônico sob uma camada de verniz escurecido; mas eis que ele passava pelo quadro uma esponja embebida em aguarrás; o vítreo verniz começava a torcer-se, escorriam torrentes sujas, e todos os tons daquele mesmo quadro entravam em movimento, mudavam e pareciam ficar em desordem. O quadro ficava como se fosse outro, precisamente porque só então é que ele se apresentava aos olhos por si só, tal como era, sem o verniz de embelezamento que tudo aplanava e aplacava. E veio-me à lembrança que uma vez nós, imitando o nosso pai, quisemos do mesmo modo *lavar* o mostrador do relógio do nosso quarto de crianças e, para o nosso horror, vimos o papão com uma cesta, em que estavam sentadas crianças desobedientes, perder, de repente, os seus contornos, e no lugar do rosto corajoso surgir uma coisa no mais alto grau ambígua e ridícula.

Algo igual é o que mostra de si, na desdita, uma pessoa viva, até com grande domínio de si, e às vezes até orgulhosa. A desgraça arranca-lhe o verniz e de supetão patenteiam-se a toda a gente os seus tons apagados e as rachaduras que chegam até à imprimadura.

Mas o nosso hóspede era ainda mais forte do que muitos. Ele tinha o domínio de si, tentava recompor-se e disse:

— Desculpai-me, senhores, isto foram coisas de nada... Eu apenas vos peço que não ligueis importância a isso e me deixeis ir para o meu quarto porque... estou a sentir-me mal: desculpai-me, mas não posso continuar o jogo.

E Avgust Matviéitch virou para todos um rosto que era como um mostrador de relógio perfeitamente limpo, mas ele próprio tinha de esforçar-se por manter o sorriso amável. Claramente ele queria "retirar-se sem nenhuma história", mas nesse exato instante um dos nossos, também, é claro, sob a influência de um cálice a mais, gritou de modo desafiador:

— Mas será que o senhor já não estava mal antes de vir para cá?

O polaco empalideceu.

— Não — respondeu ele de imediato e levantando bem a voz. — Não, eu nunca estive antes *tão mal*. Quem diz e pensa diferente, está equivocado... Descobri uma coisa inesperadamente... Tenho uma razão suficiente para revogar a minha intenção de continuar a jogar e decididamente não percebo: que é que alguém pode querer de mim?

Aí todos começaram a falar:

— De que fala ele? Ninguém deseja nada do senhor, ninguém lhe exige nada, prezado Avgust Matviéitch. É só uma curiosidade: que descobrimento foi esse que fez encontrando-se cá entre nós?

— Nenhum — respondeu o polaco e, agradecendo com uma inclinação de cabeça aos oficiais, que o haviam amparado por força da sua momentânea fraqueza, acrescentou:

— Vós, senhores, não me conheceis nem um pouco, e a minha reputação, a vós recomendada por um empregado de hotel, não pode falar-vos muito em meu favor, e por isso eu não acho possível continuar esta conversa e desejo despedir-me de vós.

Mas retiveram-no.

— Perdão, perdão — disseram-lhe. — Assim não é direito.

— Não sei por que "assim não é direito". Eu paguei tudo o que perdera, e não quero continuar a jogar e peço que me dispenseis da vossa companhia.

— Mas não se trata de dinheiro...

— Pois sim, não se trata de dinheiro.

— Mas de quê, então?... Pergunto: "Que desejais?" e vós respondeis que de mim "não se deseja nada"; quero ir-me quieto, e vós reclamais... Qual é o problema, com os diabos?! Qual é o problema?

Aí abeirou-se dele um dos capitães bigodudos do Estado-maior, "camarada em combates encanecido",[24] sujeito calejado em todos os tipos de conflito em jogos de cartas.

— Prezado senhor! — começou ele por dizer. — Permita que eu sozinho tenha uma explicação com o senhor em nome de muitos.

— Fico muito contente, embora não veja de modo nenhum sobre que explicar-nos.

— Eu lho exporei agora.

— Seja servido.

— Eu e os meus companheiros, prezado senhor, realmente não o conhecemos, mas nós o aceitamos à nossa companhia com a nossa credulidade simples de russos, entretanto o senhor não conseguiu ocultar que uma coisa inesperada o fulminara... E isso no nosso círculo... Prezado senhor, citou a palavra "reputação". Nós também, com os diabos, temos reputação, eu espero... Pois! Nós lhe acreditamos, mas também pedimos que se confie à nossa honradez.

— De bom gosto — cortou o polaco. — De bom gosto! — e estendeu a mão, que o capitão pareceu não ter visto.

— Dou-lhe o meu braço e a minha cabeça em garantia de que aqui não o espera nada nem minimamente desagradável — continuou o capitão —, e qualquer um que o ofender com o que quer que seja, nem que for a mais remota indireta, até ao esclarecimento do caso, verá em mim um defensor do senhor. Mas o presente caso não pode ficar assim;

---

[24] Perífrase de um verso das "Noites egípcias", de Aleksandr Púchkin: "*V drujínakh rímskikh possediéli*" ("Nas tropas romanas encanecido"). (N. do T.)

o seu comportamento parece-nos estranho, e peço-lhe, em nome de todos os presentes, que se acalme e nos explique se realmente ficou doente de repente ou se notou alguma coisa e algo lhe aconteceu. Pedimos-lhe que nos diga isso numa palavra.

Todos fizeram coro: "sim, todos nós pedimos, todos pedimos!". E realmente todos pediram. O movimento tornou-se geral. A ele não se juntou unicamente Sacha, que, como antes, permanecia no seu estúpido desnorteio, mas também ele se levantou e disse: "Como isso é repugnante!" e virou-se para a janela.

O polaco, quando nós avançamos sobre ele de modo tão abrupto, não se perturbou, antes pelo contrário, até se deu ares de valente, abriu os braços e disse:

— Bem, nesse caso, senhores, eu vos peço que me desculpeis: eu não queria dizer nada e queria aguentar tudo no meu coração, mas, quando vós com a honra me obrigais a contar o que me sucedeu, eu me submeto à honra e, como pessoa honrada e representante da nobreza...

Alguém não se conteve e gritou:

— Sem tanta conversa sobre honra!

O capitão olhou zangado na direção de onde isso fora dito, e Avgust Matviéitch prosseguiu:

— Como pessoa honrada e representante da nobreza, eu lhes direi, senhores, que, para além do que eu perdi para vós, eu tinha ainda na carteira doze mil rublos em notas de mil e de quinhentos.

— Tinha esse dinheiro consigo? — perguntou o capitão.

— Sim, comigo.

— Lembra-se bem disso?

— Sem a menor dúvida.

— E agora ele não está consigo?

— Assim é, como o senhor disse: não está.

O oficial bêbado tornou a gritar:

— Será que existia mesmo esse dinheiro?

Mas o capitão respondeu ainda com mais severidade:

— Peço que cales a boca! O senhor que vemos diante de nós não ousa mentir. Ele sabe que não se brinca com tais coisas na presença de pessoas probas, porque um negócio desses cheira a sangue. E que nós somos realmente gente proba, isso nós temos de mostrar nos procedimentos. Ninguém, senhores, dê um passo do lugar, e vós, alferes tal, e vós, e vós também (ele nomeou três camaradas), tenham a bondade de trancar todas as portas a chave e deitar as chaves aqui, à vista de todos. O primeiro que quiser sair daqui trate de ficar onde está, mas eu espero que nenhum de nós faça isso, senhores. Ninguém ousa duvidar que um de nós possa ser o culpado pelo desaparecimento de que fala este viajante, mas isso deve ser provado.

— Sim, sim, sem dúvida — fizeram coro os oficiais.

— E quando tal for provado, então começará o segundo ato, e agora, em defesa da nossa honra e orgulho, todos nós, senhores, estamos obrigados, sem sair daqui, a permitir sem tardança que nos revistem até ao último fiozinho.

— Sim, sim, revistar, revistar — disseram os oficiais.

— E até ao último fiozinho, senhores! — repetiu o capitão.

— Isso, isso!

— Nós todos, um de cada vez, nos poremos em pelo diante deste senhor. Sim, sim, como mamãe nos pôs no mundo, nus, para que não se possa esconder nada em nenhum lugar, e ele próprio reviste a cada um de nós. Sou mais velho do que todos vós nos anos e no serviço, e serei o primeiro que se submeterá à revista, na qual não deve haver nada de humilhante para as pessoas honestas. Peço que vos afasteis um pouco de mim e formeis uma fila — eu começo a despir-me.

E pôs-se imediatamente, com movimentos bruscos, a

tirar tudo de si, até às meias dos pés, e, pondo as coisas no chão, diante do intendente, ergueu as mãos acima da cabeça e disse:

— Eis-me todo, como um recruta na incorporação. Peço-lhe que reviste as minhas coisas.

Avgust Matviéitch fez menção de recusar e esquivar-se sob o pretexto bastante justo de que não levantara suspeitas e não exigira nenhuma revista.

— Eh, não, essa brincadeira é velha — disse, todo vermelho e com um brilho colérico nos olhos, o capitão, e bateu os pés descalços no chão. — Agora é tarde para vir com delicadezas, prezado senhor... Eu não me despi à toa diante do senhor... Peço que examine as minhas coisas até ao último fiozinho! Senão, eu, nu em pêlo, neste mesmo instante o matarei com esta cadeira.

E uma pesada cadeira de taberna ficou a mover-se pelo ar, nas mãos peludas do capitão, sobre a cabeça de Avgust Matviéitch.

VII

Avgust Matviéitch, por bem ou por mal, inclinou-se sobre as roupas do capitão, estendidas à sua frente, e foi tocando as coisas apenas para salvar as aparências. Os calcanhares nus patearam no chão com mais força, e com o seu tamborilar surdo ressoou uma voz estrangulada e sibilante:

— Não é assim que se procura, não é assim! Segurai-me, ou eu me atirarei a ele e o estrangularei, se ele não nos revistar como se deve!

O capitão estava literalmente fora de si e tremia todo, de tanta cólera, que até o musgo negro das axilas dos seus braços musculosos também tremia, e ele apertou-os convulsamente acima da cabeça.

Homens interessantes

O polaco, no entanto, mostrou-se um bravo e não se intimidou nem um pouco diante do acesso raivoso do capitão: lançou um olhar tranquilo ao seu rosto e às suas axilas, onde como que tremiam duas ratazanas negras, e disse:

— Se assim o deseja, e embora eu tenha convicção de que é sem dúvida uma pessoa honesta, eu, atendendo o seu pedido, o revistarei como a um ladrão.

— Sim, com os diabos, sou uma pessoa honesta e exijo sem falta que o senhor me reviste *como a um ladrão*!

Avgust Matviéitch revistou-o e, claro, não achou nada.

— De modo que estou livre de suspeitas — disse o capitão. — Peço aos outros que sigam o meu exemplo.

Outro oficial despiu-se, e revistaram-no da mesma maneira, depois um terceiro, e assim todos nós, um de cada vez, permitimo-nos o exame, e de não revistado ficara tão somente Sacha, quando, no instante em que chegou a sua vez, de repente ouviu-se uma batida à porta do quarto.

Todos nós estremecemos.

— Não entra ninguém! — comandou o capitão.

A batida repetiu-se, mais insistente.

— Mas quem diabo é esse que teima em querer entrar?! Nós não podemos deixar entrar nenhum estranho a este caso imundo. Seja quem for, é mandá-lo pro diabo.

Mas a batida repetiu-se, e ouviu-se uma voz conhecida:

— Peço que abram, sou eu.

A voz pertencia ao nosso coronel.

Os oficiais entreolharam-se.

— Pois abram a porta, senhores — pedia o coronel.

— Abri — ordenou, abotoando-se, o capitão.

Abriram a porta, e o comandante, pouco querido de nós, entrou à moda de camarada nosso com um sorriso carinhoso, que raramente visitava o seu rosto.

— Senhores! — pôs-se ele a falar, sem ter tido tempo de olhar em redor. — Lá em casa está tudo muito bem, e depois dos minutos de agonia vividos por mim, saí a andar pelo ar livre e, sabendo do vosso camaradesco desejo de partilhar a minha alegria familiar, passei eu próprio por aqui para dizer--vos que Deus me deu uma filha!

Nós nos pusemos a felicitá-lo, mas as nossas felicitações, subentende-se, não foram tão vivas e alegres como o coronel tinha o direito de esperar, sabedor que era das nossas coletas que tanto o haviam comovido, e ele notou isso; circunvagou os seus olhos amarelos pelo quarto e deteve-os na pessoa estranha.

— Quem é esse senhor? — perguntou baixinho.

O capitão respondeu-lhe ainda mais baixinho e ato contínuo transmitiu-lhe em curtas palavras a nossa embaraçosa história.

— Que patifaria! — exclamou o coronel. — E como isso terminou, ou até agora ainda não terminou?

— Nós o obrigamos a revistar a todos nós, e perto da sua chegada havia só o alferes N. para ser revistado.

— Pois acabem com isso! — disse o coronel e sentou-se numa cadeira, no meio do quarto.

— Alferes N., é a sua vez de despir-se — chamou o capitão.

Sacha estava de pé, junto à janela, de braços cruzados sobre o peito e não respondeu nada, nem sequer se moveu do lugar.

— Que há, alferes, será que não ouve? — chamou o coronel.

Sacha saiu do lugar e respondeu:

— Senhor coronel e todos vós, senhores oficiais, juro pela minha honra que não roubei dinheiro nenhum...

— Fu, fu! A que vem esse seu juramento?! — respondeu o coronel. — Todos vós aqui estais acima de quaisquer suspeitas, mas se os seus camaradas decretaram fazer como eles fizeram, então o senhor também tem de fazer a mesma coi-

Homens interessantes

sa. Reviste-o esse senhor diante de todos, e depois começará outra história.

— Eu *não posso fazer isso*.

— Como?... Por que não pode?

— Não roubei o dinheiro, ele não está comigo, mas não deixarei que me revistem!

Ouviu-se um murmúrio de irritação, vozerio, movimentação.

— Que é isso? Isso é uma estupidez... Por que, então, todos nós nos deixamos revistar?...

— Eu não posso.

— Mas *o senhor deve* fazê-lo! O senhor deve, enfim, entender que a sua teimosia só reforça uma suspeita humilhante para todos nós... Deve ser-lhe cara, por fim, se não a sua honra, então pelo menos a de todos os seus camaradas, a honra do regimento e da farda!... Nós todos exigimos do senhor que tire a roupa agora, neste momento, e se deixe revistar... E como o seu comportamento já reforçou a suspeita, então nós ficamos contentes com a oportunidade de o senhor poder ser revistado à frente do coronel... Queira tirar a roupa...

— Senhores! — prosseguiu o jovem, pálido, coberto de suor frio. — Eu não peguei o dinheiro... Eu vos juro pelo pai e pela mãe, a quem amo mais do que a tudo no mundo. E não está comigo o dinheiro desse senhor, mas eu arrebentarei agora este caixilho e me atirarei pela janela, mas não tirarei a roupa por nada deste mundo. É o que exige a minha *honra*.

— Que honra, que nada! Que honra que pode estar acima da honra da sociedade... da honra do regimento... De quem é tal honra?

— Eu não vos direi mais nenhuma palavra, mas não me despirei, e estou com uma pistola no bolso: aviso que atirarei no primeiro que tentar obrigar-me.

O jovem, no dizer isso, ora empalidecia, ora afogueava--se inteirinho, como se em brasa, ofegava e com olhos erráticos olhava para a porta com um desejo aflitivo de evadir-se, e entrementes a sua mão, enfiada no bolso dos calções de montar, engatilhou a arma com um estalido.

Numa palavra, Sacha estava fora de si, e com esse êxtase deteve toda a torrente de persuasões a ele dirigidas e fez todos refletirem.

O polaco foi quem primeiro lhe manifestou a maior, uma até comovente simpatia. Esquecendo a sua situação de isolamento e de completa desvantagem e antipatia, gritou com uma expressão de terror contagiante:

— Maldição! A maldição caia sobre este dia e sobre aquele dinheiro! Eu não o quero, não o procuro, não o lamento, nunca direi nenhuma palavra sobre o seu sumiço a ninguém, mas apenas pelo amor do Jeová que vos criou, pelo amor do Cristo que padeceu pela verdade e pela graça, pelo amor de tudo o que a algum de vós mereça pena e carinho, deixem livre o caminho a esta *criancinha*...

Ele disse exatamente "criancinha" em lugar de "jovem", e ato contínuo, com uma voz completamente mudada, que parecia proceder das maiores profundezas da alma, disse:

— Não apresseis o destino... Será que não vedes aonde vai ele...

E este, ou seja, Sacha, nesse instante, realmente caminhava, ou melhor dizendo, abria caminho por entre os oficiais, em direção à porta.

O coronel seguiu-o com a esclerótica amarela dos seus olhos e disse:

— Que vá...

E em seguida, em voz ainda mais baixa, acrescentou:

— Acho que começo a entender uma coisa.

Sacha chegou ao limiar da porta, parou e, virando-se para todos, disse:

Homens interessantes

— Senhores! Sei que vos ofendi e quão feio deve ser aos olhos de cada um o meu procedimento. Perdoai-me!... Eu não podia agir de outra forma... Isso é um segredo meu... Perdoai-me!... É a minha honra...

Sua voz ficou embargada, bem como se nela houvessem começado a tremer puras lágrimas de criança, e ele envergonhou-se delas e quis escondê-las; cobriu os olhos com a palma da mão, gritou "adeus!" e saiu correndo.

VIII

É muito difícil referir tais acontecimentos diante de ouvintes tranquilos, quando já eu próprio também não me comovo com as impressões vividas. Hoje, quando é preciso contar até aonde chegou o caso, sinto que é definitivamente impossível transmitir isso com a vivacidade e, por assim dizer, concisão, rapidez e uma certa precipitação dos fatos, que atropelavam uns aos outros, empurravam-se e sobrepunham-se uns aos outros, e tudo isso para uma pessoa deitar uma olhada de uma certa altura fatídica à estupidez humana e de novo dissolver-se em algum lugar, na natureza.

Se vós lestes o que escreveu Jacolliot ou escreve acerca de coisas misteriosas a nossa patrícia Radda-Bai, então prestastes atenção ao que ela conta de uma "força psíquica" nos hindus e a relação desta força com "disposição mental".[25] Talvez exista força psíquica no janota que caminha pela calçada, a dar voltas à bengala e a assobiar "E e-is que va-mos,

---

[25] Louis Jacolliot (1837-1890), escritor francês, autor de romances de aventura. Radda-Bai era o pseudônimo da viajante e escritora russa Elena Petrovna Blavátskaia (1831-1891), membro de uma sociedade teosófica. (N. do T.)

e e-is que va-mos", de Orfeu.[26] Mas ide lá e fossai nele para procurar onde está essa força e para que se pode usá-la. O *Eclesiastes* mostra isso belamente, no exemplo da sombra que cai da árvore na direção da iluminação recebida...[27] Na barafunda geral, todos revoluteiam e tomam como o mais importante o que não é nem um pouco importante, e somente um olhar com outra orientação enxerga o verdadeiro e o principal naquele minuto, e aí tendes a força psíquica.

Em mim como que cintilou um pedacinho dela quando Sacha saiu correndo. Havia algo terrível no seu movimento e no seu virar-se; no salto rápido que não fora salto, mas como que um afastamento, como se ele se tivesse arrancado do lugar e voado embora sem deixar vestígios... Não se ouviram nem os seus passos no corredor, apenas uma coisa passou com ruído... O polaco lançou-se atrás dele... Pensamos que ele quisesse alcançá-lo e acusá-lo de furto, já que Sacha, se vos lembrais, tivera a fatídica infelicidade de, um tanto antes, entrar-lhe no quarto por engano e, por conseguinte, se tornara ainda mais suspeito em relação ao dinheiro desaparecido (e todos nós, por bem ou por mal, acreditávamos já na existência do tal dinheiro e no seu sumiço). Algumas pessoas fizeram um movimento rápido para barrar o caminho de Avgust Matviéitch até à porta, e o coronel gritou-lhe:

[26] Referência à opereta *Orfeu no inferno*, de Jacques Offenbach (1819-1880), compositor e violoncelista francês de origem alemã. (N. do T.)

[27] Não há menção no *Eclesiastes* a uma "sombra que cai da árvore". A julgar pelo contexto, Leskov poderia ter em mente a seguinte passagem: "Quem sabe o que convém ao homem durante a sua vida, ao longo dos dias contados de sua vida de vaidade, que passam como sombra? Quem anunciará ao homem o que vai acontecer depois dele debaixo do sol?" (*Eclesiastes*, 6, 12). (N. da E.)

— Pare, meu prezado senhor, nós lhe pagaremos o seu dinheiro!

O polaco, porém, safou-se dos oficiais com uma força incrível e gritou em resposta ao coronel:

— O diabo fique com esse dinheiro! — e saiu correndo atrás de Sacha.

Somente aí todos nós nos lembramos do nosso lapso imperdoável, que fora permitir a revista de nós próprios, sem exigir o mesmo do polaco que nos causara todo aquele transtorno, e atiramo-nos atrás dele para agarrá-lo e não dar-lhe possibilidade de esconder o dinheiro e depois cobrir-nos com uma calúnia humilhante; mas nesse mesmo instante, que transcorreu mais rápido e mais breve do que avança o meu relato, como se de longe, do corredor ouviu-se algo como um bater de palmas...

Abrasou-nos o pensamento de que o polaco pudesse ter ofendido Sacha com um golpe no rosto, e precipitamo-nos em auxílio do nosso camarada mas... auxílio nenhum já lhe seria necessário...

À porta, diante de nós, pôs-se a figura cambaleante de Avgust Matviéitch, com o quadrante de Graham, em que os ponteiros haviam caído para a parte mais baixa...

— É tarde — disse roucamente. — *Ele se matou com um tiro.*

IX

Atiramo-nos em multidão para o pequeno quarto que Sacha ocupava, e vimos um quadro que nos fulminou a todos: no meio do aposento, iluminado só pelo restinho de uma vela, erguia-se o ordenança de Sacha, pálido e assustado, e o amparava num abraço, enquanto a cabeça de Sacha repousava-lhe sobre um dos ombros. Os braços pendiam como látegos, mas as pernas, dobradas nos joelhos, ainda faziam movimentos convulsos, como se alguém lhe fizesse cócegas e ele risse.

A história do dinheiro, que levara a tudo aquilo ou, pelo menos, viera para confirmar a causalidade do aparecimento da "face hipócratica" no jovem rosto do pobre Sacha, fora esquecida... O temor de um escândalo também fora sabe Deus para onde; todos correram, azafamaram-se, deitaram o ferido no leito, gritaram por médicos e quiseram ajudá-lo, quando ele estava já fora do alcance de todos e quaisquer meios de ajuda... Tentaram estancar o sangue que saía em abundância do ferimento causado por uma grande bala bem no coração, chamavam-no pelo nome e gritavam-lhe ao ouvido: "Sacha! Sacha! Sacha querido!...". Mas ele, evidentemente, não ouvia nada: foi apagando-se e esfriando e, um minuto depois, esticou-se na cama como um lápis.

Muitos choravam, e o ordenança soluçava... Através da multidão, em direção ao cadáver, veio apertando-se o Marko do hotel e, fiel às suas disposições devotas, disse baixinho:

— Senhores, não é bom chorar em cima duma alma de partida. É melhor rezar — e com isso afastou-nos e colocou sobre a mesa um prato fundo com água limpa.

— Que é isso? — perguntamos-lhe.

— Água — respondeu ele.

— Para quê?

— Para que a sua alma nela mergulhe e se lave.

E Marko ajeitou o suicida sobre o leito e fechou-lhe os olhos...

Nós todos nos benzíamos e chorávamos, e o ordenança caiu de joelhos e pôs-se a bater a testa no chão, que até se ouvia.

Chegaram correndo dois médicos, o do nosso regimento e um da polícia, e ambos, como hoje se diz em russo, "constataram o fato da morte"...

Sacha tinha morrido.

Pelo quê? Por quem se matara ele? Onde estava o dinheiro, quem era o ladrão que o roubara? Que rumo tomaria aquela história, que se fizera em estilhaços como uma almofada de penas lançada ao vento e aderia a todos?

Tudo isso se misturava, e as cabeças davam voltas, mas um corpo morto sabe desviar toda a atenção e obrigar as pessoas a preocuparem-se primeiro consigo próprias.

No quarto de Sacha apareceram policiais e médicos com enfermeiros e puseram-se a lavrar uma ata. Nós ali estávamos a mais, e foi-nos solicitado que saíssemos. Despiram-no e examinaram as suas coisas em presença só das testemunhas, entre as quais estavam o Marko do hotel e o médico do nosso regimento, e um oficial como deputado. O dinheiro, claro, não foi encontrado.

Sob a mesa estava a pistola, e sobre a mesa havia uma folha de papel, em que às pressas, com letra apressada, Sacha escrevera: "Papai e mamãe, perdoai-me, eu sou inocente".

Para escrever aquilo, necessitara, pois, de dois segundos.

O ordenança, que fora testemunha da morte de Sacha, disse que o falecido entrara correndo e, sem sentar-se à mesa, de pé, escrevera aquela linha e ato contínuo disparara contra o peito e caíra-lhe nos braços.

O soldado fez esse relato muitas vezes e sempre na mesma redação a todos os que o interrogaram, e depois ficou parado, em pé, a piscar os olhos; mas quando dele se abeirou Avgust Matviéitch e, depois de olhá-lo nos olhos, quis pedir-lhe mais pormenores, o ordenança virou-lhe as costas e disse ao capitão de Estado-maior:

— Permita, Vossa Alta Nobreza,[28] que eu vá lavar-me; há sangue cristão nas minhas mãos.

---

[28] Tratamento que os praças deviam dar aos oficiais no exército tsarista. (N. do T.)

Deixaram-no sair, porque ele estava realmente coberto de sangue, o que lhe dava um aspecto penoso e terrível.

Tudo isso transcorreu ainda ao amanhecer, e já a alba rubescia um pouquinho, e já a luz coava-se um pouquinho pela janela.

Nos quartos ocupados pelos oficiais, todas as portas para o corredor estavam abertas, e em toda a parte ardiam velas. Em dois ou três deles, havia oficiais sentados, de cabeça baixa e braços caídos. Todos eles estavam, então, mais parecidos a múmias do que a pessoas vivas. Os vapores do inebriamento haviam-se ido como uma neblina, sem deixar vestígios... Em todos os rostos, a expressão era de desespero e dor...

Pobre Sacha, se o seu espírito pudesse interessar-se pelas coisas terrenas, ele, claro, devia encontrar consolo em que todos lhe queriam e sentiam dor em ter sobrevivido a ele, tão jovem, tão florescente e cheio de vida!

E sobre ele pesara uma suspeita... uma terrível, ignóbil suspeita... Mas quem agora lembraria essa suspeita a homens bigodudos, por cujas faces murchas corriam lágrimas...

— Sacha! Sacha! Pobre, jovem Sacha! Que fizeste contigo? — murmuravam lábios, e de repente o coração parava e diante de cada um de nós punha-se a pergunta: "E tu também não és culpado disso? Será que não viste *como ele era*? Por acaso detiveste os outros, para que o deixassem em paz? Por acaso disseste que acreditavas nele, que respeitavas a intocabilidade do seu segredo?". Sacha! Pobre Sacha! E que segredo era aquele que ele levara consigo para o mundo onde então se apresentara com a chave do segredo que o arruinara... Oh, ele estava limpo, certamente, estava limpo daquela ignóbil suspeita e... amaldiçoado seja aquele que o levou a esse ato!

E quem o levara?

Homens interessantes

X

A porta do quarto de Avgust Matviéitch estava aberta, exatamente como a de todos os quartos dos oficiais, mas nela não havia nenhuma vela acesa, e à fraca luz do amanhecer mal se conseguiam enxergar a elegante mala e outras coisas de viagem. A um canto do quarto, ficava o leito, levemente amarfanhado.

Quando se passava em frente a esse quarto, sempre dava vontade de parar e espiar de longe: que havia nele de especial? De onde e por que fora lançada sobre nós tal desgraça?

Eu, pessoalmente, tinha ganas de entrar ali e fazer uma busca, para ver se não estava ali o dinheiro desaparecido: não o teria a própria vítima enfiado em algum lugar e depois se esquecido e armado toda aquela história, que nos custara tantas aflições e a perda de um maravilhoso e jovem camarada? Estive até inclinado a fazê-lo: queria entrar correndo no quarto do polaco e fazer a busca e, com isso, aproximei--me da porta, mas, por felicidade, a minha imprudente leviandade foi detida por uma advertência inesperada.

No fim do corredor, do lado onde ficava o espaçoso quarto do capitão de Estado-maior, no qual à noite houvera o jogo e a bebedeira, ouviram-se várias vozes:

— Aonde? Aonde?... Só faltava mais essa tolice!

Atrapalhei-me e perdi a coragem. Aí, de repente, afigurou-se-me claramente a minha precipitação, e o perigo a que eu me expunha de ficar suspeito de estar sumamente implicado no caso.

Eu me benzi e a passo acelerado fui para a extremidade do corredor, de onde vinham as vozes que me tinham alertado.

Ali, ao pé da janela semiescura que abria para o norte, sobre um feltro sujo que cobria o banco também sujo que servia de leito ao ordenança do capitão de Estado-maior, estavam sentados três dos nossos oficiais e o *bátiuchka* do nosso regimento com a sua trança e a sua larguíssima barba ruiva pela qual nós lhe chamávamos "pai Barbarossa". Era uma pessoa muito bondosa, que participava com desvelo em todos os assuntos de interesse do regimento, mas se expressava sempre sem palavras, com um único e significativo balançar da cabeça e a repetição da curta partícula "sim". Falava somente em caso de extrema necessidade e então caracterizava-se pela inventividade.

Os três oficiais e o *bátiuchka* fumavam juntos, de dois cachimbos, aspirando um de cada vez o fumo do tabaco e passando-os em seguida ao próximo. O *bátiuchka* ocupava o meio do grupo, e por isso os cachimbos passavam por ele tanto da direita como da esquerda, por onde ele, perto dos outros, recebia um duplo quinhão de deleite e aumentava-o, ademais, cobrindo toda a cara com a barba após cada forte tragada, e soltando bem devagarinho a baforada de fumo através desse admirável respirador.

O banco em que estava sentada essa boa gente ficava perto da porta do quarto do capitão, trancada a chave, atrás da qual transcorria uma conversação viva, embora discreta. Ouviam-se vozes e sucessivas réplicas, mas não se conseguia distinguir nenhuma palavra.

Lá, trancados a chave, encontravam-se o nosso comandante, o nosso capitão e o culpado de todas as nossas tribulações daquele dia, Avgust Matviéitch. Eles haviam entrado ali a convite do comandante, e do que haviam querido falar ali, ninguém o sabia. Os três oficiais e o *bátiuchka* haviam ocupado a posição mais próxima à porta por si sós; de moto próprio e por prevenção, pelo temor de não deixar os nossos desamparados no caso de as explicações tomarem um caráter muito agudo.

Esses temores eram, no entanto, infundados: a conversação, como eu já disse, transcorreu em tom decente, que foi ficando cada vez mais brando, e, por fim, ouviram-se notas de amistosidade e cordialidade, depois do que ressoou o arrastar de cadeiras e os passos de duas pessoas em direção à porta.

A chave girou, e no limiar da porta apareceram o nosso comandante e Avgust Matviéitch.

A expressão dos seus rostos era, se não tranquila, então inteiramente pacífica e até amigável.

O comandante apertou a mão ao polaco e disse:

— Muito contente de poder nutrir pelo senhor os sentimentos que conseguiu inspirar-me em circunstâncias tão terríveis. Peço-lhe que acredite na minha sinceridade tanto quanto eu acredito na sua.

O polaco respondeu com dignidade à sua reverência e dirigiu-se calado ao seu quarto, e o comandante virou-se para nós e disse:

— Vou correndo para casa. Peço que entreis e saibais do capitão qual deverá ser o proceder de todos.

Com isso, o comandante fez-nos uma inclinação de cabeça e encaminhou-se para a saída, e nós todos, tantos quanto éramos, enchemos o quarto do capitão antes de que, embaixo, se ouvisse o bater da porta do hotel atrás do nosso comandante.

XI

O nosso capitão era uma pessoa maravilhosa, mas também um sujeito nervoso, um cabeça quente, um estourado. Tinha espírito inventivo e era inteligente, mas não se distinguia pela capacidade de controlar-se, e o seu dom de eloquência era puramente militar: ele mais fazia os outros convencerem-se de uma coisa do que a expunha e contava.

E exatamente assim foi ele também no instante em que

o encontramos; ele tirava a gravata e lançava olhares zangados a todos.

— Que é?... Foi tudo bem? — dirigiu-se ele ao *bátiuchka*.

Este respondeu: "Sim, sim, sim" e balançou a cabeça.

— Pois é isso mesmo, "sim, sim, sim". Boas diligências levaram a boas consequências.

O *bátiuchka* de novo arrastou: "Sim, sim, sim".

— Isso era coisa para o senhor...

— Que coisa?

— Inculcar nos rapazes um estado de espírito bem outro...

— Sim.

— E o senhor não usa de nenhuma influência.

— Deixa de tolices.

— Que "tolices", que nada. Por que veio agora? Agora só é preciso o sacristão ler o Livro dos Salmos, mais nada.

— Mas que é isso... e agora, que fazer? — intercederam os nossos. — O coronel foi embora e o senhor está de cabeça quente e todo rezingueiro com o *bátiuchka*... Nós por acaso iríamos escutar as inculcações dele... E onde está agora o polaco? Sabe lá o diabo se ele estava realmente com aquele dinheiro... Que estará a fazer no seu quarto? Por favor, diga o que foi resolvido. Quem é o ofensor, quem é o malfeitor?

— O malfeitor é o diabo, o diabo! Não há mais ninguém — respondeu o capitão.

— Mas esse próprio *pan*...[29]

— Pois o *pan* está fora de quaisquer suspeitas...

— Quem lhe revelou isso?

— Nós próprios, senhores, nós próprios: eu e o vosso comandante respondemos por ele. Nós não dizemos que ele

---

[29] Em polaco, no original: "senhor". (N. do T.)

seja uma pessoa honestíssima, mas vemos claramente que diz a verdade: que estava com um dinheiro e este sumiu. Só o diabo pode tê-lo pegado... Mas que havia dinheiro com ele, isso é comprovado pelo seguinte: o comandante, querendo evitar publicidade escandalosa, na minha frente propôs dar-lhe hoje ainda, integralmente, todos os doze mil, contanto que não houvesse inquérito nem conversas, mas ele recusou...

— Recusou...

— Sim; e *como se não bastasse* ter recusado, ele próprio ainda se prontificou a não dar queixa do sumiço e a não falar a ninguém deste maldito acontecimento. Numa palavra, comportou-se com tanta honestidade, nobreza e delicadeza, como só se poderia desejar.

— Sim, sim, sim — arrastou o *bátiuchka*.

— Sim; e eu e o comandante lhe demos a nossa palavra de que também nós e vós nutriremos por ele uma completa confiança e consideraremos a todos nós seus devedores pelo prazo de um ano, e se ao fim de um ano não se esclarecer nada e o dinheiro não aparecer, então nós lhe pagaremos os doze mil, e ele concordou em pegar o dinheiro no fim do prazo...

— Já se entende, nós aceitamos isso e agiremos direitinho perante ele na dívida — apoiaram os oficiais.

— Mas, senhores — continuou o capitão, baixando a voz —, ele por alguma razão diz que *esse dinheiro aparecerá*. Fala disso com tanta firmeza e com tanta convicção, que, se for realmente verdade que a fé move montanhas, então essa convicção deverá realizar-se... Sim, sim, deve realizar-se, porquanto isso é o preço do sangue... Ele transmitiu, não, isso é pouco, ele transvazou essa fé em mim e no comandante, e embora tenha pedido que nós o revistássemos, eu e o comandante recusamo-nos... Ponho à vossa disposição fazerdes o que vos der na vontade; ele foi para o seu quarto e esperará por vós, sem sair, para que o revisteis. Podeis. Só que com uma condição: silêncio de túmulo perante todo mundo quanto a este negócio. Para isso eu exijo de vós a palavra de honra.

Nós demos a nossa palavra de honra e não fomos revistar o quarto de Avgust Matviéitch, apenas passamos rapidamente por lá para apertar-lhe a mão.

XII

E contudo em todos nós ficara a perplexidade e a dor, enquanto isso fazia-se a necropsia do pobre Sacha; foi escrita uma ata, falsa no essencial, em que "tirou a própria vida durante um ataque de insânia"; o *bátiuchka* rezou a missa das almas, e o sacristão puxou monotonamente pelos Salmos: "Tal como o alce procura as fontes de água, a minha alma procura o Deus forte, meu benfeitor".

Tormento do espírito. Andas, andas, fumas até à insensibilidade ao tabaco, vais embora e pões-te a chorar. Que juventude, que frescor se haviam ido!... Precisamente, "provou pouco mel e morreu".[30]

Todos nós, guerreiros ou pelo menos pessoas destinadas a batalhas, estávamos desalentados e amolecidos. O polaco também não quisera partir: queria acompanhar-nos no enterro de Sacha e ver o seu pai, por quem tinham enviado um mensageiro ainda bem cedo e cuja chegada à cidade se esperava para o fim da tarde.

Se não fosse pelo Marko do hotel, nós nos haveríamos esquecido da hora de comer e beber, mas ele velou por nós e também fez muito pelo falecido. Ele banhou-o, vestiu-o e

---

[30] Citação bíblica imprecisa (*1 Samuel*, 14, 43). (N. da E.)

Homens interessantes

disse o que era preciso comprar e onde colocar, e tentou consolar-nos:

— Pra tudo é a vontade do Senhor! — dizia ele. — Nós tudo semos como a erva.

E imediatamente corria de novo a tratar de outras coisas. Os outros empregados, sob não sei que pretexto, haviam sido presos, e os seus pertences haviam sido vasculhados. O ordenança de Sacha também fora revistado e até lhe perguntaram se o suicida não lhe tinha confiado alguma coisa antes da morte.

O soldado, parece, na hora não entendeu essa pergunta, mas depois respondeu:

— Sua nobreza não me confiou nenhum dinheiro.

— Lembras-te bem do que podes ganhar por encobrimento?

— Como não, estou bem lembrado.

Subentende-se, isso tudo foi perguntado pelos poderes investigatórios, aos quais não é permitido deixar-se levar pela meticulosidade.

Soltaram o ordenança, e ele foi imediatamente para o hotel e pôs-se a limpar as botas de reserva de Sacha.

XIII

À noite, chegou o pai de Sacha. Era de aspecto muito agradável e ainda nem um pouco velho: não mais de cinquenta e dois ou cinquenta e três anos. A maneira de comportar-se era de militar, e ele trajava a sobrecasaca dos militares da reserva, com esporas, mas sem bigodes. Nós nunca o víramos antes e por isso não notamos a sua entrada no quarto do filho e só lhe soubemos a identidade depois da sua saída.

À chegada, perguntara pelo ordenança, e este levara-o e permanecera com ele a sós, junto ao falecido, por uns dois ou três minutos. E após esse curto espaço de tempo, o pai veio encontrar-nos ao salão, com um aspecto que nos impressionou pela sua serena grandeza.

— Senhores! Quero apresentar-me — começou ele, com uma reverência. — Sou o pai do vosso desditoso camarada! Meu filho morreu, matou-se... deixou órfãos a mim e a sua mãe... mas ele *não podia, senhores, agir de outra forma...* Ele morreu como um moço honesto e nobre, e... e... isso é o que eu vos asseguro e... no que eu próprio procurarei consolo...

Com essas palavras, o velho, que nos cativou imediatamente, caiu sobre uma cadeira próxima à mesa redonda e, cobrindo o rosto com as mãos, começou a chorar alto como uma criancinha.

Apressei-me a dar-lhe com mão tremente um copo de água.

Ele aceitou-o, engoliu dois goles e, depois de apertar-me carinhosamente a mão, disse:

— Agradeço a todos vós, senhores.

Em seguida, abanou-se com o lenço e disse:

— Isso ainda não é nada... Que sou eu? Mas a minha esposa, a minha esposa, quando souber!... O coração de mãe não suportará.

E ele de novo enxugou-se com o lenço e foi "apresentar-se ao coronel".

Ao coronel ele também disse que Sacha "morrera como compete a um moço honesto e nobre" e que "ele não tinha podido agir de outra forma".

O coronel olhou fixamente para ele por um bom tempo, a morder, como era seu hábito, um pequeno caramelo, e depois disse:

— O senhor sabe que a isso precedeu uma circunstância desditosa... Nós agora somos parentes, e por isso posso e devo contar-lhe tudo. Eu não acredito em nada, mas o comportamento do alferes foi realmente estranho...

— Oh, esse comportamento foi absolutamente necessário, coronel...

— Eu acredito, mas se o senhor pudesse solevantar diante dos meus olhos nem que fosse só um tantinho da cortina que cobre esse mistério...

— Não posso, coronel.

O coronel deu de ombros.

— Que fazer? — disse ele. — Fique, então, tudo como está.

— Menos uma coisa, coronel. O dinheiro ao intendente do príncipe será pago não pelo regimento, porque eu é que o pagarei. Esse é o meu triste direito.

— Não ouso discutir.

E o pai de Sacha realmente, naquele mesmo dia, a sós com Avgust Matviéitch, deu-lhe os doze mil.

O polaco pegou o maço e, depois de dizer "nunca!", colocou-o de volta no bolso do velho, e eles sentaram-se um frente ao outro e ambos começaram a chorar.

— Grande Deus, grande Deus! — exclamava o velho. — Tudo isso é tão honesto, tão nobre, e no entanto há aqui um canalha que fez alguma coisa.

— E ele será encontrado.

— Sim, mas o meu filho não ressuscitará.

XIV

Mas qual era o mistério?

Para que o meu relato fique, no fim de contas, compreensível, é preciso desvendá-lo sem discrição.

No peito de Sacha, havia um retrato em aquarela da sua querida e rosada prima Anna, que agora era esposa do seu coronel, e ela dera vida a um novo ser humano no exato instante em que Sacha, por decisão própria, se dispensara da vida.

Esse retrato era penhor não tanto de um amor ardente, quanto de uma límpida amizade infantil e de castas promessas; mas, quando a rosada Anna se tornou esposa do coronel e este passou a ter ciúmes dela em relação ao primo, Sacha sentiu-se nas aflições de Don Carlos.[31] Ele levou esses sofrimentos a tormentos turvadores e... bem nessa altura veio o caso do dinheiro e da revista, que, para mal dos pecados, calhou ao coronel presenciar.

Sacha não revelou o segredo da prima.

Quando segurava já a pistola junto ao peito, estendeu esse retrato ao ordenança e disse:

— Imploro por Deus: entrega-o ao meu pai.

O ordenança entregou-o por cima do caixão do falecido.

O pai disse que o filho "morrera como competia a um moço honesto e nobre".

O retratinho era puro, inocente, até pouco parecido àquela que representava, com uma inscrição em letra miúda: "Ao querido Sacha da fiel Ánia".

E nada mais...

Isso, hoje, faz rir e é talvez até tolo! Sim, sim; talvez tudo seja assim. "Cada tempo tem as suas aves, cada ave tem o seu canto."[32] Meus senhores, não estou aqui a fazer o elogio de ninguém nem a crítica de nada, atenho-me apenas ao *lado interessante das coisas*, tal como o sentem as mulheres.

Que é que era o alferes Sacha? Não grande coisa, nada ou muito pouco: um menino rosado, um nobrezinho, um menininho bem alimentadinho de beiços brancos, metido

[31] Referência ao poema dramático *Don Carlos*, do escritor alemão Friedrich Schiller (1759-1805). (N. do T.)

[32] Tradução prosástica do poema "Atta Troll", do escritor alemão Heinrich Heine (1897-1856). (N. do T.)

numa farda. Não tinha nada, nenhum dom encantador, senão o dom da juventude e... o irrefletido *sentimento da honra pessoal de uma mulher*... Pois pensai comigo, que me dizeis: houve aqui coisa para cairmos de joelhos e fazer uma reverência? Pois eu vos contarei como caíram e fizeram reverência.

A história do segredo, que eu por necessidade acabo de contar-vos, na cidade, àquela época, não podia ser contada a ninguém, porque dela só o ordenança sabia alguma coisa, enquanto que só o pai do suicida a compreendia cabalmente. Por cima disso, houvera também uma circunstância que não só pôde, como também deveria emaranhar tudo isso, por obra de um erro de Marko, que vira e, benzendo-se, contara a muitos em segredo que o ordenança do falecido passara secretamente uma coisa das suas mãos às do pai daquele. Que podia ter sido aquilo que um passara e o outro pegara e escondera com tanto zelo?... Sabe lá Deus. Marko benzia-se e dizia:

— Não quero pôr um pecado na conta da minha alma: não deu pra ver bem o que era, só vi passar uma coisa embrulhada em papel.

Não teria sido o dinheiro? Por que não pensar assim naquelas turvas circunstâncias que eu vos descrevo e que, como qualquer suspeita, a cada hora se tornavam mais embrulhadas e mais capazes de estender a tudo a sua desconfiança desmoralizante... Qualquer um com mãos não podia ter pegado o dinheiro? Descobrir o ladrão, eis o que era a primeira tarefa; não deixar passar nenhum sinal suspeito, eis o que era a obrigação de cada um...

Sim, de cada um que pensasse que os olhos biliosos da desconfiança veem mais do que o olho luminoso do coração comovido; mas, para a felicidade da espécie humana, ao alcance dele também costumam estar as grandes revelações espirituais, quando as pessoas como que apreendem pelo tato uma verdade invisível e, não detidas por ninguém, tendem naturalmente a reverenciar a desgraça com a dor. Isso é uma espécie de tempestade sagrada, enviada para dissipar a sufocante cerração: nela há um "sopro de cima", nela há uma revelação, à qual é claro tudo o que está encoberto pelo entrelaçamento das coisas.

Até nem davam liberdade a Marko de dizer o que ele vira... Todos *sabiam* o que fora que o ordenança passara à mãos do pai do pobre Sacha: *era um retrato de mulher*... Disso não queria ter nem sequer um instante de dúvida nenhuma alma humana; disso falava a luz que olhava pela janela, onde se realizara a sós a misteriosa transmissão do objeto; isso era o que o ar respirava, isso diziam alto os trilos do canto das cotovias...

As exéquias de Sacha não foram solenes e nem sequer comoventes; elas foram, sim, terríveis. Todos vós, senhores, vistes já sepultamentos solenes com o que se chama "pompa"... Eu não falo de funerais com parada, com os quais, na minha opinião, se expressa unicamente a futilidade humana. Lembrai-vos dos funerais de Gógol, dos quais lemos magníficas descrições, os funerais de Nekrássov e Dostoiévski, chamados "acontecimentos históricos". Tudo isso, claro, tem importância e talvez não careça de sinceridade, só que a sinceridade, aqui, é nimiamente sobrecarregada com algo alheio a ela. Eu vi como em Moscou foi enterrado Skóbelev...[33] Ali, mais do que em qualquer outro lugar, teve vazão algo do que sabe à verdadeira dor; ride de mim se desejardes, mas eu, lá de pé, recordei e comparei o dia, tão original da minha mocidade, em que sepultáramos Sacha... Que comparação! Também a ele, como oficial, nós lhe fizemos pelo regulamento uma "cerimônia", mas ninguém a viu nem a notou, embora

---

[33] Mikhail Dmítrevitch Skóbelev (1843-1882), general que gozava de grande popularidade entre o povo e o exército. (N. do T.)

Homens interessantes

ela ocupasse o lugar mais proeminente. O que em sua honra fizera a dor verdadeira das pessoas, vindas de todas as partes para soluçar e torturar-se à vista do seu jovem rosto na palidez da morte, esmagou tudo e o próprio ar parece que estava impregnado de um estremecimento.

XV

Ninguém fora reunido para esse funeral para além do regimento em que servira o falecido, mas as pessoas vieram em quantidade de todas as partes. Ao longo de todo o caminho do hotel até à própria igreja do cemitério postou-se gente de todas as condições. Mais mulheres do que homens. Ninguém lhes incutira o que era preciso lastimar, mas elas próprias sabiam o que era preciso prantear, e elas prantearam uma jovem vida perecida, que pusera fim a si "por nobreza". Pois é, uso convosco a palavra que todos diziam uns aos outros.

— Por sua nobreza o santinho morreu!

— Não se poupou pela amada do coração!

Estava lá uma camponesa gorda do arrabalde e lamentava-se:

— Falcãozinho, meu lindo... a tua vidinha deste por nobreza...

E para onde quer que alguém se virasse, toda a gente balbuciava alguma coisa dessa sorte, com carinho, com carinho e em tom familiar:

— Nenezinho, meu querido!... Jovenzinho, nobrezinho!...

— Anjo meu sensível!... Como seria possível não te amar!

E tudo nesse gênero... Filhas de nobres, de comerciantes, de padres, criadas de quarto e ciganas cantoras — e principalmente estas últimas, como catedráticas e sacerdotisas do estilo trágico no amor —, todas balbuciavam com lábios trementes palavras carinhosas e choravam por ele, como se pelo melhor amigo, como se pelo próprio amado, a quem apertassem e acarinhassem junto ao coração pela derradeira vez.

E olhai que eram todas mulheres sem nada de especial, e elas nem conheciam o Sacha, talvez até nunca o tivessem visto e, provavelmente, talvez até nem achassem nada por que apaixonar-se por ele se o tivessem conhecido com tudo o que nele havia de bom e de ruim. E eis que aqui, quando ele "por nobreza" e pelo "coração da amada"... aí não se para nem sequer um minuto para raciocinar e desturvar a cabeça com algum raciocínio, o que é preciso é lamentar-se e chorar... A alma está a ponto de largar o corpo...

Innokenti[34] numa hora comoveu a todos assim: subiu e, em vez de vir com falação, disse: "Ele está no caixão, vamos chorar", e mais nada; e era só lágrima que corria. Foi um sacolejamento geral de corações. As mulheres olhavam avidamente para o rosto de Sacha, que lhes passava à frente (lá levam-se os mortos em caixão aberto), e todas achavam o seu rostinho, comum a mais não poder, majestoso e encantador... "Pois é o que, diziam, está escrito: 'fidelidade até ao caixão!'."

Que importa que talvez não seja bem isso o que escreveram? Elas leram o que os seus olhos viam, e isso bastava.

As trevas das verdades baixas são-nos mais caras
Do que o engano que nos enleve.[35]

---

[34] Innokenti Boríssov (1800-1857), teólogo, bispo e reitor, a partir de 1830, da Academia Teológica de Kíev. (N. do T.)

[35] Citação pouco precisa do poema "Herói", de Aleksandr Púchkin (1799-1837). (N. do T.)

Os lábios tremiam nervosamente, e os rostos estavam molhados de lágrimas; todos estavam enternecidos, todos falavam com ele:

— Dorme, dorme, meu sofredor!

Na igreja, o estado de espírito era outro, ainda mais intenso. A arte oratória nem sequer se arrojava a perturbar, ainda que só por um instante, o estado sagrado ao qual mais e mais alto elevava os corações o gênio de Damáskin para compor cânticos.[36] O seu lamento poético tanto abrasava a ferida quanto a cicatrizava.

> *Vou por ignoto caminho,*
> *Vou em meio ao medo e à esperança;*
> *Meu olhar apagou-se, o peito arrefeceu,*
> *O ouvido não ouve, cerradas estão as pálpebras;*
> *Jazo mudo, imóvel,*
> *Não ouço os vossos soluços,*
> *E do fumo azul do turíbulo*
> *Não a mim vem a fragrância.*
> *Mas enquanto eu durmo o sono eterno,*
> *Meu amor não morre,*
> *E por meio dele eu a vós todos imploro*
> *Que cada um por mim apele:*
> *Senhor! No dia em que a trombeta*
> *Soar para o fim do mundo,*
> *Recebe o teu servo finado*
> *No teu arraial bem-aventurado.*

Pois eu vos informo, caros senhores, que realmente... as pessoas se prostravam com isso perante Deus!... E com lágri-

---

[36] Referência a João Damasceno (fim do século VII-início do século VIII), teólogo e filósofo bizantino. Os versos citados por Leskov são do poema "Ioann Damáskin", de A. K. Tolstói (1817-1875). (N. do T.)

mas, e com que pranto!... No tamanho do pecado de Sacha e Anna para a ciência teológica, os que o choravam não eram entendidos, mas eles rogavam "acolher no arraial bem-aventurado" com tanta instância que eu, a dizer a verdade, não sei como concordar esse brado da alma com as exatas doutrinas dessa ciência... Eu cá me atrapalharia todo com isso.

Hoje em dia, muitas pessoas exprobram os nossos por serem oradores muito ruins. Haverá fundamento para isso? É verdade que os oradores são ruins, só que nem em todo lugar onde é praxe falar isso deve ser feito. Há casos em que o melhor é chorar, em que os brados de "recebe" e "perdoa" são mais convenientes do que os aranzéis em que o sujeito mal começa a falar e acaba por dizer coisa que ou ofende a inteligência ou o sentimento. Lembrai-vos do grande inquisidor de Schiller. Por outro lado, eu gosto do sepultamento pelo estilo oriental. Vêm e vão dum jeito... como que ao chamado do profeta Isaías: "Vinde e disputemos"... Mas onde competir aqui? Está claro quem vencerá. Mas *tu* podes tudo, *tu* convocaste, *tu* modificaste o olhar e estabeleceste a "beleza" como "despossuída de aparência", donde então "esquece", "perdoa" e "despreza" tudo o que o condene perante *ti*...

Tudo são cinzas, espectro, sombra e fumo,
Desaparecerá tudo, qual turbilhão de pó,
Desaparecerá tudo o que era carne,
A grandeza nossa será o apodrecer,
Recebe o finado, senhor,
No teu arraial bem-aventurado.

De novo tudo volta à mesma coisa e àquele "perdoa!".

Aqui nos lembramos da parábola do alto dignitário que "a ninguém temia e de nada se pejava", mas quando ao tal apertaram com súplicas, ele acabou por dizer: "será feito", e aqui nos tranquilizamos.

Ele, que criou o ouvido para tudo ouvir, *ele* cochilará, *ele* adormecerá, *ele* não fará o que pede a voz de tantas almas comovidas?...

Vá lá que até "para a fé a sepultura é caliginosa", mas lidar com isso de modo mais decoroso e comovente do que o inventado pelos cristãos orientais, parece, é impossível. Era um poeta de muito gosto esse Damáskin!

Houve ainda mais um caso no funeral de Sacha, com a viúva de um antigo grão-senhor. Era uma dama bem nascida, inteligente, muito educada, e chamava-se a ela "serpente". O apodo era tolo; chamavam-lhe assim não pelo mal que ela definitivamente não fazia a ninguém, mas por causa da desdenhosidade, que dava muito que falar. Ela parece que não gostava de nada que fosse russo, nosso — língua, crença, costumes —, nada, desprezava tudo, e desprezava não com leviandade, não com os modos de grão-senhora, os quais seria mais fácil desculpar, mas dum jeito firme, profundo e sincero, de plena consciência. Não reprovava nada nem rejeitava nada, ela apenas considerava todas as coisas russas simplesmente indignas de atenção... Ela até se admirava de os geógrafos porem a Rússia nos mapas... Damas dessas havia então. Pois também ela, ao ouvir que estavam todos a chorar por um certo oficial que "se matara com um tiro por nobreza", mandou abrirem as portas do seu balcão, em frente ao qual passava o enterro de Sacha, e saiu de lornhão para ver. Eu me lembro dela: alta, de sobretudo cor de granada, feito de pele de zibelina, lá em pé, de lornhão em punho.

E o nosso jovem Sacha, de rosto descoberto, como um ramo arrancado flutuava à sua frente pelas ondas de gente.

A "serpente" sufocou um suspiro e disse à inglesa que estava de pé ao seu lado.

— A juventude é louca em todas as partes, e a loucura, às vezes, parece heroísmo, e heroísmo agrada às massas.

A inglesa respondeu:

— *Oh yes!* — e com isso, acrescentou que a deixara interessada aquele sentimento geral, coletivo. A "serpente", por delicadeza com o desejo de uma estrangeira, concordou em ir à igreja, onde o martelo do fazedor de caixões poria os pontos finais na tampa da sua obra.

XVI

Contra todas as leis da arquitetura e da economia na construção deste relato, eu, no final dele, introduzi essa nova personagem e devo ainda falar-vos dessa dama para que saibais o quanto ela era cáustica. Quando o seu marido era deste mundo, eles, uma vez, receberam uma pessoa frente a quem o anfitrião queria mostrar-se no brilho da sua importância, e ela desprezava o marido como a todos, ou, talvez, ainda um pouquinho mais. O marido sabia disso e pediu-lhe condescendência. Pediu só uma coisa: "Não me desminta, senhora". Ela olhou para ele e concordou.

— Eu estou até disposta a apoiá-lo.

O marido fez-lhe uma reverência por isso. O alto hóspede tinha bom feitio e às vezes gostava de falar sem cerimônias. E também daquela vez ele desejou escutar o administrador ao chá, que bebia tomando a xícara diretamente das mãos da anfitriã. Aí o anfitrião pegou a ler-lhe um relatório de como ele via tudo, sabia de tudo, protegia tudo, prevenia tudo e promovia o bem de todos... Falou, falou e no fim equivocou-se e contou lá uma verdade. E a "serpente" também aqui o apoiou e sibilou:

— *Voilà ça c'est vrai.*[37]

Nada mais, foi tudo o que disse, e o hóspede não aguen-

[37] Em francês, no original: "Isso sim é verdade". (N. do T.)

tou, baixou os olhos e riu-se, beijou-lhe a mão, e disse ao marido dela:

— Muito bem, muito bem, basta; eu acreditarei que *tout ça est vrai*.[38]

E foi com isso que ela o enterrou, e desde então vivia ali, na companhia só da sua inglesa, e lia livros estrangeiros.

Em meio à gente nunca a tinham visto, e por isso naquele momento, quando ela apareceu na igreja com a sua inglesa, onde se celebrava a missa de corpo presente de Sacha, todos olharam para ela, e cada um se encolheu, e achou-se lugar para as duas. Até parece que a própria multidão as moveu para a frente, para olhá-las. Mas um desígnio superior quis que nada desviasse a atenção geral do que tinha relação mais íntima com Sacha.

No exato instante em que as duas damas de aspecto importante foram para a frente, no limiar das portas da igreja apareceu mais uma mulher: humilde, de sobretudo preto de lã; a neve miúda do caminho cobria-lhe a roupa como cinzas, e o seu rosto era a encarnação da dor...

Ninguém a conhecia, mas todos a reconheceram, e na multidão correram as palavras:

— A mãe!

Todos lhe abriram largo caminho até ao caixão precioso para ela.

Ela avançou pela multidão assim aberta, a passos rápidos, com os braços estendidos para a frente e, chegada ao caixão, abraçou-o e ficou imóvel...

E com ela tudo caiu e ficou hirto... Todos se puseram de joelhos, enquanto pairava um silêncio tão profundo, que, quando a própria "mãe" se levantou e benzeu o filho morto, todos nós ouvimos o seu murmúrio:

---

[38] Em francês, no original: "tudo isso é verdade". (N. do T.)

— Dorme, pobre menino... tu morreste honradamente.

Os seus lábios pronunciaram essas palavras com um movimento leve, quase imperceptível, mas elas repercutiram em todos os corações, como se todos nós fôssemos filhos seus.

O martelo do fazedor de caixões deu as suas batidas, e o caixão começou a ser levado para a saída; o pai conduzia pelo cotovelo aquela mãe triste, e ela olhava para um ponto no alto... Decerto sabia onde buscar forças para tamanha dor e não notava como em torno dela se amontoavam senhoras jovens e moças e todas lhe beijavam as mãos como a uma santa...

Da sepultura até aos portões do cemitério, de novo o mesmo assédio e o mesmo movimento.

Aos portões, onde estava uma carruagem, a "mãe" como que compreendeu alguma coisa da situação à sua volta; voltou-se e quis dizer "agradeço", mas as suas pernas vacilaram. Amparou-a a "serpente", que estava bem ao lado... e beijou-lhe a mão.

A todos tanto comovera e inclinara para si o nosso pobre Sacha, em tamanha conta haviam todos levado seu impulso simples e talvez impensado de "não trair o segredo de uma mulher".

Ninguém parava para pensar em quem podia ser a tal mulher e se ela merecia tal sacrifício. Não importava! E que amor era aquele, e em que ele se fundava? Tudo começara com uma brincadeira infantil "de marido e esposa", depois eles separaram-se, e *ela*, pela sua pobreza de conteúdo, talvez estivesse feliz, o marido acarinhava-a e gerava filhos, enquanto *ele* guardava um pedacinho daquilo tudo e por essa coisa matou-se... Não importava! *Ele* era virtuoso, *ele era interessante para todos*! Por ele era bem fácil e dava gosto chorar.

Numa palavra, ninguém aqui se pode assinalar com um título de especial grandeza, mas todos desempenham com seriedade e fidelidade os seus papéis: do jeitinho dos atores do grupo de teatro Meinengen, que fez sensação em Petersburgo.[39] Tudo foi levado à cena *com seriedade*!

A inglesa de quem vos falei era a pessoa mais estranha àquilo tudo para nós. A ela o desatino de Sacha, decerto, não devia afigurar-se nem um pouco como às ciganas cantoras que choravam o nosso amigo; bastava-lhe, pois, parece, vir, olhar e voltar para o seu canto de novo. Ora que não: também ela quis pôr o seu traço no quadro. Ela escrevia apontamentos acerca da Rússia e, é de crer, fazia isso bem fundamentadamente e conferia com quem visitara antes o nosso país e o que dissera dos nossos costumes, depois averiguava tudo o que vira, e anotava. Em documentos antigos, ela haurira que "para esposas mais infames não há como Moscou", e com o fito de assinalar corretamente um fato novo, ela achou uma horinha e dirigiu-se ao próprio pai de Sacha. Enviou-lhe uma carta delicada, em que lhe expressava condolências e a sua admiração pela suprema dignidade com que ele e a esposa haviam suportado a dor. Para concluir, pedia permissão para saber: quem orientara a educação de ambos, que lhes dera tanto sentimento digno?

O velho respondeu que a esposa estudara num pensionato francês, e a educação dele ficara a cargo de *monsieur* Ravel, de Paris.

A inglesa achou estranheza nessa notícia, mas a "serpente" ajudou-a, dizendo:

— Tivessem eles sido ensinados por um seminarista, a senhora talvez nem tivesse recebido resposta.

Naquela época, para as pessoas, tudo o que fosse grosseria e não pudesse ser aplicado à vida vinha dos seminários, e metiam isso na conta das culpas deles com a mesma since-

---

[39] Famoso grupo que excursionou pela Rússia nas décadas de 1880 e 1890. (N. do T.)

ridade e a mesma falta de fundamento com que, na época seguinte e recém-passada, quiseram obrigar a nós todos a julgar as coisas com a graça dos pensadores da "Bursa" de Pomialóvski.[40]

XVII

Restou esclarecer o aspecto criminal que, em todo o caso, havia na minha história: se dinheiro havia sido roubado ou não; e lembrai-vos, havia o comprometimento de restituí-lo ao polaco — a coisa teve uns adendos.

Para além dos camaradas de regimento, apareceu ainda um pagador voluntário, o pai de Sacha. O polaco teve de suar para escapar das suas exigências de aceitar imediatamente o dinheiro, mas ele conseguiu. De modo geral, em toda essa história, ele comportou-se dum jeito muitíssimo delicado e nobre, e nós não achávamos nada que fosse para censura nem para desconfiança. De que havia dinheiro e que este sumira, já ninguém de nós duvidava. E como podia ser diferente: se ele não aceitava o dinheiro oferecido, então que objetivo podia ele ter para inventar toda aquela história complicada e com final sangrento?

A sociedade da cidade, para quem o nosso acontecimento noturno não podia ter ficado em completo segredo, era da mesma opinião, mas uma cabeça decidira de modo diferente e metera-nos um busílis à frente.

---

[40] Referência ao conto de Nikolai Guerássimovitch Pomialóvski (1835-1863), escritor de tendência progressista e egresso do seminário de Petersburgo, cuja vida foi abreviada pelo alcoolismo. Sob o pseudônimo Semiónov, retrata os costumes imperantes na *bursa* (latim *bolsa*, dormitório dos estudantes de seminário), bem como os métodos de ensino e as condições de vida na dita instituição de ensino. (N. do T.)

Foi o insignificante Marko, empregado do hotel, já várias vezes citado por mim. Era um rapaz com muito tino, e, embora tivesse sido por ele que soubéramos de Avgust Matviéitch, Marko agora não estava do lado dele nem até do seu próprio, e manifestou-nos isso em segredo.

— Eu — disse —, eu estou disposto pra dar juramento e ir pra excomunhão por causa desse negócio, por causa que fui eu que vos dei informação dele, mas do jeito que eu acho agora, então isso não foi tanto culpa de mim, mas foi desígueno da Previdença. E a vossa boavolença de agora pra ele é só, perdão, por obra de que ele não é de nascimento russo, e por meio dele se espalhou fama em referente do nosso estabelecimento, e a polícia com nenhuma uma única razão, sob um monte de invencionices de pertexto, pega os empregados e leva, e só perde o tempo todo puxando a conversa pro dinheiro, pra que eles caiam contra na dicção... É só um pecado esse negócio, pecado mesmo, nada pra mais de pecado — concluía Marko e retirava-se para o seu quartinho escuro, onde havia um ícone grande e uma lamparina votiva sempre acesa diante dele.

Às vezes ele dava dó: passava horas inteiras ali, de pé, com seus pensamentos.

— Sempre com pensamentos, Marko?

Encolhia os ombros e respondia:

— Se é lá possível, senhor, não pensar... Uma desgraça dessas... Vergonha, e desonra, e morte pra uma alma cristã!

Os que mais conversavam com ele foram que começaram a ter as ideias que depois, aos pouquinhos, se passaram aos outros.

— Como quiserdes — diziam —, Marko, claro, pois, é uma pessoa simples, dos camponeses, mas ele é inteligente justamente por essa inteligência simples... verdadeiramente russa.

— E honesto.

— Pois, e honesto. Doutro jeito, claro, o patrão não o teria posto na cabeça do negócio. Ele é uma pessoa leal.

— Sim, sim — disse o nosso pai capelão, soltando uma baforada através da barba.

— E ele, com um olho simples, talvez veja o que nós não vemos. Ele julga assim: pra que *ele* ia fazer isso? Ele não aceita dinheiro. E de dinheiro ele nem precisa...

— Evidente que não precisa, se não o aceita quando é oferecido.

— Claro! Não é por causa de dinheiro que fizeram o negócio...

— Mas por causa de quê, então?

— Ah, disso perguntai não pra mim, mas pro Marko.

E o capelão assim apoiou:

— Sim, sim, sim, daqui pra frente é escutar o Marko.

— E que é que diz o Marko?

— O Marko diz o seguinte: "Não acredites no polaco".

— Mas por quê?

— Porque ele é um polaco e um infiel.

— Ora, espera aí, espera aí! Ser *infiel* é uma coisa,[41] ser *ladrão* é outra bem diferente. Os polacos são um povo ambicioso, agora pensar isso deles... assim... não é direito.

— Mas, perdão, por favor — interrompeu o narrador o inspirado Marko. — "Pensar isso", "pensar isso"; o senhor quer ver, talvez nem sabe de que pensamentação se fala... O caso praqui não é de roubo, nem pouco tão de suspeitação, é que o polaco tem mesmo bem aquilo que os senhores atribuem nele, ou precisamente seja: *ambição*.

— Mas por que ia ele precisar de que o dinheiro sumisse?

— O senhor fala do polaco?

---

[41] A personagem alude ao fato de os polacos serem católicos (de outra religião, portanto), ao contrário dos russos, ortodoxos. (N. do T.)

— Pois dele.

— Não lhe vem nada na cabeça?

Todos pegaram a pensar: "Que é que me vem à cabeça?".

— Não, não vem nada.

— Isso porque eu e os senhores, *bátiuchka*, temos a cachola atestada de nobrezas, quando uma pessoa simples, russa de verdade, consegue ver do que o polaco tem precisão.

— Mas do que tem ele precisão, diga logo, isso diz respeito a todos!

— Sim, isso diz respeito pra todos. Foi pra pôr a sua pátria em vantagem com a disfamação de nós...

— Deus meu!

— Pois claro! Espalhar por aí que na companhia de oficiais russos a pessoa está sujeita de sofrer um roubo...

— E não é que o negócio é realmente *assim*?!

— Pra que ficar tentando descobrir: o negócio *é realmente assim*!

— Ah, o diabo o parta!

— Eh, povo traiçoeiro, esses polacos!

E o capelão apoiou:

— Sim, sim, sim.

Depois, pensamos mais um pouco e chegamos à conclusão de que as considerações de Marko não deviam ser ocultadas do comandante, mas só que não era preciso revelar que provinham dele, porque isso podia prejudicar a impressão, e indicar outra fonte qualquer, mais abalizada e mais inatacável.

— Que alguém disse na taberna, na sala de bilhar...

— Não, isso não é bom. O comandante dirá: como é que vocês ouviram uma coisa dessas e não fizeram nada! Era para prender quem disse isso.

— É preciso inventar outra coisa.

— Mas o quê?

E foi aqui que o capelão nos ajudou:

— O melhor é dizer que foi lá no banho público.

Isso agradou a todos. De fato, era muito inteligente: o banho é lugar de muita gente, gritaria, barulho, vozerio, todo o mundo junto, todo o mundo nu e encolhido, todo o mundo junto na câmara de vapor, todo o mundo junto com um tacho d'água para banhar-se... Vai lá saber quem foi que disse, quanto mais prender... Só se prender toda a gente, porque ali todos estão iguaizinhos, nuzinhos.

Foi o que fizemos, e pedimos que o capelão se encarregasse.

Ele concordou e já no dia seguinte fez tudo.

O comandante também ficou muito interessado no boato e disse:

— E o que é o pior, isso já se tornou uma murmuração geral no meio das pessoas... comentam até no banho público.

O capelão respondeu:

— Sim, sim, sim! Até no banho... Foi no banho que eu ouvi isso tudo.

— E como é que... O senhor decididamente não conseguiu saber quem disse isso?

— Não consegui. Sim, sim, sim, decididamente não consegui.

— Pois é uma pena.

— Sim... eu quis muito saber, mas não consegui, porque todo mundo, sim... como o senhor sabe, no banho é todo o mundo igual. Nós da igreja até dá para distinguir, porque somos homens, mas com tranças, agora os outros, que não têm isso, é tudo parecido um com o outro.

— O senhor podia ter agarrado pelo braço essa pessoa que falou.

— Ora, uma pessoa toda ensaboada é lisa demais pra segurar!... Ainda por cima, na hora eu estava na câmara de vapor, de jeito que eu não tinha nem como pôr a mão no sujeito.

— Pois é, se não dava pra pôr a mão, então, claro, não há nada pra fazer... Agora só acho que, por enquanto, é melhor deixar as coisas como estão... Já se passou algum tempo, e daqui a um ano esse polaco deu a palavra de vir... Acho que ele manterá a palavra. Mas agora conte-me o senhor: como é que pela religião se julgam os sonhos? São uma bobagem ou não?

O capelão respondeu:

— Isso tudo aí depende do olhar.

— Como assim do olhar?

— Sim, pois é, não, não foi isso que eu quis dizer... existem sonhos que vêm de Deus, eles são instrutivos, e existem outros: existem sonhos naturais que vêm do que a pessoa come, e existem sonhos perniciosos, esses são inspirados pelo Capeta.

— Ora, ora — respondeu o comandante. — No entanto, ainda não é bem isso. Agora, como o senhor classificará o seguinte sonho? A minha esposa, o senhor sabe, é uma mulher muito jovem, e o falecido alferes foi seu parente e também amigo de infância, donde a sua morte foi um golpe terrível para ela, e ela parece que acabou por ficar supersticiosa. Depois, nós perdemos a criança, e ela, antes disso, tivera um sonho.

— Não me diga!

— Sim, sim, sim. Quanto aos sonhos, ela os vê assim como o senhor agora disse. Eu não compartilho disso, mas negar também não quero, embora eu saiba muito bem que se for dormir de barriga cheia, aí vem um "p."[42] dum sonho desgraçado, quer dizer, a causa vem do estômago.

---

[42] No original, o palavrão vem abreviado entre aspas. (N. do T.)

— Sim, vem também do estômago — concordou o *bátiuchka*. — Até nas mais vezes é do estômago, mas ele ainda teve de sofrer.

— Sim — continuou o comandante. — Mas o negócio é que o que ela tem não é sonho, senão visões...

— Como assim visões?

— É, sabe: ela não vê no sono, de olhos fechados, ela vê acordada e também ouve...

— Isso é estranho.

— Muito estranho, ainda mais que ela nunca o viu!

— Sim, sim, sim... Mas de quem é que o senhor fala?

— Ora, claro, do polaco!

— A-a-ah... sim, sim, sim! Entendo.

— A minha esposa não chegou a vê-lo, porque então, quando aconteceu aquela desgraça, ela estava de cama; de modo que não pôde nem despedir-se do louco infeliz, nós escondemos dela a sua morte para que o leite não lhe fosse pra cabeça.

— Deus a livre!

— Pois é... Claro, é bem melhor morrer do que ter um negócio desses... Provavelmente, é loucura. Mas imagine o senhor que ele a persegue o tempo todo!...

— O falecido?

— Não, o polaco! Até fico muito contente de que o senhor depois do banho veio pra cá e nós conversamos, porque pode usar alguma coisa da sua prática espiritual.

E aí o comandante contou ao *bátiuchka* que à nossa jovem e rosadinha coronela o tempo inteiro parecia que via Avgust Matviéitch, e pelos sinais ele era igualzinho ao que realmente era, isto é, ficava em pé, falava, sempre à frente dela e à vista, que nem são os antigos relógios ingleses de caixa...

O *bátiuchka* até deu um pulinho.

— Pois não me diga! — disse. — Um relógio! Pois foi esse o nome que os oficiais deram a ele.

— Pois então, eu lhe conto porque isso é um negócio de admirar! E imagine o senhor ainda que no nosso salão, até parece que de propósito, está lá exatamente um relógio igualzinho desse tipo, pertencente à dona da casa, e de carrilhão ainda por cima; quando ele começa com aquele *din-din-din-din-din-din*, aí não para mais, e ela tem até medo de passar em frente dele, no crepúsculo, mas onde é que nós vamos enfiá-lo, e dizem que é uma coisa de muito valor, e foi indo, indo, a minha própria esposa pegou a gostar dele.

— Por que isso?

— Gosta de devanear... ela ouve uma coisa no pêndulo... Sabe o senhor, quando ele se mexe... faz a oscilação, ela diz que ouve uma coisa que nem "pro-cu-ro... pro-cu-ro". Pois é! E acha isso interessante dum jeito, sabe, e fica também com tanto medo, aí aperta-se a mim, pra que eu fique abraçado com ela. Acho bem provável que ela esteja de novo na situação excepcional.[43]

— Sim, sim... isso também pode acontecer com uma mulher casada, isso... bem pode ser... E até pode muito bem ser — o *bátiuchka* aí, com a missão bem cumprida, pôs-se ao livre e veio correndo pra nós, realmente como se chegasse do banho, e ainda no embalo da carreira despejou-nos tudo, mas depois pediu que nós não falássemos pra ninguém daquilo.

Nós, a propósito, não ficamos muito satisfeitos com essas conversações, não. Na nossa opinião, achávamos que o comandante não tinha dado muita atenção ao descobrimento contado a ele e que tinha misturado tudo com os seus interesses matrimoniais.

Um dos nossos, topete de nascimento,[44] veio logo com uma explicação.

---

[43] Ou seja, novamente grávida. (N. do T.)

[44] No original, *khokhol*: em ucraniano, "topete". Tratava-se de um

— Isso é porque — disse, referindo-se ao coronel — a sua mãe se chama Veronika Stanislávovna.

Os outros perguntaram-lhe:

— Que quer dizer com isso?

— Nada mais, exceto que ela se chama Veronika Stanislávovna.

Todos compreenderam que a mãe do coronel, portanto, era polaca e que ele, por isso, não gostava de que falassem dos polacos.[45]

Bem, os nossos resolveram então não tornar a dirigir-se ao coronel e, por isso, escolheram um camarada com jeito garantido para desacatar qualquer pessoa que fosse, e ele partiu como se de licença, mas de verdade era para procurar o Avgust Matviéitch e enfiar-lhe de volta o dinheiro e, se o outro resistisse, então cascar-lhe uma injúria.

E se ele o tivesse encontrado, isso teria sido feito sem falta, mas por caprichos do destino seguiu-se uma coisa completamente diferente.

XVIII

Num dia quente, pelos fins de maio, de repente, sacudindo todo o mundo de espanto, parou na frente do hotel, numa carruagem de viagem, o próprio Avgust Matviéitch, que voou escada acima e gritou:

— Ei, Marko!

Marko estava no seu cubículo — talvez rezasse diante

---

tufo de cabelo que os cossacos deixavam no alto da cabeça rapada e tornou-se a alcunha dada aos ucranianos pelos russos. (N. do T.)

[45] O patronímico sugere a ascendência polaca da senhora, pelo fato de Stanislav ser um nome muito comum na Polônia. (N. do T.)

Homens interessantes

da lamparina sempre acesa — e acudiu ao chamado imediatamente.

— Senhor! — disse. — Avgust Matviéitch! É mesmo o
senhor que eu vejo?

O outro respondeu:

— Sim, irmão, sou eu a quem vês. Ficas aí, seu canalha,
com essa conversa de sinos pra cá, sinos pra lá, pra eles soa-
rem mais alto, deve ser, e espalhas despropósitos contra as
pessoas honestas — e zape! na cara do Marko.

Marko foi pro chão e pegou a gritar:

— Que que é isso!... Por qual motivo?

Os que estávamos em casa, acudimos dos nossos quartos
e estávamos prontos para intervir. Que negócio era aquele,
pra que bater nele? Marko é uma pessoa de bem.

Avgust Matviéitch respondeu:

— Peço-vos que espereis um minutinho, vêm aí outros
hóspedes, na frente dos quais eu vos mostrarei a honestidade
desse Marko, por enquanto peço que não toqueis nele, para
que ele não saia da minha vista.

Largamos Marko e nesse momento, vimos, chegou a
polícia.

Avgust Matviéitch virou-se para os policiais e disse:

— Sejam servidos de pegá-lo: eu vos entrego um ladrão
provado e apanhado por inteiro, e aqui está a minha prova.

E estendeu um atestado de que numa fábrica de sinos
fora recebida de Marko uma nota bancária que, um dia antes
do sumiço, Avgust Matviéitch recebera do Conselho Tutelar.

Marko caiu de joelhos, confessou e contou como tinha
sido o negócio. Avgust Matviéitch, depois de deitar-se, tira-
ra as notas do bolso e enfiara-as debaixo do travesseiro, depois deslembrara e fora procurá-las no bolso. Marko, depois,
tendo entrado no quarto para arrumar a cama, encontrara
o dinheiro, ficara tentado e metera a mão, crente que daria
para jogar a culpa sobre outros, o que, como vimos, ele con-

seguira. Depois disso, para reparar o seu pecado diante de Deus, além do sino anteriormente encomendado, ele comprara mais um balalão inteirinho, um sino ainda melhor do que o outro, e pagara com o dinheiro roubado.

Todas as mais notas bancárias foram encontradas ali mesmo, numa caixa, debaixo dum caixilho para ícones.

E soaram para nós os nossos "sinos de Corneville",[46] e mais uma vez todos nós erguemos os braços de espanto e enxugamos uma lágrima pelo pobre Sacha, e depois fomos comemorar de alegria.

A Avgust Matviéitch todos nos sentíamos agradecidos, e o comandante, para mostrar-lhe o seu respeito e gratidão, fez uma grande festa e reuniu toda a nobreza. Até a sua mãe, a tal de Veronika, que tinha já perto de setenta anos, até ela veio, só se verificou que ela não era nenhuma "Stanislávovna", senão Veronika *Vassílievna*, de família de padres, filha de arcipreste: porque também há Veronikas entre os ortodoxos. E por que se achara que fosse "Stanislávovna", acabou por permanecer um mistério.

Nessa festa, a coronela recebeu Avgust Matviéitch diante de todos com especial atenção: ela levantou-se, foi na sua direção e deu-lhe ambas as mãos, e ele pediu desculpa pelo "costume polaco" e beijou-lhe as mãos e, no dia seguinte, mandou-lhe uma carta em francês, em que escrevia que procurara ele próprio o dinheiro durante aquele tempo todo não pelo seu valor, senão por questões de honra... E embora o dinheiro tivesse sido encontrado, ele não desejava pegá-lo, porque aquele dinheiro era "o preço do sangue" e metia-lhe terror. Pedia à coronela que lhe fizesse uma "caridade": com aquele dinheiro criar uma órfã de pai e mãe, que lhe tinha custado achar e que nascera bem naquela noite em que

---

[46] Referência à opereta *Os sinos de Corneville* (1877), de Robert Planquette (1848-1903), muito popular à época. (N. do T.)

Sacha se fora desta vida. "A alma dele pode estar nela, quem sabe."

A coronela jovenzinha ficou comovida e desejou ficar com a criança, que Avgust Matviéitch em pessoa lhe trouxe vestida de musselina e fitas, numa cesta branca limpinha.

Polaco sagaz! Todos ficaram até com inveja do modo como ele soubera fazer tudo aquilo dum jeito bonito, gentil e insinuante. Um místico e uístico!

Dizem que ela chorou na despedida com ele, e nós nos despedimos dele na maior amizade fora da cidade, num bosque. Foi por acaso: ele seguia para casa, e nós, que estávamos a beber, o paramos. Pedimos desculpas e o arrastamos, e bebemos, bebemos sem parar, e contamos francamente o quanto de mau pensáramos dele.

— Mas tu também — apertamo-lo — tens coisas pra contar... Então, como é que tramaste tudo aquilo.

Ele dizia:

— Mas eu, senhores, eu não tramei nada, tudo aconteceu por si só...

— Deixa disso — dissemos. — Não enroles, irmão, tu és polaco, nós não te culpamos por isso, mas, vem cá, onde é que foste arranjar a menina órfã nascida exatamente na noite em que o Sacha morreu, e que por isso tem a mesma idade da filha morta da coronela...

O polaco riu-se.

— Então, senhores — disse —, era possível tramar uma coisa dessas?

— Pois aí é que está! Só o diabo sabe como vós sois finos!

— Ora, acreditai em mim, só agora eu fiquei a saber que sou tão fino, que até nem consigo enxergar a mim próprio. Mas deixai-me tomar de novo o meu caminho, senão o cocheiro da posta, seguindo as regras, desatrelará os cavalos da minha caleça.

Nós o deixamos ir, colocamo-lo com as nossas mãos na caleça e gritamos: "Eia!".

Ele quis fazer-nos uma reverência graciosa, mas não conseguiu, porque os cavalos arrancaram, e acabou por fazer-nos uma saudação mais do que ambígua e indecorosa com o traseiro.

E assim terminou a nossa triste história. Nela não há ideias que possam valer alguma coisa, e contei-a só pela sua natureza interessante. Então, tudo era dum jeito que qualquer coisinha de nada começava e aí pegava a crescer, ia aumentando, aumentando, e o tempo todo ia ganhando adornos e contornos interessantes. Hoje em dia, a empolgação promete ser deste tamanhão, mas depois, quando se olha a coisa bem de perto, a graça vai diminuindo, diminuindo e, no fim, não fica nada... Um ou outro até começa a amar, mas depois larga, do tédio que dá. E por que isso? Provavelmente por causa de muitas coisas, mas, mais do que tudo — parece-me —, não será por causa da indiferença pelo que se chama *honra pessoal*?...

(1885)

O EXPELE-DIABO

I

Este é um ritual que se pode ver somente em Moscou e, ainda assim, só com muita sorte e com a proteção especial de alguém.

Vi o expele-diabo do início ao fim, graças a uma feliz coincidência, e quero descrevê-lo aos verdadeiros conhecedores e amantes de tudo o que é sério e grandioso em matéria de gosto popular.

Embora nobre por um flanco, eu, pelo outro, estou próximo ao "povo": a minha mãe provém de uma família de comerciantes. Saiu fugida duma casa muito rica para o matrimônio, por amor ao meu genitor. O meu falecido pai era danado no campo feminino, e o que esperava, isso ele conseguia. E conseguiu-o também com a minha mamãe, só que, por causa dessa manha, os velhos não deram nada à filha, além, é claro, de vestuário, roupa de cama e a misericórdia de Deus, que foram recebidos com o perdão e a sua bênção, inviolável para todo o sempre. Moravam os meus velhos em Oriol, com muitas necessidades, mas orgulhosos perante elas, sem pedirem nada aos ricos parentes da minha mãe e sem tratarem com eles. No entanto, quando chegou a hora de eu partir para estudar na universidade, disse-me mamãe:

— Por favor, vai à casa do teu tio Iliá Fedossiéievitch e saúda-o da minha parte. Isso não é humilhação; é um dever respeitar os parentes mais velhos, e ele é meu irmão e, além disso, homem devoto e de grande peso em Moscou. Sempre que recebe a alguém, apresenta o pão e o sal...[1] Está sempre à frente dos outros com o prato ou imagem santa... e é recebido pelo general-governador e pelo metropolita... Pode dar-te bons conselhos.

Eu, àquela época, depois de estudar o catecismo de Filariet,[2] não acreditava em Deus, mas amava a minha mãe, e pensei comigo, certa vez: "Faz já cerca de um ano que estou em Moscou e até hoje não cumpri o desejo dela; irei imediatamente à casa do titio Iliá Fedossiéievitch, far-lhe-ei uma visita, transmitir-lhe-ei os cumprimentos da minha mãe e verei realmente se me pode dar bons conselhos".

Desde criança, acostumara-me a ser reverente com os mais velhos, principalmente com os conhecidos de metropolitas e governadores.

Levantei-me, escovei a roupa e fui à casa do meu tio.

II

Seriam umas seis horas da tarde, aproximadamente. Fazia um tempo ameno, suave e um tanto cinzento; numa palavra, muito bom. A casa do meu tio é conhecida, uma das principais de Moscou, todos a conhecem. Só que eu nunca estivera nela e nunca vira o meu tio, nem de longe.

Segui, no entanto, decidido, a pensar: se me receber, muito bem; se não receber, dane-se, não me fará falta.

[1] Símbolos de hospitalidade na Rússia. (N. do T.)

[2] Filariet Drósdov (1783-1867), metropolita de Moscou, autor do *Catecismo ortodoxo*, que se considerava a versão oficial das bases da Igreja Ortodoxa. (N. da E.)

Cheguei ao pátio da sua casa; junto à entrada principal, estavam cavalos murzelos, verdadeiros leões, de crinas soltas e pelo lustroso qual cetim, e atrelados a um carro.

Eu subi ao terraço de entrada e disse: pois isto, aquilo e tal — sou seu sobrinho, estudante, e peço que me anunciem a Iliá Fedossiéitch.[3] Os criados responderam:

— Pois ele vem já. Sairá para um passeio.

Apareceu um homem de aspecto muito comum, bem russo, mas bastante majestoso; nos olhos, havia parecença com mamãe, mas a expressão era outra, a de quem se diz: um homem de presença imponente.

Apresentei-me; escutou-me em silêncio, estendeu-me a mão devagar e disse:

— Sobe, daremos um passeio.

Eu queria recusar, mas hesitei e subi.

— Para o parque! — ordenou ele.

Os leões arrancaram imediatamente e saíram em disparada, fazendo saltar levemente a traseira do carro, e, assim que saímos da cidade, puseram-se a correr ainda mais.

Seguíamos os dois sem dizer palavra; eu apenas via que o meu tio enterrara a cartola até às próprias sobrancelhas, e que no rosto tinha a expressão que se tem com o tédio.

Olhava para lá e para cá e uma vez lançou-me um olhar e disse sem mais nem menos:

— Isto não é vida.

Eu não soube o que responder e permaneci calado.

De novo, vamos, vamos; pensei: aonde será que me leva? E começou a parecer-me que me metera numa trapalhada.

O meu tio de repente como que concluiu alguma coisa em pensamento e pôs-se a dar ordem após ordem ao cocheiro:

---

[3] Corruptela do patronímico Fedossiéievitch. (N. do T.)

O expele-diabo

— Para a direita, para a esquerda. Pára no Iar!

Vi precipitar-se do restaurante em direção a nós uma massa de empregados do restaurante, e todos envergavam a espinha quase até ao capeta diante do meu tio, mas ele não se apeava, e mandou chamarem o proprietário. Correram por este. Apareceu um francês, também com grande deferência, mas o meu tio não se moveu: deu pancadinhas com o osso do castão da bengala nos dentes e disse:

— Quanta gente lá dentro?

— Umas trinta pessoas nas salas — respondeu o francês — e três gabinetes ocupados.

— Fora com todos!

— Muito bem.

— Agora são sete horas — disse o meu tio, após consultar o relógio —, eu voltarei às oito. Estará pronto?

— Não — respondeu o outro —, às oito será difícil... Muitos fizeram já pedido... mas, para as nove horas, pois não, não haverá nenhum estranho no restaurante.

— Está bem.

— Que devo preparar?

— Ora, ciganos.

— Que mais?

— Uma orquestra.

— Uma?

— Não, duas é melhor.

— Mando recado ao Riábika?

— Evidentemente.

— Damas francesas?

— Não fazem falta!

— Adega?

— Completa!

— E da cozinha?

— A carta!

Deram-lhe a ementa do dia.

O meu tio olhou-a e, parece, não escolheu nada, ou talvez não o tenha querido fazer: bateu no papel com o bastão e disse:

— Isto aqui tudo para cem pessoas.

E com essas palavras dobrou a ementa e guardou-a no bolso do cafetã.

O francês ficou contente, mas também se encolheu:

— Eu não poderia servir de tudo a cem pessoas. Há aqui coisas muito caras, e, em todo o restaurante, chegam no máximo para cinco ou seis porções.

— E como posso eu dividir os meus convidados em categorias? Que haja o que cada um achar de pedir. Compreendes?

— Compreendo.

— Senão, amigo, nem o Riábika te servirá. Avia-te!

Deixamos o proprietário do restaurante com os seus criados à porta e partimos.

Nesse ponto, convenci-me inteiramente de que aquele passeio não era para mim, e tentei despedir-me, mas o meu tio nem sequer me ouviu. Estava muito absorto. Seguíamos e parávamos ora uma pessoa, ora outra.

— Às nove horas, no Iar! — dizia o meu tio a cada uma. E as pessoas a quem falava eram todas de aspecto e idade respeitáveis, todas tiravam o chapéu e eram de resposta igualmente curta:

— Teu convidado, teu convidado, Fedossiéievitch.

Desse modo, não me lembro de quantas pessoas parámos, mas deviam haver sido umas vinte, e, quando chegaram as nove horas, voltamos ao Iar. Uma multidão inteira de empregados precipitou-se ao nosso encontro e ajudou o meu tio a apear-se; no terraço de entrada, o próprio francês tirou-lhe o pó das calças com um guardanapo.

O expele-diabo

— Vazio?

— Só um general — disse o francês — que se atrasou, pediu muito que o deixassem terminar num gabinete...

— É correr já com ele!

— Ele acabará logo.

— Não quero, dei-lhe tempo suficiente. Agora que termine de comer sobre a relva.

Não sei como terminaria aquilo, mas naquele instante o general saiu com duas damas, subiu ao seu carro e foi-se, quando, um após o outro, começaram a chegar os convidados do jantar do meu tio.

III

O restaurante estava arrumado, limpo e livre de visitantes. Apenas numa sala estava sentado um gigante, que recebeu o meu tio em silêncio e, sem dizer-lhe palavra, tomou a bengala das suas mãos e guardou-a em algum lugar.

O meu tio entregara-lhe a bengala, sem nem minimamente resistir, e passou imediatamente ao gigante a carteira e o porta-moedas.

Aquele gigante maciço, meio grisalho era o tal Riábika, sobre o qual, na minha presença, fora dada ao proprietário do restaurante uma ordem incompreensível. Ele era um certo "professor de crianças", mas também ali se encontrava para o desempenho de alguma função especial. Era ali tão necessário quanto os ciganos, a orquestra e todo o serviço, que instantaneamente se apresentara no seu efetivo completo. Eu só não entendia em que consistia o papel do professor, mas isso era ainda cedo para a minha inexperiência.

O restaurante, brilhantemente iluminado, entrava a funcionar: soava a música, os ciganos iam de um lado para outro e beliscavam uma coisinha ou outra no bufete, e o meu tio inspecionava as salas, o jardim, a gruta e as galerias. Olhava, em todas as partes, para ver se "não havia estranhos ao grupo", e acompanhava-o, a cada passo, o professor; mas, quando eles retornaram ao salão principal, onde todos estavam reunidos, entre os dois notava-se grande diferença; a excursão agira sobre eles de maneiras distintas: o professor estava sóbrio, tal qual a iniciara, ao passo que o meu tio estava completamente bêbado.

Como isso pudera acontecer em tão breve tempo, eu não sei, mas ele estava em ótima disposição de espírito; ocupou a presidência da mesa, e aí o negócio começou.

As portas estavam trancadas, e acerca do mundo todo foi dito: "nem deles para nós, nem de nós para eles é impossível passar". Separava-nos um abismo, um abismo de tudo — de vodca e iguarias —, mas, principalmente, um abismo de pândega, não quero dizer vil e indecente, mas selvagem, frenético, tal, que não conseguiria descrevê-lo. E nem se pode exigi-lo de mim, porque, vendo-me encerrado ali e isolado do mundo, eu me intimidei e apressei-me a embebedar-me. E por isso não referirei como transcorreu a noite, porque à minha pena não é dado descrever *tudo aquilo*; recordo-me apenas de dois grandiosos episódios de batalha e do final, mas era precisamente e também principalmente neles que estava *o mais terrível*.

IV

Anunciaram um certo Ivan Stepánovitch, que depois se soube ser importante fabricante e comerciante de Moscou.[4]

---

[4] De uma carta de Leskov ao editor A. Suvórin, sabe-se que tal pessoa era um famoso milionário moscovita, de nome V. Kókorov, que vivia dos rendimentos de títulos públicos. (N. do T.)

Isso produziu uma pausa.

— Mas fora dito: não deixar ninguém entrar — respondeu o meu tio.

— Pede insistentemente.

— Que suma de volta para donde veio.

O criado foi, mas voltou acanhado.

— Ivan Stepánovitch — disse ele — mandou dizer que pede encarecidamente.

— E escusa de fazê-lo, eu não quero.

Outros puseram-se a dizer: "Que pague uma multa, então!".

— Não! É corrê-lo daqui, e nada de multas.

Tornou o criado e disse ainda mais acanhado:

— Está disposto a pagar qualquer multa e diz que, nos seus anos, é muito triste ver-se apartado dos amigos.

O meu tio levantou-se com o olhar chamejante, mas nesse instante, entre ele e o criado, ergueu-se Riábika em toda a sua estatura: com um leve movimento da mão esquerda atirou para o lado o criado como um franguinho, e com a direita assentou o meu tio de volta no lugar.

Dentre os comensais, ouviram-se vozes em defesa de Ivan Stepánovitch: pediam que o deixassem entrar, era cobrar-lhe cem rublos de multa, sim, mas também deixá-lo entrar.

— É um dos nossos, um velho piedoso, aonde iria agora? Desgarrado de nós, vê lá, pode ainda fazer um escândalo em meio à gentinha. É preciso termos pena dele.

O meu tio escutou atentamente e disse:

— Se não for do meu jeito, então também não do vosso, e, sim, como Deus manda: permito a entrada de Ivan Stepánovitch, mas só que ele terá de tocar timbale.

Foi o intermediário e voltou:

— Pede que em vez disso lhe cobrem uma multa.

— Ao diabo! Não quer batucar, então não é preciso, vá para onde lhe der vontade.

Pouco depois, Ivan Stepánovitch não aguentou mais e mandou dizer que *concordava* em bater no timbale.

— Venha, então.

Entrou um sujeito acintosamente grande e de aspecto honorável: austero de aparência, com olhos baços, espinhaço arqueado e barba em tufos emaranhados. Queria gracejar e saudar, mas os outros tolheram-no.

— Depois, depois, tudo isso depois — gritou-lhe o meu tio. — Agora, bate no timbale.

— Bate no timbale! — repetiram em coro outros.

— Música! Com timbale no meio.

A orquestra atacou uma peça estrepitosa; o respeitável ancião pegou as baquetas e pôs-se a bater no timbale, umas vezes ao compasso, outras não.

Barulho e gritos infernais; todos estavam satisfeitos e gritavam:

— Mais alto!

Ivan Stepánovitch tentava bater mais forte.

— Mais alto, mais alto, mais alto ainda!

O ancião batia com toda a força, como o rei negro de Freiligrath,[5] e, finalmente, o objetivo foi atingido: o timbale produziu um estalo tremendo, o couro rebentou, todos desataram em gargalhadas, o barulho tornou-se inimaginável, e Ivan Stepánovitch foi aligeirado em quinhentos rublos de multa em favor dos músicos, pelo timbale rompido.

Ele pagou, enxugou o suor, assentou-se à mesa e, quando todos ergueram os copos à sua saúde, ele, para seu não pequeno horror, notou, entre os convidados, o genro.

---

[5] Num poema do escritor alemão Ferdinand Freiligrath (1810-1876), o chefe de uma tribo africana, feito prisioneiro, é condenado a tocar tambor numa feira e, enfurecido, acaba por rompê-lo. (N. do T.)

De novo gargalhadas, de novo bulha, e assim até à perda da minha consciência. Nos raros clarões da memória, eu via as ciganas dançarem e o meu tio agitar as pernas, sem mover-se do assento; depois, levantou-se diante de alguém, mas aí, imediatamente, entre eles interpôs-se Riábika, e alguém foi feito voar, ao passo que o meu tio tornou a sentar-se, e à sua frente, na mesa, estavam cravados dois garfos. Foi então que compreendi o papel de Riábika.

Mas eis que na janela bafejou o frescor do amanhecer moscovita, eu cobrei consciência de algo, como que apenas para duvidar do meu juízo. Havia uma batalha e corte de árvores: ouvia-se um estrondo, um trovão, balouçavam as árvores, puras e virginais, exóticas, e, atrás delas, num canto apinhavam-se rostos morenos, e do nosso lado, junto às raízes, relampagueavam machados terríveis, entre eles o do meu tio, o de Ivan Stepánovitch... Um quadro verdadeiramente medieval.

Era que estavam a "apresar" as ciganas, escondidas na gruta, atrás das árvores; os ciganos não as defendiam, havendo-as deixado entregues à própria capacidade de defender-se. Impossível distinguir a troça do sério: pelo ar, voavam pratos, cadeiras, pedras da gruta, e os homens abriam caminho a machadadas pelo bosque, e com mais intrepidez agiam Ivan Stepánovitch e o meu tio.

Finalmente, a fortaleza foi tomada: as ciganas foram agarradas, abraçadas, muitas vezes beijadas, e cada um enfiou a cada uma no corpete uma nota de cem rublos, e acabou-se a coisa...

Sim; tudo de repente se aquietou... tudo havia terminado. Ninguém dera o sinal de parar, mas aquilo era suficiente. Sentia-se que, do mesmo modo como sem aquilo "a vida não era vida", em compensação, agora era já suficiente.

A todos parecia suficiente, e todos estavam satisfeitos. Talvez tivesse tido influência o fato de o professor haver dito que estava na hora dele "ir para a escola", mas, aliás, dava na mesma: a noite de Valpúrgis[6] passara e a vida recomeçava.

O grupo não se dispersou, não se despediu, mas simplesmente desapareceu; da orquestra e dos ciganos já nem havia vestígio. O restaurante representava o mais completo arrasamento: nenhuma cortina, nenhum espelho inteiro, até o lustre do teto jazia no chão todo em cacos, e os seus prismas de cristal partiam-se sob os pés da criadagem extenuada, que a custo caminhava. O meu tio estava sentado no meio de um sofá e bebia *kvas*;[7] de vez em quando, lembrava-se de algo e, então, agitava as pernas. Junto a ele, em pé, estava Riábika, que tinha pressa de ir para a escola.

Foi-lhes entregue a conta — breve: "escrita no atacado".

Riábika leu a conta atentamente e exigiu um desconto de mil e quinhentos rublos. Sem entrarem em discussão com ele, fizeram as contas: elas orçavam a dezessete mil, e Riábika, que a examinara, declarou que aquilo era razoável. O meu tio disse laconicamente "paga" e, em seguida, pôs o chapéu e, com a cabeça, fez-me sinal de que o seguisse.

Eu, para o meu terror, vi que ele não esquecera nada e que era-me impossível escapulir dele. Inspirava-me um pavor enorme, e eu não conseguia imaginar o que seria ficar cara a cara com ele, naquele seu estado de exaltação. Levara-me consigo, sem haver dito nenhuma palavra razoável, levava-me para lá e para cá, e era impossível desgarrar-me dele. Que seria de mim? Toda a minha embriaguez se fora. Eu simplesmente tinha medo daquele animal selvagem, terrível, com a sua fabulosa fantasia e o seu terrível desenfreio. Entrementes,

---

[6] Noite de 30 de abril para 1º de maio (dia de Santa Valpúrgis), na qual, segundo as crenças populares alemãs, ocorria um conciliábulo de bruxas no monte Brocken; vide o *Fausto* de Goethe. (N. do T.)

[7] Bebida refrescante, produto da fermentação do pão preto. (N. do T.)

O expele-diabo

nós já saíamos: na antessala, envolveu-nos uma multidão de empregados. O meu tio ditava: "cinco para cada um", e Riábika pagava; em baixo, pagamos aos varredores, aos vigilantes, aos guardas, cada um dos quais, segundo se verificou, nos prestara algum serviço. Todos foram recompensados. Mas tudo aquilo representava somas enormes, e, ainda por cima, em todo o espaço visível do parque havia cocheiros. Era um não acabar mais deles, e todos esperavam por nós — esperavam pelo *bátiuchka*[8] Iliá Fedossiéitch, "não precisaria Sua Mercê de enviar a algum sítio para buscar algo".

Soube-se quantos eram, e deram-se três rublos a cada um, e eu e o meu tio subimos para o carro, e Riábika entregou-lhe o porta-notas.

Iliá Fedossiéitch tirou uma de cem rublos e deu-a a Riábika.

Este virou a nota nas mãos e disse com maus modos:

— É pouco.

O meu tio adicionou duas de vinte e cinco.

— Ainda assim, é pouco: não houve nenhuma briga.

O meu tio pôs mais uma terceira nota de vinte e cinco, depois do que o professor devolveu-lhe a bengala e despediu-se.

V

Nós ficamos sozinhos, olho no olho, no carro, e voamos de volta a Moscou, seguidos a todo o galope, com alarido e estrépito, por toda aquela corja maltrapilha de cocheiros. Eu não atinava com o que queriam, mas o meu tio entendeu-o. Era uma coisa revoltante: queriam ainda arrancar-lhe uma

---

[8] Literalmente, "paizinho", forma respeitosa de tratamento. (N. do T.)

gorjeta de despedida e, assim, a pretexto de prestar especial honra a Iliá Fedossiéitch, expunham a sua digníssima pessoa ao opróbrio geral.

Moscou estava já diante do nosso nariz e toda à vista, na maravilhosa luminosidade matinal, no tênue fumo dos lares e no plácido tanger de sinos, que chamavam à missa.

À direita e à esquerda do caminho, sucediam-se armazéns de cereais que chegavam até às portas da cidade. O meu tio mandou o cocheiro parar em frente ao primeiro, abeirou-se de uma dorna de tília e perguntou:

— Mel?

— Mel.

— A quanto a dorna?

— Vendemos em porçõezinhas de uma libra.

— Pois vende-me uma partida inteira: calcula em quanto fica.

Não me recordo bem, parece-me que ficava em setenta ou oitenta rublos.

O meu tio atirou o dinheiro.

Nisso, chegou o nosso séquito.

— Então, bravos cocheiros da nossa cidade, gostais de mim ou não?

— Ora, nós sempre por vossa digníssima...

— Tendes-me afeição?

— Muita afeição.

— Então, tirai as rodas.

Os homens ficaram perplexos.

— Rápido, rápido! — comandava o meu tio.

Os mais expeditos, cerca de uns vinte, enfiaram-se sob a boleia, apanharam as chaves e puseram-se a desatarraxar as porcas.

— Muito bem — disse o meu tio —, agora passai mel nos eixos.

— *Bátiuchka*!

O expele-diabo 133

— Passai!

— Uma coisa de tanto valor... pros beiços é mais interessante.

— Rápido com isso!

E, sem mais insistir, o meu tio novamente subiu para o carro e nós partimos a toda a velocidade, enquanto os cocheiros, tantos quantos eram, ficaram todos para trás, com os carros sem rodas, em torno da dorna de mel, que eles, seguramente, não passaram naquelas, mas, sim, encheram com ele os bolsos ou revenderam-no ao próprio merceeiro. Em todo o caso, eles nos deixaram em paz e nós fomos parar numa casa de banhos. Ali, fiquei à espera do fim do mundo para mim, sentado, nem vivo nem morto, numa banheira de mármore, ao passo que o meu tio se estirara sobre o chão, não simplesmente estendido, não numa postura normal, mas de certo jeito apocalíptico. Toda a massa do seu obeso corpanzil apoiava-se no chão somente com as pontinhas dos dedos dos pés e das mãos, e nesses tênues pontos de apoio, o seu corpo vermelho tremia sob os jorros da fria chuva dirigida a ele, e ele rugia com o rugido sufocado de um urso que arrancasse uma argola das ventas. Aquilo durou uma meia hora, e ele durante todo esse tempo tremeu como geleia sobre uma mesa sacolejada, até que finalmente se levantou dum salto, pediu *kvas*, e nós nos vestimos e partimos para a rua Kuzniétski, para o "francês".

Ali, cortaram-nos a ambos os cabelos, riçando-os de leve, pentearam-nos, e fomos para a cidade, para a mercearia do meu tio.

Não me dizia palavra, nem me deixava seguir o meu caminho. Só uma vez disse:

— Espera, nem tudo duma vez; o que não compreendes agora, com os anos compreenderás.

Na loja, ele rezou, depois de lançar a todos o olhar de patrão, e sentou-se à mesa do escritório. O exterior do vaso fora limpo, mas, dentro dele, agitava-se ainda uma grossa camada de imundícies e esta pedia depuração.

Eu via isso e, naquele momento, parei de ter medo. A coisa interessava-me, e eu queria ver como ele acabaria com aquilo: com a abstinência ou alguma boa obra?

Lá pelas nove horas, ele começou a enfadar-se dolorosamente, o tempo todo espiava para ver se vinha o lojista vizinho, para irmos os três tomar chá — para três pessoas juntas, saía cinco copeques mais barato. O vizinho não apareceu: a Morte escrevera-lhe celerepentinamente o seu vem-cá.[9]

O meu tio benzeu-se e disse:

— Todos temos de morrer um dia.

O fato não o perturbou, embora eles tivessem, durante quarenta anos, ido juntos beber chá na Novotróitski.[10]

Nós chamamos o vizinho do outro lado e fomos várias vezes com ele beber chá, degustamos uma coisa e outra, mas nada de álcool. Passei todo o dia sentado ao lado do meu tio e acompanhei-o nas saídas, e, ao cair da tarde, ele enviou um empregado em busca do seu coche para irmos ao convento da Virgem.

Lá também o conheciam e receberam com a mesma deferência do Iar.

— Quero prostrar-me aos pés da Virgem e chorar os meus pecados. E recomendo-vos o meu sobrinho, filho da minha irmã.

— Tende a bondade — disseram as monjas —, tende a bondade. De quem a Virgem aceitará o arrependimento, se-

---

[9] No original, *"úmer skoropísnoi smiértiu"* ("morrera de morte rapidamente escrita"), trocadilho com a expressão *"úmer skoropostíjnoi smiértiu"* ("morrera de morte repentina"), para produzir a ideia de rapidez e, ao mesmo, suscitar a de repentinidade. (N. do T.)

[10] Famosa taberna moscovita da época. (N. da E.)

O expele-diabo

não de Vossa Mercê, que sempre haveis favorecido a sua casa? Este é o melhor momento para pedir a sua graça... Estamos a oficiar as vésperas.

— Que acabe primeiro, gosto quando não há gente, e que se me faça bastante penumbra.

Foi atendido; apagaram todas as velas, à exceção de uma ou duas lamparinas e de outra, grande e profunda, de vidro verde, colocada bem diante da Virgem.

O meu tio não caiu, mas, sim, desabou de joelhos, golpeou o chão com a fronte, prosternado, soltou um soluço e ficou imóvel.

Eu e duas monjas estávamos sentados num canto escuro, atrás duma porta. Houve uma longa pausa. O meu tio permaneceu deitado, sem dar voz nem sinal de vida. A mim pareceu que ele adormecera, e eu até o disse às monjas. A experiente irmã pensou um pouco, balançou a cabeça e, após acender uma velinha fininha, apertou-a na mão e foi bem de mansinho em direção ao penitente. Deu uma volta ao seu redor, devagar, na ponta dos pés, e murmurou agitada:

— Está agindo... e surtindo efeito.

— Como o sabe?

Ela se inclinou, depois de um sinal para que eu fizesse o mesmo, e disse:

— Olhe, bem através da chama, para onde ele tem os pés.

— Vejo.

— Olhe só que contenda!

Olhei atentamente e vi realmente certo movimento: o meu tio jazia devotamente em posição de quem rezasse, ao passo que os seus pés davam a impressão de dois gatos em luta, que arremetiam alternadamente um contra o outro, frenéticos, e davam saltos.

— Madre, de onde vêm esses gatos?

— É somente impressão sua, não são gatos, mas a tentação: olhe bem, ele arde em espírito em ascensão ao céu, mas tem ainda os pés presos ao caminho do inferno.

Eu vi que realmente o meu tio agitava os pés como se estivesse a terminar de dançar o *trepak*[11] do dia anterior, mas será que estava ele, ao mesmo tempo, também em ascensão para o céu?

E ele, como se em resposta a isso, deu de repente um tremendo suspiro e um grito terrível:

— Não me alçarei, enquanto não me perdoares! Porque somente tu és santo e todos nós somos malditos pecadores! — e começou a soluçar.

E fez isso duma tal maneira, que as monjas e eu desatamos a chorar: Deus, atendei a sua súplica!

E, quando nos recobramos, estava já ele em pé, ao nosso lado, e disse-me em voz baixa, com unção:

— Vamos, temos que fazer.

Perguntaram as monjas:

— Tivestes a ventura de ver o resplendor divino, *bátiuchka*?

— Não, não vi o resplendor — respondeu ele —, mas isto... isto houve: ele cerrou o punho e levantou-o do modo como se levantam crianças pelos cabelos.

— Levantou-vos?

— Sim.

As monjas começaram a benzer-se, e eu também, e o meu tio explicou:

— Agora tenho o seu perdão! Bem lá do mais alto, de sob a cúpula, a sua destra aberta agarrou-me pelos cabelos em cacho e colocou-me em pé...

E ei-lo já não renegado, e feliz; fez generosa doação ao convento, onde lograra com a súplica aquele milagre, e sentiu

---

[11] Dança popular russa, executada em ritmo acelerado e com forte sapateado. (N. do T.)

O expele-diabo

137

de novo a vida, e enviou à minha mãe todo o dote que lhe tocava, e iniciou a mim na boa crença popular.

Desde então, eu conheci o gosto do popular na queda e na ascensão... É isso o que se chama *expele-diabo*, "o que faz sair os demônios do corpo". Este é um ritual que se pode ver, repito, somente em Moscou e só com muita sorte ou com o especial favor dos mais veneráveis anciões.

(1881)

O ARTISTA DOS TOPETES
(História narrada em cima de um túmulo)

À santa memória do bendito dia 19 de fevereiro de 1861[1]

"As suas almas terão morada entre os justos."

Canto fúnebre

I

Entre nós, muitos creem que "artistas" sejam apenas os pintores e os escultores e, ainda assim, os que foram distinguidos com tal título pela academia, e aos outros não querem nem considerar como artistas. Sázikov e Ovtchínnikov,[2] para muitos, não são mais do que "argentários". Entre outros povos não é assim: Heine menciona um alfaiate que "era um artista" e "tinha ideias",[3] ao passo que os vestidos de senhora confeccionados por Worth[4] até hoje se chamam "obras de arte". Acerca de um deles, escreveram que "concentrava um abismo de fantasia no talhe".

[1] Dia da abolição da servidão na Rússia. (N. do T.)

[2] Pável Ignátievitch Sázikov (?-1868) e Pável Akímovitch Ovtchínnikov (1830-1888), famosos ourives moscovitas do século XIX. (N. do T.)

[3] O narrador mistura dois livros de Heine: *Lutécia*, em que se fala não de um alfaiate, mas de um sapateiro, "artista do sapato de couro", e *Legrand*, em que se menciona um alfaiate, que via "várias boas ideias" em uma sobrecasaca. (N. do T.)

[4] Charles Frederique Worth (1825-1895), famoso alfaiate parisiense. (N. do T.)

Na América, o campo da arte é entendido mais amplamente: o famoso escritor estadunidense Bret Harte conta que no seu país granjeara altíssima fama um "artista" que "trabalhava em defuntos". Ele dava ao rosto dos finados variadas *"expressões de consolo"*, testemunhas dos estados mais ou menos felizes das suas almas, que se haviam alado deste mundo.[5]

Havia vários graus dessa arte; eu me lembro de três: "1) a calma, 2) a elevada contemplação e 3) a beatitude da conversação direta com Deus". A fama do artista correspondia à alta perfeição do seu trabalho, isto é, era enorme, mas, infelizmente, o artista pereceu vítima da turba vil, incapaz de respeitar a liberdade da criação artística. Foi morto a pedradas por ter dado a "expressão de beatífica conversação com Deus" ao rosto de um banqueiro desonesto, que depenara uma cidade inteira. Os afortunados herdeiros do finório quiseram, com isso, expressar a sua gratidão ao finado parente, e isso custou a vida ao realizador artístico...

Também nós, na Rússia, tivemos um mestre, artista nesse inusitado senso da palavra.

II

O meu irmão menor teve como ama-seca uma velhinha alta, de porte airoso, chamada Liubov Onissímovna. Fora atriz do já extinto teatro do conde Kámenski em Oriol,[6] e

[5] Referência ao texto "Conversa no vagão-dormitório", de Francis Bret Harte (1836-1902). (N. do T.)

[6] Cidade fundada em 1566 e localizada a 380 quilômetros a sudoeste de Moscou. Deve o seu nome ao fato de localizar-se no ponto em que o rio Oriol desemboca no rio Oká. (N. do T.)

tudo o que contarei em seguida também se passou nessa cidade, no tempo da minha adolescência.

O meu irmão tinha sete anos a menos do que eu; por conseguinte, quando ele tinha dois anos e estava confiado às mãos de Liubov Onissímovna, eu orçava já pelos nove anos e podia compreender perfeitamente as histórias a mim contadas.

Liubov Onissímovna não era ainda muito velha, mas estava já toda encanecida; os traços do seu rosto eram finos e delicados, e a sua figura era direita e admiravelmente bem proporcionada, como a de uma mulher jovem.

Mamãe e uma minha tia, olhando-a, mais de uma vez disseram que ela fora indubitavelmente uma beldade no seu tempo.

Era de uma honestidade a toda a prova, doce e sentimental; amava na vida o lado trágico e... às vezes embriagava-se.

Ela nos levava para passear no cemitério da igreja da Trindade; ali, sentava-se sempre sobre um túmulo simples com uma velha cruz, e não raramente contava-me alguma coisa.

Foi ali que escutei dela a história do "artista dos topetes".

III

Ele era um colega de teatro da nossa ama; a diferença é que ela "representava no palco e dançava", ao passo que ele era o "artista dos topetes", isto é, o barbeiro, cabeleireiro e maquiador, que "pintava e penteava" todos os servos artistas do conde. Mas esse não era um simples e vulgar trabalhador com um pente metido atrás da orelha e uma lata de carmim

O artista dos topetes

141

dissolvido em banha; era, sim, um homem com *ideias*, numa palavra, um *artista*.

Melhor do que ele, pelas palavras de Liubov Onissímovna, ninguém conseguia "dar expressões ao rosto".

Sob qual precisamente dos condes Kámenski floresceram essas duas naturezas artísticas, não ouso dizer com precisão. Eles foram três, e todos os habitantes antigos de Oriol chamavam-lhes "inauditos tiranos". O marechal de campo Mikhail Fedótovitch fora assassinado pelos seus servos, por causa da sua crueldade, em 1809; tinha dois filhos: Nikolai, falecido em 1811, e Serguei, falecido em 1835.

Desde criança, nos anos quarenta, lembro-me ainda de um enorme edifício cinzento de madeira, com janelas postiças, pintadas de qualquer jeito com fuligem e ocra, circundado por um muro extraordinariamente comprido e meio descaído. Esse era o maldito solar do conde Kámenski; ali, também, ficava o teatro. Estava situado de tal maneira, que se avistava muito bem do cemitério da igreja da Trindade, e, por isso, Liubov Onissímovna, quando queria contar alguma coisa, quase sempre começava com estas palavras:

— Olha, queridinho, lá... Vês como é terrível?

— Terrível, ama.

— Pois é, mas o que eu te contarei agora é ainda mais terrível.

Eis um dos seus relatos acerca do barbeiro Arkádi, sensível e corajoso jovem, que lhe fora muito caro ao coração.

IV

Arkádi "penteava e pintava" somente as atrizes. Para os homens havia outro barbeiro, e Arkádi, se às vezes ia à "metade masculina", então era apenas no caso de o próprio conde ordenar-lhe que "maquiasse alguém em aspecto assaz nobre". A principal particularidade da habilidade maquiatória desse artista consistia na capacidade imaginativa, com a qual lograva dar aos rostos as mais finas e variadas expressões.

— O conde chamava-o, às vezes, e dizia: "É preciso que o rosto fique com tal e tal expressão". Arkádi afastava-se um pouco, mandava o ator ou atriz ficar em pé ou sentado à sua frente, cruzava os braços sobre o peito e pensava. E nesses momentos ele era mais belo do que qualquer outro homem bonito, porque era de estatura mediana, mas airoso a não mais poder, com um narizinho sutil e altivo, olhos angelicais e bondosos e um basto topetinho, que descia lindamente da cabeça sobre os olhos, de modo que ele parecia olhar através de uma nuvem de névoa.

Em suma, o mestre dos topetes era um belo homem e "agradava *a todos*". O "próprio conde" também lhe queria muito e "distinguia-o de todos, vestia-o maravilhosamente, mas usava com ele do maior rigor".

Não queria por nada que Arkádi cortasse o cabelo ou a barba de outra pessoa e penteasse alguém que não fosse ele, e para isso mantinha-o *sempre* no seu quarto de vestir, e, se não fosse para o teatro, Arkádi não podia sair para lugar nenhum.

Nem sequer ir à igreja para confissão ou eucaristia era--lhe permitido, porque o próprio conde não acreditava em Deus e não suportava padres, e uma vez, na Páscoa, açulara os galgos sobre os sacerdotes da catedral de Boris e Glieb que portavam a cruz.[7]

---

[7] O caso narrado era conhecido de muitos em Oriol. Ouvi falar dele pela minha avó Alfiórieva e de um velho, conhecido pela integridade de caráter, o mercador Ivan Ivánovitch Andróssov, que vira *ele próprio* "como os cães dilaceraram o clero". Quando o conde mandou trazerem-no à sua presença e perguntou: "Tens pena deles?", Andróssov respondeu: "Nenhuma, Vossa Excelência, tiveram o merecido: que não fiquem a andar por aí". Foi por isso que o conde o deixou ir em paz. (N. do A.)

O artista dos topetes

O conde, por sua vez, pelas palavras de Liubov Onissímovna, por causa do seu eterno mau humor, era tão horrendamente feio, que parecia todos os bichos reunidos num só. Mas até a esse bichomorfismo[8] Arkádi conseguia dar, ainda que temporariamente, tal expressão que, quando o conde, à noite, se encontrava no seu camarote, até parecia mais distinto do que muitos.

À natureza do conde, para o seu grande desgosto, distinção e "ar marcial" eram precisamente o que faltava.

E, assim, para que ninguém mais pudesse usufruir os serviços de um artista tão incomparável qual era Arkádi, este "passava toda a sua existência sem sair de casa e, desde o nascimento, não segurara jamais um tostão na mão". Devia já haver passado dos vinte e cinco anos; Liubov Onissímovna ia para os dezenove. Eles, naturalmente, conheciam-se, e entre eles deu-se o que sói acontecer nessa idade, isto é, eles se apaixonaram um pelo outro. Falar do seu amor, no entanto, eles não podiam a não ser por alusões remotas, e em presença de todos, durante a maquiadura.

Encontros a sós eram inteiramente impossíveis e até impensáveis...

— Cuidavam de nós, atrizes — dizia Liubov Onissímovna —, da mesma forma como nas casas dos grandes senhores se cuidava das *aias*; eram designadas, para nossas vigilantes, mulheres idosas e com filhos, e, se, Deus nos livre, acontecia alguma coisa a uma de nós, então todos os filhos daquelas mulheres caíam sob a mais desapiedada tirania.

O voto de castidade podia quebrar-se somente por "ele próprio", aquele que o havia estabelecido.

---

[8] O correto seria *zoobrázie* ("zoomorfismo"), mas Leskov substitui o radical grego *zoo-* pela palavra russa *zvier* ("bicho"). (N. do T.)

V

Liubov Onissímovna, àquela altura, encontrava-se não apenas na flor da sua virginal beleza, senão também no momento mais interessante do desenvolvimento do seu multifacetado talento: ela "cantava nos coros os *pout-pourris*", dançava os "primeiros *pas*[9] em *A horteloa chinesa*" e, sentindo vocação para o trágico, "conhecia todos os papéis *de simplesmente havê-los visto representar*".

Em que ano, precisamente, não sei com exatidão, mas aconteceu que por Oriol estava de passagem o soberano (não sei dizer se Aleksandr Pávlovitch ou Nikolai Pávlovitch), que ali pernoitaria, e à noite esperava-se a sua ida ao teatro do conde Kámenski.

O conde convidou, então, toda a nobreza ao seu teatro (os lugares não se vendiam), e preparou-se o melhor dos espetáculos. Liubov Onissímovna devia cantar no *pout-pourri*, bem como dançar em *A horteloa chinesa*, mas eis que de repente, ainda durante o último ensaio, caiu um bastidor e machucou o pé da atriz que devia representar a "duquesa de Bourbliane" na peça.

Jamais e em lugar nenhum encontrei papel com tal nome, mas Liubov Onissímovna pronunciava-o exatamente assim.

Os carpinteiros, causadores do acidente, foram levados para a estrebaria e ali castigados, e a doente foi carregada para o seu cubículo, mas não havia ninguém para representar o papel da duquesa.

— Foi quando — disse Liubov Onissímovna — eu me ofereci, porque me agradava muito como a duquesa de Bourbliane, atirada aos pés do pai, pedia perdão e morria com os cabelos soltos. E os meus próprios cabelos eram maravilho-

[9] Em francês, no original: "passo". (N. do T.)

samente compridos e louros, e Arkádi arrumava-os de tal maneira que ficavam uma beleza.

O conde alegrou-se muito do seu oferecimento de representar o papel e, ao receber do diretor de cena a garantia de que "a Liuba[10] não estragaria o papel", respondeu:

— Se ela o estragar, é o teu lombo que pagará, mas leva-lhe em meu nome os brincos de água-marinha.

Esses seus "brincos de água-marinha" eram uma prenda lisonjeira e, ao mesmo tempo, repugnante. Isso era o primeiro sinal da especial honra de ser por breve tempo elevada à condição de odalisca do senhor. Pouco depois disso, e, às vezes, até imediatamente, dava-se a Arkádi a ordem de, depois do teatro, deixar a rapariga condenada "com o aspecto inocente de Santa Cecília",[11] e assim, toda de branco, com uma grinalda na cabeça e um lírio nas mãos, a *innocence*[12] simbolizada era levada aos aposentos do conde.

— Tu, pela tua idade, não o podes compreender — dizia a ama —, mas isso era o mais terrível, especialmente para mim, porque eu sonhava com Arkádi. E pus-me a chorar. Atirei os brincos sobre a mesa e fiquei ali a chorar, e não conseguia nem sequer pensar em como representaria à noite.

VI

Naquelas horas fatídicas, outro caso, também fatídico e insidioso, sobreveio a Arkádi.

Um irmão do conde, ainda mais feio, deixara a sua pro-

[10] Diminutivo de Liubov. (N. do T.)

[11] Santa católica, símbolo da inocência virginal. Foi pintada por Rafael. (N. do T.)

[12] Em francês, no original: "inocência". (N. do T.)

priedade e encontrava-se em Oriol para apresentar-se ao soberano. Morava havia muito na aldeia, não trajava uniforme e não se barbeava, porque "a sua cara inteira era coberta de lobinhos". Mas ali, em tão especial ocasião, era preciso envergar o uniforme e pôr a si próprio inteiro em ordem e assumir "um ar militar", como exigia o regulamento.

E exigia-se muito.

— Hoje em dia, não se compreende como as regras eram rígidas naquela época. Existia regulamento para tudo, com prescrições para os grandes senhores para o modo de expressão do rosto e também para o penteado da cabeça, e isso a alguns não ficava bem nem um pouco, e esses, penteados conforme as regras, com um topetinho em pé e suíças, ficavam com a cara igualzinha a uma balalaica camponesa sem cordas. Os grandes senhores pelavam-se de medo disso. Aí é que entrava a grande importância da maestria no barbear e no pentear — como, entre as suíças e os bigodes, abrir caminhinhos, e como dispor as madeixas e como penteá-las —, com isso, com a menor coisinha, o rosto ganhava uma expressão completamente diferente.

Para os senhores civis, pelas palavras da aia, a coisa era mais fácil, porque a eles não se prestava atenção especial — deles se exigia apenas um aspecto mais submisso; dos militares exigia-se mais: que, perante os superiores, a expressão fosse de submissão, mas para todos os outros se dessem ares de desmedida bravura.

Era precisamente isso que Arkádi, com a sua admirável arte, sabia dar ao rosto feio e insignificante do conde.

VII

Já o irmão da aldeia era ainda mais feio do que o da cidade, e ainda por cima "cobrira-se de pelos" e "pusera na cara um ar de tamanha bruteza" que até ele próprio sentia isso, mas não havia ninguém para penteá-lo, porque era muito avaro para tudo e deixara o seu barbeiro ir para Moscou, com a condição de este pagar-lhe o *obrok*.[13] O rosto desse segundo conde era todo cheio de enormes lobinhos, de modo que era impossível fazer-lhe a barba sem retalhar a sua cara inteira.

Ao chegar a Oriol, mandou chamarem os barbeiros da cidade e disse:

— Quem de vós puder deixar-me à semelhança do meu irmão, o conde Kámenski, a esse eu darei duas moedas de ouro, mas para aquele que me cortar, cá estou eu a pôr duas pistolas sobre a mesa. Trabalhaste direitinho — pega o ouro e vai-te; agora, se cortares uma espinhazinha ou deixares a linha das suíças um nadinha torta, eu mato na hora.

E dizia tudo isso para assustar, pois as pistolas estavam descarregadas.

Em Oriol, a essa época, havia poucos barbeiros, e estes, ainda assim, o mais que faziam era andarem pelos estabelecimentos de banho e aplicarem ventosas e sanguessugas e fazerem sangrias; gosto e fantasia, nem um pouquinho. Eles próprios compreendiam-no, e todos se recusaram a tentar "transformar" Kámenski. "Ficai com Deus — pensavam consigo —, tu e o teu ouro."

— O que vossoria deseja, nisso não podemos fazer nada, e até de tocar a mão numa pessoa assim nem somos dignos, e também não temos navalhas para isso, porque as nossas navalhas são simples, russas, e para a sua feição é preciso navalha da Ungliterra. Só o Arkádi do conde pode dar um jeito.

---

[13] Tributo em dinheiro ou mercadorias que, pela lei do sistema de servidão, os camponeses tinham de pagar aos seus senhores. (N. do T.)

O conde mandou os criados expulsarem os barbeiros aos pescoços, e os últimos ficaram contentes de haverem sido dispensados, e o próprio chegou à casa do irmão mais velho e disse:

— É isto, isso e mais aquilo e coisa e tal, irmão; venho à tua casa com um grande pedido: manda-me o teu Arkachka[14] antes desta noite, para que ele me deixe em bom estado, como deve ser. Faz tempo que não me barbeio e os barbeiros daqui não têm capacidade.

O conde respondeu ao irmão:

— Os barbeiros daqui, sem dúvida, são uma nojeira. Eu nem sabia sequer da existência deles na cidade, porque aqui, em casa, até os cães são tosados pelos meus. Mas, quanto ao teu pedido, tu me pedes o impossível, porque eu jurei que, enquanto fosse vivo, Arkachka não pentearia outro que não fosse eu. Que achas: posso lá eu retirar a minha palavra diante de um servo?

O outro diz:

— E por que não? Tu deliberaste, ora, tu próprio também revogas.

O conde-patrão respondeu que, para ele, aquele modo de julgar era até estranho.

— Se eu começar a agir assim, então que poderei exigir dos meus servos? Ao Arkachka foi dito que eu assim deliberara, e todos sabem disso, e por isso ele é mantido melhor do que todos os outros, e se ele lá se arrojar e em outra pessoa, que não eu, exercitar a sua arte, eu o açoitarei até à morte e o mandarei para o exército como soldado.[15]

Disse o irmão:

— De duas uma: ou o açoitas até à morte ou o mandas

[14] Diminutivo de Arkádi. (N. do T.)

[15] O serviço militar para os praças era por toda a vida. (N. do T.)

O artista dos topetes

para soldado, mas não conseguirás fazer as duas coisas juntas.

— Está bem — disse o irmão —, seja como queres: não o açoitarei até à morte, mas só até deixá-lo meio morto, e depois o mandarei para o exército.

— E é essa a tua última palavra?

— Sim, a última.

— Então, toda a questão está nisso?

— Sim, nisso.

— Bem, nesse caso, ótimo, senão eu pensaria que o teu irmão te seria menos caro do que um servo. Assim, nem mudes a tua palavra, e manda-me o Arkachka para *tosar o meu cão-d'água*. E o que ele lá fizer, isso será só da minha conta.

Ao conde-patrão não pareceu conveniente recusá-lo.

— Está bem — disse —, para tosar o cão, eu o mandarei.

— Pois bem, é tudo de que preciso.

Apertou a mão do irmão e foi-se.

VIII

Era a hora do fim de tarde, ao crepúsculo, quando no inverno se acendem as luzes.

O conde mandou chamarem Arkádi e disse:

— Vai à casa do meu irmão e tosa-lhe o cão-d'água.

Arkádi perguntou:

— Nenhuma ordem mais?

— Nada mais — disse o conde —, mas volta logo para arrumares as atrizes. A Liuba hoje deve ser penteada de três maneiras, e depois do teatro traze-a para mim como Santa Cecília.

Arkádi Ilitch cambaleou.

Disse o conde:

— Que se passa contigo?

Responde Arkádi:

— Perdão, tropecei no tapete.

O conde insinuou:

— Olha lá, será isso bom sinal?

A Arkádi, com o que se lhe fizera na alma, não importava se era bom ou mau.

Ele ouvira a ordem de deixar-me como Santa Cecília e, como se não visse nem enxergasse nada, pegou os seus instrumentos, colocou-os numa bolsa de couro e foi-se.

IX

Chegou à casa do irmão do conde e já lá estavam, ao pé do espelho, velas acesas e novamente, ao lado, as duas pistolas, só que agora não duas moedas de ouro, mas dez, e as pistolas, agora, não com carga de mentirinha, mas balas circassianas.

Diz o irmão do conde:

— Não tenho cão-d'água nenhum, do que eu preciso é o seguinte: põe na minha cara a expressão mais intrépida possível e receberás dez moedas de ouro, mas, se me cortares, eu te mato.

Arkádi olhou, olhou para ele e, de repente, sabe-se lá o que lhe passou pela cabeça, pôs-se a cortar o cabelo e a fazer a barba ao irmão do conde. Fez tudo num minuto e do melhor modo, deitou as moedas ao bolso e disse:

— Adeus.

O outro respondeu-lhe:

— Vai-te, mas eu só quero saber uma coisa: donde tiraste essa louca coragem para te decidires a fazer o trabalho?

Disse Arkádi:

— Por que me decidi, isso só sabem o meu peito e o forro da minha camisa.

O artista dos topetes

— Ou tens um encantamento contra balas, e por isso não temes as pistolas?

— Pistolas não são nada — respondeu Arkádi —, eu nem pensei nelas.

— Como assim? Será que ousaste pensar que a palavra do teu conde era mais forte do que a minha e que eu não te haveria matado pelo menor cortinho que fosse? Se não tivesses nenhum encantamento, tu agora já estarias morto.

Arkádi, assim que lhe recordaram o conde, estremeceu de novo e, como se meio acordado e meio adormecido, disse:

— Não há em mim encantamento nenhum, só uma inspiração de Deus: enquanto levantasses a mão com a pistola para disparares sobre mim, eu antes te cortaria o pescoço inteiro com a navalha.

Dito isso, fugiu correndo e chegou ao teatro bem em tempo e começou a preparar-me, e tremia todinho, como vara verde. E, enquanto me enrolava uma madeixa e outra e se inclinava para soprá-la, repetia num sussurro:

— Não temas, eu te levarei daqui.

X

O espetáculo correu bem, porque todos nós éramos como que de pedra, acostumados que estávamos com o terror e com os suplícios: fosse o que nos fosse no coração, fazíamos a nossa representação de tal modo que não transparecia nada.

Do palco vimos o conde e o seu irmão, um parecido com o outro. Vieram aos bastidores: era difícil até distingui-los. Somente que o nosso estava quieto e requieto, como se abrandado. Ele sempre ficava assim antes dos piores atos de crueldade.

E todos sentíamo-nos desmaiar e fazíamos o sinal da cruz:

— Senhor! Tem piedade de nós e salva-nos. Sobre quem se abaterá a sua ferocidade?

A louca temeridade cometida por Arkacha era-nos ainda desconhecida, mas o próprio Arkádi, já se via, compreendia que não haveria perdão para ele, e ficou pálido, quando o irmão do conde olhou para ele e disse alguma coisa ao ouvido do nosso senhor. Eu era boa de orelhas e peguei; ele dissera:

— Eu te dou um conselho de irmão: cuidado com a navalha, quando ele te estiver a barbear.

O nosso apenas sorriu em silêncio.

Parece que até Arkacha ouviu alguma coisa, porque, quando estava a caracterizar-me como duquesa para o último ato, então — coisa que nunca lhe acontecera — pôs-me tanto pó-de-arroz, que o francês, encarregado do guarda-roupa, começou a sacudir-me e disse:

— *Trop beaucoup, trop beaucoup!*[16] — e com uma escovinha tirou-me o excesso.

XI

Ao fim do espetáculo, tiraram-me o vestido de duquesa de Bourbliane e vestiram-me como Cecília — uma veste toda branca, sem mangas, apenas presa por nozinhos nos ombros. Nós não podíamos suportar aquele ornato. Bem, depois veio o Arkádi para pentear-me em feitio inocente, como nos quadros se representa Santa Cecília, e para prender-me na cabeça um diadema, e viu Arkádi que, à porta do meu cubículo, estavam postados seis homens.

---

[16] Em francês, no original: "demais, demais!". (N. do T.)

Isso significava que deviam agarrá-lo imediatamente, assim que se mostrasse à porta, ao terminar de pentear-me, e levá-lo a algum lugar para a tortura. E as torturas na casa do nosso conde eram tais, que era cem vezes melhor ser condenado à morte. Havia a manjedoura,[17] a corda, e puxavam a cabeça e faziam-na girar para um lado e para o outro: havia tudo isso. Depois disso, os castigos regulamentares eram o mesmo que nada. Sob toda a casa havia adegas secretas, onde pessoas vivas viviam acorrentadas como os ursos. Às vezes, quando se passava bem ao pé da casa, acontecia ouvirem-se o tintim das correntes e os gemidos das pessoas agrilhoadas. Queriam certamente que se soubesse da sua condição ou que as autoridades fossem informadas, mas as autoridades nem ousavam pensar em interferir. E pessoas eram supliciadas ali por longo tempo, outras por toda a vida. Um ficou tanto tempo ali que até inventou versos:

A chupar-te os olhos, as serpentes, rastejantes, virão;
E os escorpiões, sobre o teu rosto, veneno verterão.[18]

Este versinho, de vez em quando, até nós o sussurrávamos mentalmente, com um arrepio de terror.

Outros até estavam agrilhoados junto com ursos, de um modo que o animal só por meio *verchok*[19] não os conseguia estraçalhar com a pata.

---

[17] Instrumento de tortura criado pela Inquisição: longa caixa, onde a pessoa era deitada de costas e amarrada pelas mãos e pelos pés; o suplício consistia em esticar o corpo daquela até o desmembramento das juntas. Foi usado na Rússia entre os séculos XIV e XVIII. (N. do T.)

[18] Versos da canção sérvia "Marko-Kroliévitch no calabouço". (N. do T.)

[19] Antiga medida russa de comprimento, equivalente a 2,2 cm. (N. do T.)

Mas com Arkádi Ilitch não puderam fazer nada disso, porque ele, assim que entrou com um salto no meu quartinho, no mesmo instante apanhou a mesa e quebrou toda a janela, e depois eu não me lembro de mais nada...

Comecei a voltar a mim por sentir muito frio nas pernas. Movi-as e senti que estava toda envolta num casaco de pele de lobo ou de urso, e, em redor, trevas profundas e uma troica impetuosa de cavalos correndo não sei para onde. Ao pé de mim, dois homens sentados encolhidos no largo trenó; um segurava-me — era Arkádi Ilitch, o outro fustigava os cavalos com toda a força... A neve, saltando de sob os cascos dos cavalos, salpicava o cocheiro e os fugitivos, e o trenó, a cada segundo, inclinava-se ora para um lado, ora para o outro. Se não estivéssemos sentados bem no meio, no piso do trenó, e não nos segurássemos, impossível continuarmos vivos e inteiros.

Eu ouvia a conversa ansiosa e inquieta dos dois, como sempre em tom de alarme — entendia apenas: "Vêm atrás, vêm atrás! Toca a toda, toca a toda!" e mais nada.

Arkádi Ilitch, ao notar que eu recuperava os sentidos, inclinou-se sobre mim e disse:

— Liúbuchka,[20] pombinha minha! Perseguem-nos... Estás disposta a morrer, se não conseguirmos escapar?

Eu respondi que sim, e até com alegria.

Ele tinha a esperança de chegar à cidade turca de Khruschuk,[21] para onde muitos dos nossos haviam fugido de Kámenski.

E, de repente, atravessamos, voando pelo gelo, um riacho, e à frente surgiu algo cinzento, parecido a uma casa, e

[20] Diminutivo de Liubov. (N. do T.)

[21] Antigo nome da cidade de Ruse, na atual Bulgária. À época retratada no conto, esse país eslavo estava sob domínio turco; foi libertado pelos russos em 1878. (N. do T.)

cães puseram-se a latir; o cocheiro açoitou mais uma vez a troica e duma vez atirou-se para um lado do trenó, fazendo-o deitar-se sobre um flanco, e eu e o Arkádi fomos atirados sobre a neve, ao passo que ele, o trenó e os cavalos, tudo desapareceu da nossa frente.

Disse Arkádi:

— Não temas nada, era preciso assim, pois o cocheiro que nos trouxe eu não conheço, nem ele nos conhece. Eu o contratei por três moedas de ouro para levar-te embora, mas tudo o que quer é salvar a própria vida. Agora, seja a vontade de Deus sobre nós: este é o povoado de Sukhaia Orlitsa — aqui mora um sacerdote corajoso, ele casa pessoas em situações de desespero e ajudou a fuga de muitos dos nossos. Nós lhe daremos uma prenda, ele nos esconderá até à noite e nos casará, e, antes de anoitecer, voltará o cocheiro, e nós desapareceremos.

XII

Batemos à porta da casa e entramos no vestíbulo. Abriu o próprio sacerdote, velho, baixo, sem um dos dentes da frente, e a velhinha, sua esposa, soprou o fogo. Nós nos atiramos aos pés de ambos.

— Salvai-nos, aquecei-nos e escondei-nos até à noite.

Perguntou o *bátiuchka:*[22]

— Mas e vós, meus queridos, vindes com coisa de levamento[23] ou sois simplesmente fugitivos?

Disse Arkádi:

— Nós não pegamos nada de ninguém, apenas fugimos

[22] Literalmente, "paizinho", forma respeitosa de tratamento. (N. do T.)

[23] Isto é, coisa roubada. (N. do T.)

da crueldade do conde Kámenski e queremos chegar à cidade turca de Khruschuk, onde muitos da nossa gente moram. E não nos encontrarão, temos o nosso dinheiro e vos daremos uma moeda de ouro pelo pernoite e três pelo casamento. Pelo casamento, se puderdes, senão, em Khruschuk, nós nos enrolamos no mesmo destino com a ajuda de outro padre.[24]

Disse o outro:

— Não, por que não posso? Eu posso. Para que ir a Khruschuk? Dai-me cinco moedas por tudo junto, e eu enrolo os vossos destinos aqui.

E Arkádi deu-lhe cinco moedas, e eu tirei os brincos de água-marinha das orelhas e dei-os à sua esposa.

O sacerdote pegou e disse:

— Oh, meus queridos, tudo isto não seria nada — já juntei gente em situação pior, mas é uma encrenca que sejais gente do conde. Eu sou padre, sim, mas a sua crueldade mete-me medo. Bem, que seja, seja o que for, será a vontade de Deus; põe mais uma moeda, ainda que não inteira, e escondei-vos.

Arkádi deu-lhe uma sexta moeda, inteira, e o outro disse à esposa:

— Por que ficas aí parada, velha? Dá à fugitiva ao menos uma saia tua e um xalezinho, que dá vergonha olhar para ela — está praticamente nua.

Depois, quis levar-nos para a igreja e ali esconder-nos num baú com casulas. Mas mal a velhinha se pusera a vestir-me atrás de um biombo, quando de repente ouvimos alguém soar a aldraba da porta.

---

[24] Leskov usa o verbo reflexivo *okrutítsa* ("enrolar algo no corpo", "vestir algo que circunda o corpo"), que, na linguagem popular da época, significava "casar-se". (N. do T.)

XIII

Nossos corações gelaram. O sacerdote cochichou a Arkádi:

— Bem, querido, ao baú de paramentos, agora, pelo visto não chegareis; mas corre e mete-te depressa sob o colchão de penas.

A mim disse:

— E tu, querida, aqui.

Pegou-me e enfiou-me na caixa do relógio, e fechou, e meteu a chave no bolso, e foi abrir a porta aos recém-chegados. Podia-se ouvir que era muita gente, e alguns estavam à porta, e dois olhavam de fora pela janela.

Entraram sete dos perseguidores, todos caçadores do conde, com chicotes e paus, e trelas de corda na cintura, e com eles um oitavo, o mordomo do conde, num longo casaco de pele de lobo e colarinho alto levantado.

A caixa na qual eu estava escondida era, em toda a metade da frente, em forma de grade, e estava recoberta por uma velha musselina fina, e eu podia ver através dela.

E o velho sacerdote intimidou-se, sei lá, por ver que as coisas iam mal; tremia todo diante do mordomo, benzia-se e gritava:

— Oi, meus queridos, oi, meus queridíssimos! Sei, sei o que procurais, mas eu aqui não tenho culpa nenhuma perante o ilustríssimo conde, pois é verdade, não tenho culpa nenhuma, eu juro!

E ele próprio, enquanto fazia o sinal da cruz, apontava com os dedos, por cima do ombro esquerdo, para a caixa do relógio, onde eu estava escondida.

"Estou perdida" — pensava eu, vendo-o fazer aquele gesto.

O mordomo também viu e perguntou:

— Nós já sabemos de tudo. Dá cá a chave deste relógio.

E o sacerdote de novo pôs-se a fazer sinais com a mão:

— Ai, meus queridos, ai, meus queridinhos! Perdão, não me castigueis: eu esqueci onde pus a chave, verdade, esqueci, sim, esqueci.

E, ao dizer isso, esfregava a mão de leve no bolso.

O mordomo compreendeu também aquele gesto, pegou-lhe a chave do bolso e abriu o meu esconderijo.

— Sai daí, minha falcoa — disse —, agora o teu falcão se mostrará sozinho.

O Arkacha já se mostrara: lançara de si o colchão do sacerdote e estava em pé.

— Sim — disse ele —, vê-se que não há nada que se possa fazer, vós vencestes. Levai-me para a tortura, mas ela não tem culpa de nada: eu a trouxe a força.

Em relação ao sacerdote, Arkádi não fez mais que virar-se na sua direção e cuspir-lhe no rosto.

Disse o outro:

— Queridos meus, vedes ainda que insulto à minha dignidade sacerdotal e à minha fidelidade? Informai disso o ilustríssimo conde.

Respondeu-lhe o mordomo:

— Não tem importância, não te preocupes, isso também será levado em conta — e mandou que levassem a mim e a Arkádi para fora.

Distribuímo-nos por três trenós: no primeiro, Arkádi, maniatado, com os caçadores; eu com a mesma escolta, no último; no do meio, os demais.

Todas as pessoas que encontrávamos abriam caminho: pensavam que fosse um cortejo nupcial.

O artista dos topetes

XIV

Chegamos bem depressa, e, assim que entramos no pátio do conde, não vi o trenó no qual haviam trazido Arkacha; fui colocada no meu lugar anterior e levada de um interrogatório a outro: queriam saber quanto tempo eu passara a sós com Arkádi.

Eu disse a todos:

— Ah, nem sequer um instante!

A mim, de verdade, no nascimento fora determinado unir-me não ao amado, mas àquele odioso, e eu não escapei a tal destino e, de volta ao cubículo, mal afundei a cabeça na almofada, para chorar a minha infelicidade, quando ouvi, de repente, de sob o soalho, gemidos terríveis.

As coisas estavam dispostas, naquela construção de madeira, de modo que nós, moças, ocupávamos o segundo andar e, embaixo, havia uma sala grande e alta, onde aprendíamos a cantar e a dançar, e a nós de cima chegavam todos os sons de baixo. E o rei do inferno, Satanás, sugerira àqueles cruéis que torturassem Arkacha bem sob o meu quarto...

Assim que senti que era a ele que estavam a torturar... eu me atirei... bati contra a porta, para ir correndo para junto dele... mas a porta estava trancada... Eu própria não sei o que queria fazer... e caí, e, estendida no chão, ouvia ainda melhor... E nem faca, nem prego, nada havia com que pudesse, de um jeito ou de outro, acabar comigo... Peguei a minha própria trança e enrolei-a ao pescoço... E fui apertando, apertando, e comecei a ouvir só um zumbido nos ouvidos, e a ver círculos diante dos olhos, e desfaleci... E comecei a recobrar os sentidos num lugar desconhecido, numa isbá grande e clara... E ali havia vitelos... muitos vitelinhos, mais de dez — tão carinhosos, que vinham com os beiços frios e lambiam-me a mão, achando que mamavam na mãe... Acordei por causa das cócegas... Olhei em redor, pensando: onde estou? E vejo entrar uma mulher, idosa, alta, toda vestida de rude cotim azul-marinho e com um limpo lenço do mesmo material atado à cabeça, e um rosto afável.

Notou que eu recuperara os sentidos, acarinhou-me e contou que eu estava na mesma propriedade do conde, na isbá dos vitelos... "Isso aconteceu lá" — explicou-me Liubov Onissímovna, apontando com a mão para o ponto mais afastado do muro cinzento semidestruído.

XV

Ela foi parar ao estábulo porque estava sob a suspeita de ter ficado louca. Pois era ali que se punham à prova os que tinham ficado que nem gado, porque os tratadores de bestas eram gente idosa e grave e, acreditava-se, capaz de "observar" as psicoses.

A velha vestida de cotim, ao pé da qual Liubov Onissímovna recobrara a consciência, era muito bondosa e chamava-se Drossida.

— Depois dos preparativos para a noite — continuou a ama —, ela própria me fez um leito de palha fresca de aveia. Ela o afofou tanto, que ele ficou macio como colchãozinho de penugem, e disse: — Eu te revelarei tudo, moça. Seja o que for, se me atraiçoares, mas eu também sou como tu e não trajei toda a vida este cotim, e também vi outra vida, mas Deus me livre de recordar-me dela, e digo-te: não te aflijas por haverem te enviado para cá, para o estábulo — aqui é melhor, mas olha só: cuidado com este maldito *placon*...[25]

E tirou de trás do lenço de pescoço um frasquinho branco de vidro e mostrou-me.

[25] Corruptela da palavra francesa *flacon*, "frasco", provavelmente por associação com o verbo *plákat*, "chorar". (N. do T.)

O artista dos topetes

Eu perguntei:

— Que é isso?

Respondeu ela:

— O tal terrível *placon*, com o veneno do esquecimento dentro.

Disse-lhe eu:

— Dá-me o veneno do oblívio: eu quero esquecer tudo.

Disse ela:

— Não bebas, é vodca. Eu não aguentei, uma vez, e bebi... ela me fora dada por pessoas boas... Agora, não passo sem, preciso disso; mas tu não bebas, enquanto podes, e não me condenes por eu mamar um pouco; isso dói-me muito. Mas tu ainda tens um consolo no mundo: Deus já *o* livrou da tirania!

Soltei um grito: "morreu!", e puxei os cabelos, e vi que não eram os meus cabelos — aqueles eram brancos... — Que é isto?

E me disse ela:

— Não te assustes, não te assustes, a tua cabeça encaneceu ainda lá, quando te soltaram do laço das tranças, mas ele está vivo e livre de todas as tiranias: o conde foi com ele de uma tal misericórdia, que antes não houvera para ninguém; quando for alta noite, eu te contarei tudo, mas agora mamarei mais um pouco... Preciso de mamar no frasquinho até à saciedade... arde-me o coração.

E ela mamou, mamou, até que adormeceu.

Altas horas, quando todos dormiam, a tia Drossida levantou-se de novo, sem nenhum barulhinho, no escuro aproximou-se da janelinha e, eu podia vê-la, mamou de novo do frasquinho, em pé, e de novo o escondeu, e me perguntou baixinho:

— Dorme a dor ou não dorme?

Eu respondi:

— Não dorme.

Ela se aproximou do meu leito e contou que o conde, depois do castigo, chamara Arkádi e lhe dissera:

— Tu deverias passar tudo o que eu ordenara, mas, como foste o meu favorito, terás, agora, a minha mercê: eu te mandarei amanhã, sem formalidades, para o exército, para o serviço de soldado, mas, por não haveres tido medo do meu irmão, conde e nobre, e ainda por cima armado de pistolas, eu te abrirei o caminho da honra; não quero que estejas abaixo de onde tu próprio te colocaste com o teu nobre espírito. Eu enviarei uma carta, para que te mandem imediatamente e diretamente à frente de guerra, e tu não servirás como simples soldado, mas serás sargento de regimento, e mostra o teu valor. Então, terás sobre ti não a minha vontade, mas a do tsar.

— Ele — continuou a velhinha vestida de cotim — está em melhor situação, agora, e não há mais nada que temer; há já um único poder sobre ele: a possibilidade de morrer em combate, mas não a tirania dos senhores.

E assim o cri, e, durante três anos, todas as noites, sem falta, em sonho via Arkádi Ilitch combater.

Assim passaram-se os três anos, e nesse tempo todo acompanhou-me a graça de Deus, pois não me levaram de volta para o teatro, e eu permaneci ali, na isbá dos vitelos, sob as ordens da tia Drossida. E eu ali estava muito bem, porque tinha pena dessa mulher, e quando ela, por vezes, à noite, não bebia muito, eu gostava muito de escutá-la. Ela se lembrava ainda de quando os nossos haviam matado a facadas o velho conde, e com o próprio camareiro-chefe à frente, porque não conseguiam já suportar a sua crueldade dos infernos. Mas eu, então, ainda não bebia nada e fazia muito pela tia Drossida e com prazer: os animaizinhos eram para mim como criancinhas. Com os vitelinhos, acontecia, pegava-se tanta familiaridade, que, quando um era desmamado e o levavam para o abate, nós até o benzíamos e, depois, chorá-

O artista dos topetes

163

vamos três dias por ele. Para o teatro eu já não servia, porque as pernas já não caminhavam bem, vacilavam. Antes o meu passo era o mais leve, mas, então, depois que o Arkádi me levara desmaiada naquele frio, parece que tomei friagem nas pernas e na ponta dos pés não ficou nenhuma firmeza. Tornei--me um ser de cotim, tal qual a Drossida, e só Deus sabe até quando viveria naquele desalento, quando, de repente, estava eu, um dia, em casa, no fim da tarde: ia descaindo o solzinho, e eu desenrolava uma meada, e de repente me entrou pela janela uma pedra, não grande, toda envolta em um pedaço de papel.

XVI

Olhei para lá e para cá e espiei pela janela: ninguém à vista.

"Alguém lá de fora deve haver atirado por cima do muro, mas não na direção desejada, e isto caiu aqui, no canto meu e da velha." E pensei comigo: "desdobrar ou não o papel? Parece melhor desdobrar, porque nele certamente há coisa escrita. E, quem sabe, uma coisa necessária a alguém, e eu posso adivinhá-la e guardarei o segredo comigo, e o bilhetinho com a pedra, depois, faço chegar do mesmo jeito a quem se destina."

Desdobrei o pedaço de papel e comecei a ler, e não cri nos meus olhos...

XVII

Estava escrito:

"Minha fiel Liuba! Combati, servi o soberano e derramei o meu sangue mais de uma vez, e saiu-me por isso o posto de oficial, mais um título de nobreza. Agora vim em liberdade, em licença para tratar dos ferimentos, e encontro-me nos arredores de Puchkarska, numa hospedaria, e amanhã porei no peito as condecorações e as cruzes e irei ter com o conde e levarei comigo todo o dinheiro que para o tratamento me foi dado, quinhentos rublos, e instarei com ele para resgatar-te, e na esperança de unirmo-nos em matrimônio perante o trono do Altíssimo Criador."

— Mais adiante — prosseguiu Liubov Onissímovna, sempre com reprimida comoção —, escrevia assim: "que desgraça", diz ele, "se abateu sobre a vossa cabeça e ao que fostes submetida, pois eu vejo isso como sofrimento vosso, e não como pecado ou fraqueza, e entrego a Deus, e outra coisa por vós, que não o meu respeito, é o que sinto". E assinado: "Arkádi Ilin".

Liubov Onissímovna queimou imediatamente a carta no forno e não falou dela a ninguém, nem sequer à velha de cotim, mas apenas, a noite toda, orou a Deus, sem pedir nada para si, mas só falando de Arkádi, porque, dizia ela, "embora ele escrevesse que era oficial com cruzes e ferimentos, eu não conseguia de modo nenhum imaginar que o conde o pudesse tratar de modo diferente do que antes".

Falando francamente, temia que de novo batessem em Arkádi.

XVIII

De manhã, bem cedo, Liubov Onissímovna conduziu os vitelos para fora, para o sol, e pôs-se a dar-lhes o seu leite com uma casca de pão, de uma selha, quando de repente notou que pessoas do lado de fora, além do muro, iam com pressa a algum lugar e conversavam entre si afanosamente.

O artista dos topetes

— Do que elas falavam — dizia ela — eu não distinguia nada, mas era como se as suas palavras me cortassem o coração. E logo que Filipp, o carregador de estrume, transpôs os portões, eu lhe disse:

— Filiuchka, *bátiuchka*, não ouviste para onde essa gente vai e conversa com tanta exaltação?

E respondeu ele:

— Estão indo ver — disse ele — como em Puchkarska o dono de uma hospedaria matou de noite um oficial com uma faca. Cortou o pescoço inteirinho e tirou quinhentos rublos. Apanharam-no, todo sujo de sangue, dizem, e o dinheiro com ele.

E, assim que ele me disse isso, eu tombei como um saco no chão...

Pois fora assim: aquele estalajadeiro matara Arkádi Ilitch... e enterraram-no bem aqui, nesta mesma sepultura, sobre a qual estamos sentados... Sim, ele jaz também agora sob nós, sob este tantinho de terra... E tu devias perguntar-te por que eu venho sempre para cá passear convosco, não?... Não é por vontade de olhar para lá — ela apontou para as sombrias e cinzentas ruínas —, é para ficar um pouquinho sentada aqui, ao pé dele, e... e reverenciar a sua alma com uma gotinha...

XIX

Aqui, Liubov Onissímovna deteve-se e, dando a sua história por encerrada, tirou de um bolso um frasquinho e "reverenciou", ou seja, "mamou", mas eu lhe perguntei:

— Mas quem enterrou aqui o famoso artista dos topetes?

— O governador, queridinho, o próprio governador esteve nas exéquias. Como não? Um oficial! E à missa o diácono e o sacerdote chamaram *boliárin*[26] a Arkádi, e, quando baixaram o féretro, os soldados dispararam para o alto com fuzis descarregados. E o estalajadeiro, mais tarde, depois de um ano, o carrasco castigou-o com o chicote na praça de Ilin. Deram-lhe quarenta e três vergastadas por Arkádi Ilitch, e ele as aguentou, permaneceu vivo e foi, com essa marca, para os trabalhos forçados. Os nossos homens que puderam correram a ver, e os velhos, que se lembravam de como haviam açoitado o condenado pelo assassínio do cruel conde,[27] diziam que quarenta e três chicotadas eram pouco, não foram mais porque Arkacha era de origem humilde, e aquele outro pelo conde havia recebido cento e uma. Por lei, não se pode ficar num número par de golpes, é preciso sempre dar um número ímpar. De propósito, então, dizem, haviam trazido um carrasco de Tula,[28] e deram-lhe três copos de rum antes de começar. Ele foi batendo de tal maneira que deu cem chicotadas assim, somente para torturar o condenado, que ainda estava vivo, mas, depois, quando fez estalar a centésima primeira, aí despedaçou-lhe toda a espinha dorsal. Levantaram da mesa o sujeito, já moribundo... Cobriram-no com uma esteira e mandaram-no para a prisão — morreu no caminho. E o carrasco tulense, dizem, não parava de gritar: "Dai-me mais um, que eu quero matar Oriol inteira".

— Bem, e a senhora — digo —, foi ao enterro ou não?

---

[26] Corruptela de *boiárin* ("boiardo"), grande senhor de terras, pertencente à camada mais alta da classe dirigente, na Rússia, até o início do século XVIII. Houve a intenção de assinalar o trágico destino da personagem: *bol* significa "dor". (N. do T.)

[27] Refere-se ao marechal-de-campo M. F. Kámenski, assassinado por camponeses. (N. do T.)

[28] Cidade localizada a 200 km ao sul de Moscou. Formou-se de uma fortificação militar, já citada nos anais por volta de 1146. (N. do T.)

— Fui. Fui com todos os outros: o conde ordenara que se levassem todos do teatro para ver aonde podia chegar um de nós.

— E despediu-se dele?

— Sim, como não? Todos se aproximaram, despediram-se, eu também... Estava mudado, de um jeito tal, que eu não o haveria reconhecido. Magro e muito pálido, diziam que perdera todo o sangue, porque o outro o matara ainda à meia-noite... quanto daquele seu sangue ele derramara...

Ela se calou e imergiu em pensamentos.

— Mas a senhora — disse eu — como fez para suportar tudo isso?

Ela como que despertou e passou a mão na testa.

— No início não me lembro — disse — de como cheguei em casa... Estava com todos os outros; decerto, alguém deve ter-me levado... À noite, Drossida Petrovna disse: "Eh, assim não pode. Tu não dormes e ficas aí deitada, como se feita de pedra. Isso não é bom. Chora para que o coração tenha um desafogo".

Disse-lhe eu:

— Não consigo, tiazinha, o coração arde-me como uma brasa, e desafogo não há.

E disse ela:

— Bem, então agora não conseguirás passar sem o *placon*.

Ela me deitou um pouco da sua garrafinha e disse:

— Antes, eu própria não permitia e te dissuadia disso, mas agora não há nada que se possa fazer: molha a brasa, mama.

Disse-lhe eu:

— Não tenho vontade.

— Minha bobinha — disse —, mas quem tem vontade no início? A vodca é um desgosto amargo, mas o veneno do desgosto é ainda mais amargo, e, quando se deita este veneno sobre a brasa, por um instante ela se apaga. Mama logo, mama!

Eu bebi todo o *placon* duma só vez. Um gosto repugnante, mas dormir sem isso eu não haveria conseguido, e, na noite seguinte, também... bebi... e agora, sem isso, não consigo adormecer, e arrumei um frasquinho para mim e compro a branquinha... E tu, meu bom menino, não contes jamais isso à tua mamãe, não traias jamais a gente pobre: porque os pobres é preciso proteger, os pobres são todos uns sofredores. E quando nós formos para casa, eu baterei de novo à janelinha lateral da taverna... Nós não entraremos, eu entregarei o meu *placonzinho* vazio, e eles me estenderão de dentro um novo.

Eu estava comovido e prometi que jamais e por nada falaria do seu "*placonzinho*".

— Obrigado, queridinho. Não digas nada: é preciso que seja assim.

E, como se fosse hoje, eu a vejo e ouço: todas as noites, quando todos de casa dormem, ela se soergue no seu pequeno leito, bem de mansinho, para que não estale nem sequer um ossinho; põe-se à escuta, levanta-se, vai passo a passo, com as suas longas pernas abatidas pelas friagens, até à janelinha... Fica ali por um minutinho, olha ao redor, apura o ouvido: não virá a minha mãe do seu quarto? Depois, bem de leve, bate nos dentes o pescocinho do "*placonzinho*", ajusta-lhe os lábios e "mama"... Um gole, dois, três... Molhou a brasa, reverenciou a memória de Arkacha, e de novo para a caminha, para baixo das cobertas, e logo começa a sibilar bem devagarzinho: *fiu-fiu, fiu-fiu, fiu-fiu*. E adormece!

Modo mais terrível e mais dilacerante do que esse de reverenciar a memória de um morto eu não vi jamais, em toda a minha vida.

(1883)

O artista dos topetes

A FERA

> "Até os animais escutaram a palavra sagrada."
>
> *Vida do anacoreta Serafim*

I

Meu pai era um investigador conhecido no seu tempo. Confiavam-lhe muitos casos importantes, e por isso ele ausentava-se frequentemente da família; em casa, ficávamos a minha mãe, eu e uma criada.

A minha mãezinha era ainda jovem, e eu menino pequeno.

À época do caso que vos quero contar, eu tinha apenas cinco anos.

Era um inverno atroz. O frio era tanto, que à noite, nos estábulos as ovelhas morriam, e pardais e gralhas caíam hirtos sobre a terra congelada. A essa altura, o meu pai encontrava-se, por necessidade de serviço, em Ieléts[1] e não prometia voltar a casa nem para o dia de Natal, e por isso mamãe tencionava ir reunir-se a ele para não deixá-lo sozinho nesse lindo e jubiloso feriado. Por causa do frio terrível, ela não me incluiu na sua longa viagem e deixou-me em casa da irmã, uma minha tia casada com um senhor de terras de Oriol, homem de triste fama. Ele era muito rico, velho e cruel. No seu caráter, predominavam a perversidade e a inexorabilidade, e ele não deplorava isso nem um pouquinho, ao contrário,

---

[1] Cidade surgida de uma fortificação militar, por volta do ano de 1146. Fica a 300 quilômetros a sudeste de Moscou. (N. do T.)

até fazia gala dessas qualidades, que, na sua opinião, como que serviam de expressão de força máscula e dureza inquebrantável de espírito.

Essa mesma virilidade e dureza ele esforçava-se por cultivá-las nos filhos, um dos quais era meu coetâneo.

Todos temiam o meu tio, e eu mais do que todos, porque ele queria "cultivar a virilidade" também em mim, e, certa vez, quando eu tinha três anos, durante uma tempestade medonha, ele me colocou sozinho no terraço, a mim, que tanto tinha medo dos temporais, e trancou a porta, para com essa lição tirar o medo que eu sentia durante as tempestades.

Compreende-se que eu era de mau grado hóspede de tal anfitrião, e com bastante medo, mas eu, repito-o, tinha somente cinco anos, e os meus desejos não eram tomados em conta na consideração das circunstâncias a que me teria de sujeitar.

II

Na propriedade do meu tio, havia uma enorme casa de pedra, parecida com um castelo. Era uma edificação pretensiosa mas feia e até monstruosa, com uma cúpula redonda e uma torre, da qual se contavam grandes terribilidades. Nela, vivera o pai louco do então senhor de terras; depois, nas suas dependências, instalaram uma farmácia. Isso também, por alguma razão, se considerava terrível; mas o mais terrível era que, no alto dessa torre, numa janela vazia, curva, haviam sido distendidas cordas, isto é, fizera-se uma harpa eólica. Quando o vento perpassava pelas cordas desse voluntarioso instrumento, elas emitiam sons tão inesperados quanto frequentemente estranhos, que iam de um ronco grosso baixo a gemidos desarticulados inquietos e um frenético zunido, como se por elas passasse voando uma turba inteira de espíritos perseguidos e transtornados por algum terror. Em casa, ninguém gostava dessa harpa e todos achavam que ela dizia alguma coisa ao temível proprietário e que ele não ousava retrucar-lhe, mas tornava-se, por isso até, ainda mais desalmado e cruel... Já se notara inquestionavelmente que, se a altas horas da noite se desencadeava uma tempestade e a harpa da torre zumbia de tal modo que os sons chegassem, através dos tanques e parques, à aldeia, então o patrão nessa noite não dormia e pela manhã levantava-se sombrio e ríspido e dava alguma ordem cruel, que fazia tremer os corações de todos os seus muitos servos.

Nos usos e costumes da casa, estava estabelecido que nenhuma culpa se devia desculpar a ninguém e nunca. Era uma regra que não mudava jamais, não apenas para as pessoas, mas também para os animais, do mais feroz ao mais miúdo. O meu tio não queria saber de misericórdia e não gostava dela, já que a julgava fraqueza. A severidade irredutível parecia-lhe superior a toda e qualquer condescendência. Por isso, na sua casa e em todas as grandes aldeias pertencentes a esse rico senhor de terras, reinava sempre uma tristeza desalentadora, que até os animais compartilhavam.

III

O meu falecido tio era um amante ardoroso de caçadas com cães. Saía com galgos à caça de lobos, lebres e raposas. Além disso, levava para a caçada cães especiais, que apanhavam ursos. Tais cães chamavam-se "sanguessugas". Eles ferravam os dentes na fera dum jeito que era impossível arrancá-los dela. Às vezes, um urso em que uma sanguessuga houvesse cravado os dentes matava-a com um golpe da sua terrível pata ou lhe arrancava metade do corpo, mas jamais acontecia uma sanguessuga desprender-se viva da fera.

A fera

Hoje em dia, quando se caçam ursos apenas em batidas ou com chuços, a linhagem dos cães sanguessugas, parece, está já extinta na Rússia; mas, nos tempos de que falo, eles entravam em toda e qualquer caçada grande, bem organizada. Havia muitos ursos, então, pelas nossas terras, e a sua caçada era um grande prazer.

Quando acontecia a tomada de um covil inteiro de ursos, os caçadores tiravam os ursinhos da toca e levavam-nos para casa. Normalmente, mantinham-nos num telheiro grande, de pedra, com janelinhas rasgadas bem embaixo do telhado. Eram janelas sem vidros, apenas com grossas grades de ferro. Os ursinhos costumavam trepar a custo até elas, formando uma escada ursana, e ficavam pendurados, agarrados ao ferro com as suas patas tenazes, de garras afiadas. Era unicamente desse modo que eles podiam espiar da sua reclusão o livre mundo de Deus.

Quando nos levavam a passear antes do almoço, nós gostávamos mais do que qualquer outra coisa de ir a esse telheiro e olhar para as carinhas engraçadas dos ursinhos, expostas atrás das grades. O preceptor alemão Kolberg inventara um jeito de, na ponta de uma vara, chegar-lhes pedaços de pão, de que nos abastecíamos, para tal fim, no desjejum.

Dos ursos cuidava e alimentava-os o seu jovem adestrador, de nome Ferapont; mas como esse nome era difícil para a pronúncia do vulgo, então diziam "Khrapon" ou, mais comumente, "Khrapochka". Eu me lembro dele muito bem: Khrapochka era de estatura mediana, um rapaz muito ágil, forte e corajoso de uns vinte e cinco anos. Era considerado bem servido pela beleza: de pele bem branca, corado, com madeixas de cabelo preto e grandes olhos saltados, também pretos. Além do mais, era extraordinariamente corajoso. Tinha uma irmã, Ánnuchka, ajudante das aias, e ela contava-nos coisas interessantíssimas acerca da coragem do seu ousado irmão e acerca da sua insólita amizade com os ursos, com os quais ele dormia no telheiro, no inverno e no verão, e como eles o rodeavam de todos os lados e punham sobre ele as cabeças, fazendo-o de almofada.

Diante da casa do meu tio, além de um canteiro de flores, cercado por uma grade com ornatos, havia amplos portões, e de frente para estes, no meio do maciço de flores, estava fincado um tronco alto, reto e de superfície bem alisada, a que chamavam "mastro". No seu topo, fora colocado um pequeno estrado ou, como lhe chamavam, "caramanchãozinho".

Dentre os ursos cativos, escolhia-se um "inteligente", o que se mostrava mais esperto e de caráter mais confiável. Ele era separado dos companheiros e passava a viver solto, isto é, era-lhe permitido andar pelo terreiro e pelo parque, mas devia, principalmente, ocupar o posto de guarda ao pé do tronco, à frente dos portões. Era ali que ele passava a maior parte do seu tempo: ou ficava deitado sobre a palha, bem junto ao mastro, ou, ainda, trepava por ele até ao "caramanchão" e ficava sentado nele ou também dormia, para não ser incomodado nem pelas pessoas importunas, nem pelos cães.

Viver essa vida livre não era dado a todos os ursos, mas apenas aos especialmente inteligentes e dóceis, e ainda assim não por toda a vida, apenas enquanto não manifestassem as suas tendências de animal feroz, inconvenientes no convívio com outros seres, isto é, enquanto se comportassem pacificamente e não atacassem nem as galinhas, nem os gansos, nem os bezerros, nem as pessoas.

O urso que perturbasse a tranquilidade dos moradores era imediatamente condenado à morte, e dessa sentença nada o conseguia livrar.

A fera

IV

Escolher o "urso inteligente" cabia a Khrapon. Já que era ele quem mais tinha convivência com os jovens ursos e era considerado um grande conhecedor da sua natureza, era compreensível que somente ele pudesse fazê-lo. O mesmo Khrapon também responderia por qualquer eventual escolha errada, mas desde a primeira vez ele escolhera para esse papel um urso admiravelmente capaz e inteligente, ao qual dera-se um nome inusitado: os ursos, na Rússia, em geral recebem o nome de "Michka",[2] ao passo que este levava um nome espanhol: "Sganarel". Ele vivera já cinco anos à solta e não fizera ainda nenhuma "travessura". Quando de um urso se dizia que "estava a fazer travessuras", isso significava que manifestara já a sua natureza feroz com algum ataque.

Então, o "travesso" era colocado por algum tempo numa cova, aberta em grande clareira, entre uma eira coberta e a floresta, e, depois de algum tempo, deixavam-no sair (ele próprio saía, *por um tronco*) e ali, na clareira, açulavam-lhe "sanguessugas jovens" (isto é, filhotes já crescidos de cães de caça a ursos). Quando os filhotes não conseguiam dominá-lo e havia o perigo de o urso fugir para o mato, então os dois melhores caçadores, que a tudo acompanhavam de um esconderijo secreto, atiravam-se sobre ele com matilhas seletas, e aí a coisa terminava.

Já se tais cães eram tão inábeis que o urso pudesse romper para uma "ilha" (isto é, para o mato), que se unisse com a vasta floresta baixa e pantanosa da região de Briansk, então adiantava-se um atirador especial, com um longo e pesado fuzil de caça Kouchenhoeter, e, fazendo mira com o cano

---

[2] Diminutivo do nome próprio Mikhail, equivalente a Miguel. O urso é o animal símbolo da Rússia. (N. do T.)

apoiado num suporte em forquilha, destinava ao urso a bala mortal.

Que um urso houvesse alguma vez escapado a todos esses perigos, tal coisa ainda nunca se dera, e era terrível até pensar nessa possibilidade: a todos os culpados aguardava um castigo de morte.

V

A inteligência e a seriedade de Sganarel fizeram que não houvesse o passatempo descrito nem nenhuma execução de urso durante cinco anos inteiros. Durante esse tempo, Sganarel cresceu e tornou-se um grande, *robusto* animal, de força, beleza e agilidade extraordinárias. Ele distinguia-se pelo focinho arredondado, curto, e pelo porte bastante elegante, pelo qual lembrava mais um grifo[3] ou um cão-d'águas gigantesco do que um urso. O seu traseiro era um tanto seco e coberto de uma pelagem curta lustrosa, mas os ombros e o lombo eram robustamente desenvolvidos e cobertos de uma vegetação comprida e felpuda. Sganarel era inteligente como um cão-d'águas e fazia algumas coisas notáveis para uma fera do seu tipo: por exemplo, andava maravilhosamente bem e com facilidade sobre as duas patas traseiras, movendo-se para a frente e para trás, sabia tocar tambor, marchava carregando um longo pedaço de pau, pintado à moda de fuzil, bem como de bom grado e até com grande satisfação levava os mais pesados sacos para o moinho, em companhia dos mujiques, e com especial galantaria, e de modo engraçadíssimo, punha na cabeça o chapéu alto pontiagudo dos camponeses,

---

[3] Raça de cães pequenos e peludos. (N. do T.)

A fera

enfeitado com uma pena de pavão ou tufo de palha à moda de penacho.

Mas chegou o dia fatídico, e a natureza de fera despertou em Sganarel. Pouco antes da minha chegada à casa do meu tio, o calmo Sganarel caíra de repente em várias faltas de uma vez, e uma mais grave do que a outra.

O programa das ações criminosas de Sganarel era o mesmo de todos os outros: primeiro, ele pegara um ganso e arrancara-lhe uma asa; depois, deitara a pata ao lombo de um potro que corria atrás da mãe e partira-lhe a espinha; por fim, não gostara de um cego e do seu guia e pusera-se a fazê-los rolar pela neve, e, ademais, quase lhes esmagara as mãos e os pés a pisadas.

O cego e o guia foram levados para um hospital, ao passo que Khrapon recebera ordem de levar Sganarel para a cova, de onde só se saía *para a execução*...

Anna, despindo, à noite, a mim e ao meu primo, tão pequeno então quanto eu, contou que à partida de Sganarel para a cova, na qual devia aguardar a pena capital, haviam ocorrido grandes comovências. Khrapon não lhe furara o beiço com argola e não usara contra ele nem da menor violência, e apenas lhe dissera:

— Vem comigo, bicho feroz.

O urso levantou-se e acompanhou-o, e o que era engraçado: pegou o seu chapéu com penacho de palha e percorreu todo o caminho até ao fosso abraçado a Khrapon, como se fossem dois amigos.

E eles eram realmente amigos.

VI

Khrapon sentia muita pena de Sganarel, mas não pôde ajudá-lo de nenhuma maneira. Lembro-vos que, onde isso correu, não se perdoava nenhuma culpa a ninguém, e o culpado Sganarel devia sem falta pagar pelos seus entusiasmos com uma morte atroz.

O seu martírio foi marcado como distração pós-almoço para os hóspedes que costumavam ir à casa do meu tio pelo Natal. A ordem para isso fora dada numa caçada, à mesma hora em que haviam mandado Khrapon levar Sganarel para o fosso.

VII

Meter os ursos no fosso era bastante simples. O alçapão era, normalmente, coberto com ramos secos e leves, deitados sobre varas frágeis, e por sobre essa cobertura espalhava-se neve. Ficava tudo tão camuflado, que o urso não conseguia notar a armadilha traiçoeira para ele preparada. Conduziam o submisso animal até a esse lugar e obrigavam-no a seguir em frente. Ele dava um passo ou dois e desabava no profundo fojo, de onde não havia nenhuma possibilidade de sair. O urso ali ficava até à chegada da hora do encontro com os cães. Então, deitava-se no buraco, em posição inclinada, um tronco comprido, de uns sete *archins*,[4] e por ele o urso vinha para fora. Em seguida, soltavam-se os cães sobre ele. No caso de o sagaz animal, havendo pressentido a desgraça, não querer sair, obrigavam-no com aguilhadas a fazê-lo, atiravam palha em chamas ou atiravam nele de fuzis e pistolas carregados com balas de festim.

Khrapon levou Sganarel para o fosso e prendeu-o ali dessa maneira, mas voltou para casa muito desconcertado e entristecido. Para a sua desdita, ele contou à irmã como o

---

[4] Antiga medida russa de comprimento, igual a 71 cm. (N. do T.)

A fera

feroz animal fora com ele "carinhosamente" e como, afundando-se no buraco, por entre os galhos, ele se sentara lá no fundo e, enclavinhando as patas dianteiras como mãos, pusera-se a gemer, como se chorasse.

Khrapon revelou a Anna que fugira correndo do buraco para não ouvir os gemidos lastimosos de Sganarel, porque estes eram aflitivos e insuportáveis ao seu coração.

— Graças a Deus — acrescentou — que são outras pessoas, e não eu, que terão de disparar sobre ele, se conseguir vencer os cães. Se a ordem fosse dada a mim, eu aceitaria quaisquer torturas, mas não atiraria nele pelo que quer que fosse.

VIII

Anna contou-nos isso, e nós o contamos a Kolberg, e ele, querendo divertir o meu tio, narrou-lhe o acontecido. O meu tio escutou-o e disse: "Bravo, esse Khrapochka", e bateu as palmas três vezes.

Isso significava que queria a presença do seu camareiro Ustin Petróvitch, um velhote dos franceses prisioneiros de 1812.[5]

Ustin Petróvitch, ou Justin, apareceu com a sua casaquinha lilás limpinha, de botões de prata, e o meu tio deu-lhe a ordem de que, no dia seguinte, o do sacrifício de Sganarel, no esconderijo secreto com Flegont, famosíssimo atirador que nunca falhara um tiro, também fosse postado Khrapochka. Ele, pelo jeito, queria divertir-se às custas da difícil luta dos sentimentos do pobre moço. Se este não disparasse sobre

---

[5] Nesse ano, as tropas de Napoleão haviam invadido a Rússia, sendo em seguida expulsas. Muitos prisioneiros franceses permaneceram no país. (N. do T.)

Sganarel ou errasse de propósito o tiro, pagaria caro por isso, Sgaranel seria morto por um segundo disparo, de Flegont, que não falhava jamais o alvo.

Ustin fez-lhe uma reverência e foi transmitir a ordem, enquanto nós, crianças, compreendemos que atraíramos uma desgraça e que em toda aquela história havia algo terrivelmente grave, e que só Deus sabia como aquilo terminaria. Depois disso, não conseguiram entreter-nos como deviam nem a deliciosa ceia de Natal, que se realizou no lugar do almoço, "sob as estrelas",[6] nem os hóspedes chegados para pernoite, alguns dos quais com crianças.

Sentíamos pena de Sganarel e pena também de Khrapon, e nem conseguíamos saber de qual dos dois tínhamos mais pena.

Nós dois, eu e o meu primo, viramo-nos e reviramo-nos nas nossas caminhas. Adormecemos tarde, dormimos mal e gritamos algumas vezes porque nos aparecia o urso em sonhos. Quando a ama nos acalmava, dizendo que não tínhamos por que temê-lo, já que ele estava no fosso e seria morto no dia seguinte, eu era tomado por uma inquietação ainda maior.

Eu até pedi à ama uma explicação: será que eu não podia rezar por Sganarel? Mas tal pergunta estava acima dos conhecimentos religiosas da velhinha, e ela, entre bocejos, a fazer o sinal da cruz sobre a boca, respondia que daquilo não sabia decididamente nada, já que nunca o perguntara ao sacerdote, mas que os ursos eram também criaturas de Deus e haviam navegado na arca com Noé.

Pareceu-me que a menção do fato da navegação na arca permitia supor que a infinita misericórdia divina não se limi-

---

[6] Na véspera do Natal, as pessoas abstinham-se de alimento até o anoitecer, ou seja, até o surgimento da primeira estrela no céu. Durante o inverno russo, a escuridão cai às quatro horas da tarde. (N. do T.)

tava às pessoas e estendia-se também a todas as outras criaturas, e eu, com a minha crença de criança, ajoelhei-me na minha cama e, de rosto enterrado no travesseiro, pedi à grandeza divina que não se ofendesse com o meu ardente pedido e tivesse compaixão de Sganarel.

IX

Chegou o dia de Natal. Todos nós vestimos roupa de gala e fomos, em companhia dos preceptores e governantas, tomar chá. No salão, para além dos numerosos parentes e hóspedes, encontrava-se o clero: um sacerdote, um diácono e dois sacristãos.

Quando o meu tio entrou, os quatro puseram-se a entoar o "Cristo nasceu". Depois, bebeu-se chá, logo depois comeu-se um pequeno desjejum e às duas horas serviu-se, adiantado, o almoço festivo. Estava marcada para imediatamente após o almoço a ida ao fosso de Sganarel. Não se podia demorar, pois em dezembro escurece cedo, e na escuridão, a caça é impossível e o urso poderia facilmente sumir de vista.

Fez-se tudo conforme o planejado. Diretamente da mesa fomos levados para o quarto para mudarmos de roupa, pois os adultos nos levariam consigo. Vestimos os nossos sobretudos de pele de lebre e botas feitas de lã de cabra, com solas redondas, e fomos mandados ocupar os nossos lugares nos trenós. Ao pé dos portões da casa, de ambos os lados, havia muitos trenós compridos e largos, para três pessoas, cobertos com tapetes bordados, e ainda ali dois palafreneiros seguravam pela rédea a égua alazã inglesa do meu tio, chamada Schegolikha.[7]

[7] Elegante, catita. (N. do T.)

O meu tio estava à testa do cortejo. Deram-lhe o gorro de pele de guaxinim, e assim que ele montou na sela, coberta por uma pele negra de urso e ricamente adornada, todo o nosso imenso comboio partiu, e, dez ou quinze minutos depois, chegamos ao lugar e formamos um semicírculo. Todos os trenós dispuseram-se meio de lado para um vasto e plano campo coberto de neve, cercado por uma fileira de caçadores montados, e fechado ao fundo pela floresta.

Bem ao pé da orla dela, foram feitos esconderijos atrás dos arbustos, e neles deveriam ficar Flegont e Khrapochka.

Tais esconderijos estavam camuflados, e alguns adivinhavam-se somente pelos quase imperceptíveis apoios para arma, de onde deveriam apontar e disparar sobre Sganarel.

O fosso, em que o urso estava, era também imperceptível, e nós a contragosto examinávamos os belos cavaleiros, que levavam ao ombro um armamento variado mas belo: havia Strabus suecos, Morrenrat alemães, Mortimers ingleses e Koletas de Varsóvia.

O meu tio estava montado, à frente da fileira. Deram-lhe a trela de duas ferocíssimas "sanguessugas", e puseram-lhe sobre a sela um lenço branco.

Os cães novos, para cuja prática o culpado Sganarel fora condenado a morrer, estavam em grande número e todos comportavam-se de modo presunçoso e manifestavam ardente impaciência e falta de domínio de si. Ganiam, latiam, saltavam e emaranhavam-se nas trelas, em torno dos cavalos, montados por cavaleiros uniformizados, e estes davam continuamente estalos com os seus longos látegos de caçadores, para imporem obediência aos cães novos, que estavam fora de si de impaciência. Tudo isso fervia da vontade de lançar-se à fera, cuja presença os cães haviam descoberto com seu agudo faro inato.

Chegou o momento de tirar Sganarel do fosso e entregá-lo ao esquartejamento!

A fera

183

O meu tio fez acenos com o lenço branco e disse: "Vamos a isso!".

X

Do grupo de caçadores, que compunham o estado-maior do meu tio, destacaram-se uns dez e avançaram pelo campo.

A uns duzentos passos, pararam e puseram-se a levantar da neve um tronco não muito grosso, até então invisível a nós a distância.

Isso transcorria bem junto do fosso onde estava Sganarel, mas também a ele não víamos, da nossa distante posição.

Levantaram o tronco e introduziram uma sua extremidade no fosso. Ele foi baixado com uma inclinação tal, que a fera pudesse sair sem dificuldade por ele, como por uma escada.

A outra ponta do tronco ficou apoiada na beira do fosso e sobressaía um *archin* dele.

Todos os olhares estavam dirigidos para essa operação preliminar, que nos aproximava do momento mais interessante. Esperava-se que Sganarel viesse para fora imediatamente, mas ele, pelo visto, sabia do que se tratava e não saía por nada.

Teve início a sua coação com bolotas de neve e aguilhadas, ouviu-se um ronco, mas a fera não saiu do fosso. Ressoaram alguns disparos com balas de festim, dirigidos ao interior do fosso, mas Sganarel apenas rosnou mais zangado e continuou sem mostrar-se.

Foi então que de algum lugar de trás do cordão de isolamento, partiram a toda a velocidade trenós de transporte de esterco, carregados de palha seca de centeio e puxados por um cavalo.

O cavalo era alto, magro, um dos que se utilizavam no

curral para o transporte de forragem da eira coberta, mas de cauda levantada e crina eriçada, apesar da sua velhice e magreza. Era difícil, no entanto, determinar: era o seu vigor do momento resquício da sua antiga intrepidez da mocidade ou, mais provavelmente, produto do medo e do desespero, suscitados a um cavalo velho pela presença de um urso? Pelo visto, a última coisa tinha maior probabilidade, porque no cavalo, além dos freios de ferro, ainda haviam posto um cordel cortante, que já lhe desfigurara em sangue os beiços acinzentados. Ele voava e arremessava-se para os lados de modo tão desvairado, que o palafreneiro, ao mesmo tempo, puxava-lhe a cabeça para cima com uma corda e, com a outra mão, açoitava-o impiedosamente com grosso látego de correia.

Mas, fosse lá o que fosse, dividiu-se a palha em três montes, e estes foram acendidos duma só vez e atirados duma só vez dos três lados no fosso. Fora das chamas, ficou somente o lado de onde sobressaía o tronco.

Ressoou um rugido doido ensurdecedor, como que misturado com um gemido, mas... o urso, apesar de tudo, não se mostrou...

Até ao nosso cordão veio voando o rumor de que Sganarel "se queimara" todo e que cobrira os olhos com as patas e estendera-se ao comprido, cosendo-se ao chão, e, assim, era impossível "tirá-lo do lugar".

O cavalo de trabalho no curral, com os beiços despedaçados, disparou de novo, a galope, para trás... Todos pensaram que fosse para mais um carregamento de palha. Entre os espectadores ouviu-se um murmúrio de censura: por que os responsáveis pela caçada não haviam pensado antes em abastecer-se sobejamente de palha? O meu tio estava zangado e gritava algo que eu não conseguia distinguir em meio ao rebuliço levantado entre as pessoas e ao ganido, a cada vez mais alto, dos cães e os estalos dos látegos dos cavaleiros.

A fera

Mas, em tudo isso, via-se desordem e havia, no entanto, alguma ordem, e o cavalo de trabalho no curral, de novo, voava já como um possesso, a bufar, de volta ao fosso, onde se encontrava Sganarel, mas não com palha: no trenó, agora, ia Ferapont.

A ordem colérica do meu tio fora que baixassem Khrapocha ao fosso e ele *próprio tirasse* dali o seu amigo para o sacrifício...

XI

E eis Ferapont à borda do fosso. Ele parecia muito perturbado, mas agia com firmeza e decisão. Sem opor nem a menor resistência à ordem do senhor, ele apanhou a corda com que se prendera a palha ao trenó, ali levada um minuto antes, e atou uma ponta ao tronco, perto de um entalhe na sua parte superior. O resto da corda, ele o juntou nas mãos e, segurando-se por ele, começou a descer às arrecuas pelo tronco ao fosso...

O rugido terrível de Sganarel cessou e substituiu-se por um rosnar surdo.

A fera como que se queixava ao amigo do tratamento cruel da parte das pessoas; mas também esse rosnar substituiu-se pelo completo silêncio.

— Abraçou o Khrapochka e está a lambê-lo — gritaram da borda do fosso.

Do grupo acomodado nos trenós, vários suspiraram, outros franziram o cenho.

Muitos começaram a sentir pena do urso, e a caçada a eles, pelo visto, não lhes prometia grande satisfação. Mas as fugazes impressões descritas foram de repente interrompidas por novo acontecimento, ainda mais inesperado e carregado de nova comoção.

Da abertura do fosso, como que do Hades, surgiu a cabeça de Khrapochka, com o gorro redondo de caçador sobre os cabelos encaracolados. Ele subia do mesmo modo como descera, isto é, com os pés sobre o tronco, segurando na corda firmemente presa por uma ponta do lado de fora. Mas Ferapont não saía *sozinho*: abraçado fortemente a ele, com a grande pata peluda deitada no seu ombro, saía também Sganarel... O urso estava de mau humor e de aspecto nada atraente. Maltratado e esgotado, aparentemente não tanto pelo sofrimento corporal, quanto pelo grave abalo moral, ele lembrava imensamente o rei Lear. De esguelha, faiscavam-lhe os olhos, injetados de sangue e cheios de ira e indignação. Tal qual Lear, ele estava eriçado, queimado em alguns pontos do corpo e, em outros, negalhos de palha haviam-lhe aderido ao pelo. Além disso ainda, como aquele infeliz rei, Sganarel, por um acaso assombroso, conservara a si algo como uma coroa. Talvez por amar Ferapont, ou talvez até por acaso, ele trazia apertado na axila o chapéu que Khrapochka lhe dera e com o qual o empurrara a contragosto para o fosso. O urso conservara essa oferenda, e... agora, que o seu coração encontrara momentânea pacificação no abraço do amigo, ele, assim que pôs os pés no chão, tirou imediatamente o chapéu amarfanhado do sovaco e colocou-o no cocuruto...

Essa graça fez muitos rirem, mas a outros, em contrabalanço, foi doloroso vê-la. Alguns até voltaram apressadamente as costas à fera, a quem dali em seguida sobreviria um terrível fim.

XII

Enquanto acontecia tudo isso, os cães puseram-se a uivar e a agitar-se tanto, que se tornou impossível dominá-los. Nem o látego exercia já sobre eles o seu efeito coibidor. Os cães mais jovens e as sanguessugas velhas, ao verem Sganarel, alçaram-se sobre as patas traseiras; com uivos e roncos roufenhos, sufocavam nas suas coleiras de couro não curtido; nesse mesmo instante, Khrapochka voava já no trenó puxado pelo cavalo magro, de volta ao seu esconderijo, que ficava na orla da floresta. Sganarel ficou novamente sozinho e sacudia impacientemente a pata; nesta acidentalmente se enleara a corda, que fora atirada por Khrapochka e estava atada ao tronco. A fera, pelo visto, queria desembaraçá-la logo ou rompê-la e alcançar o seu amigo, mas o urso, ainda que muito inteligente, tinha, ainda assim, a agilidade de um urso, e Sganarel, em lugar de soltá-la, apenas apertava ainda mais o laço na pata.

Vendo que as coisas não corriam como queria, Sganarel deu um puxão à corda para rompê-la, mas ela era forte e não rebentou, apenas o tronco saltou e ficou em pé no fosso. Sganarel virou-se para olhar isso; nesse exato instante, duas sanguessugas soltas da matilha alcançaram-no, e uma delas, no embalo da carreira, cravou-lhe os dentes agudos no lombo.

Sganarel estava tão entretido com a corda, que não esperava por isso e, no primeiro momento, parece que nem tanto se zangou, quanto se admirou de tamanho atrevimento; mas em seguida, após meio segundo, quando a sanguessuga afrouxou a mordedura para enterrar mais fundo os dentes, ele a arrancou de si e lançou-a bem longe e com a barriga aberta. Sobre a neve ensanguentada caíram imediatamente as entranhas do cão, ao passo que o outro, naquele mesmo instante, era esmagado por uma pata traseira do urso... Mas o que era mais terrível e inesperado do que tudo era o que acontecera ao tronco. Quando Sganarel fizera um movimento vigoroso com a pata para lançar de si a primeira sanguessuga, com esse mesmo movimento ele arrancara do fosso o tronco, fortemente preso à corda, e este agora cortava o ar como uma hélice. Com a corda retesa, ele pusera-se a girar em torno de Sganarel como em torno de um eixo, e, a riscar a neve com uma extremidade, já no seu primeiro giro despedaçou nem um nem dois, mas um bando inteiro de cães, que haviam arremetido, e deixou-os espalhados pelo chão. Uns deles soltaram um grito agudo e ficaram a debater-se sobre a neve, enquanto outros, do mesmo modo como caíram às cambalhotas, estenderam-se sobre aquela.

XIII

A fera ou era esperta demais para não compreender de que boa arma dispunha, ou a corda enrolada na sua pata cortava esta dolorosamente, mas o fato é que ela apenas soltou um bramido e, com a corda cingida na própria pata, deu uma sacudida tão forte na madeira, que esta se alçou e se estendeu numa linha horizontal como prolongamento do braço que segurava a corda e pôs-se a zunir como um pião colossal, solto com muita força. Tudo o que fosse atingido por ele, devia sem falta fazer-se em cacos. Já se a corda se verificasse não suficientemente forte em algum ponto da sua extensão e rebentasse, então o tronco solto, no seu vôo em direção centrífuga, iria para longe, sabe-se lá até a que lonjura, e arrasaria com todas as coisas vivas que encontrasse no seu caminho.

Todos nós, pessoas, todos os cavalos e cães, na linha do cerco, estávamos em terrível perigo, e cada um, evidentemente, desejava que, para a conservação da sua vida, a corda, na qual Sganarel girava a sua funda colossal, fosse forte. Mas qual fim podia ter tudo aquilo? Ninguém, a propósito, quis esperar para vê-lo, a não ser alguns caçadores e os dois atiradores postados em covas ocultas na orla da floresta. Todas as demais pessoas, isto é, todos os hóspedes e homens de

A fera

família, que haviam ido àquele passatempo na qualidade de espectadores, não achavam já a menor graça no acontecido. No susto, todos haviam dado aos cocheiros a ordem de galopar o mais depressa possível para longe do perigoso local e, em terrível desordem, atrapalhando e ultrapassando uns aos outros, foram para casa a toda brida.

Na fuga apressada e desordenada, houve várias colisões no caminho, várias quedas, um pouco de riso e não poucos sustos. Aos caídos dos trenós pareceu que o tronco se soltara da corda e assobiava, voando pouco acima das suas cabeças, e que os perseguia a fera enfurecida.

Mas os hóspedes, ao chegarem à casa do meu tio, puderam acalmar-se e recompor-se; já os poucos que haviam ficado no local da caçada, viram algo ainda mais terrível.

XIV

Não se podia soltar nenhum cão em perseguição a Sganarel. Estava claro que, pela terrível arma de madeira, ele podia vencer toda a grandiosa quantidade de cães sem o menor dano para si. O urso, a girar o seu tronco e ele próprio a virar com ele, rumava diretamente para a floresta, e a morte aguardava-o somente aqui, ao pé do esconderijo secreto, no qual estavam Ferapont e Flegont, o atirador infalível.

A bala certeira podia pôr fim a tudo sem risco e sem falha.

Mas o Destino protegia Sganarel admiravelmente e, uma vez havendo-se envolvido no caso da fera, como que queria salvá-lo, custasse o que custasse.

Nesse preciso minuto, quando Sganarel se abeirava dos esconderijos de onde sobressaíam os canos dos fuzis de caça Kouchenhoeter de Ferapont e Flegont, para ele apontados, a corda, preso pela qual girava o tronco, inesperadamente rompeu-se e... qual flecha lançada por um arco, voou para um canto, e o urso, desequilibrado, caiu e rolou aos trambolhões para outro.

Diante dos que haviam permanecido no campo, formou-se um novo quadro, vivo e terrível: o tronco deitou por terra os apoios das armas e todo o esconderijo de Flegont, e, em seguida, havendo-o ultrapassado, enterrou-se com a outra extremidade num montão de neve distante. Sganarel também não perdeu tempo. Com três ou quatro cambalhotas, venceu o montão de neve de Khrapochka...

Sganarel reconheceu-o imediatamente, soprou nele o bafo da sua goela quente, quis lambê-lo, mas, de repente, do outro lado, o de Flegont, retumbou um tiro, e... o urso escapuliu para a floresta, e Khrapochka... caiu sem sentidos.

Levantaram-no e examinaram-no: uma bala atravessara-lhe a mão, mas na ferida havia também um pouco de pelo do animal.

Flegont não perdeu o título de melhor atirador, mas ele atirara à pressa de um fuzil pesado, sem apoio que lhe permitisse fazer pontaria. Para além disso, escurecia já e o urso e Khrapochka estavam juntos demais...

Em tais condições, também esse tiro falhado devia considerar-se notável.

No entanto, *Sganarel safara-se*. Persegui-lo pela floresta, naquela mesma noite, era impossível; em relação à manhã seguinte, a cabeça daquele cuja vontade era lei para todos os que se encontravam ali, fora iluminada por uma disposição completamente diferente.

XV

O meu tio voltou depois do término da infeliz caçada descrita. Ele estava mais colérico e áspero do que normalmente. Antes de apear da égua junto ao alpendre, ordenou: no dia seguinte, mal raiasse o sol, procurar rastros do urso e cercá-lo de tal maneira que não pudesse fugir.

Uma caçada, corretamente conduzida, devia dar resultados bem diferentes.

Em seguida, ficou-se à espera de instruções acerca do ferido Khrapochka. Ele era pelo menos culpado por não haver cravado o punhal de caçador no peito de Sganarel, já que este estivera bem ao seu lado e o deixara totalmente ileso nos seus abraços. Mas, além disso, havia suspeitas fortes e plenamente fundamentadas de que Khrapochka usara de um ardil e, no minuto fatal, de propósito não quisera levantar a mão contra o seu amigo peludo e deixara-o fugir.

A mútua amizade de Khrapochka e Sganarel, conhecida de todos, dava muita probabilidade a essa conjectura.

Assim pensavam todos os participantes da caçada, e no mesmo tom, agora, conversavam todos os hóspedes.

De ouvidos atentos às conversas dos adultos, que se haviam reunido, pelo beirar do anoitecer, na sala grande, onde a essa hora fora aceso para nós um pinheirinho ricamente adornado, compartilhávamos com eles tanto as suspeitas gerais, quanto o medo de todos a respeito do que podia esperar Ferapont.

Primeiramente, no entanto, da ante-sala, que o meu tio, indo do alpendre, atravessou em direção à sua "metade", ao nosso salão chegou o rumor de que em relação a Ferapont não havia nenhuma ordem.

— Boa coisa queria aquilo dizer, no entanto, ou não? — murmurou alguém, e esse murmúrio, em meio ao pesado desalento geral, bateu de encontro à porta de cada coração.

Ouviu-o também o pai Aleksiéi, o velho sacerdote da aldeia, com uma cruz de bronze do ano doze. O velho também suspirou e no mesmo murmúrio disse:

— Orai ao Cristo nascido.

Com isso ele próprio e todos quantos ali estavam, adultos e crianças, todos nós imediatamente nos benzemos. E não foi sem tempo. Não baixáramos nós as mãos, quando as portas se abriram largamente e entrou, com um bastãozinho na mão, o meu tio. Acompanhavam-no os seus dois galgos preferidos e o seu camareiro Justin. Este seguia atrás e carregava, num prato de prata, o seu lenço branco de fular e uma tabaqueira redonda com o retrato do tsar Pável I.

XVI

A poltrona funda e de espaldar alto do meu tio fora colocada sobre pequena alcatifa persa, ao pé do pinheirinho enfeitado, no meio do salão. Ele sentou-se calado nela e calado apanhou o seu lenço de fular e a tabaqueira das mãos de Justin. Aos seus pés deitaram-se e estenderam os longos focinhos ambos os cães.

Ele vestia um cafetã curto azul escuro, de seda, com fechos bordados com ponto cheio, ricamente adornados de fivelas brancas de filigrana com uma grande turquesa. Nas mãos estava o seu bastão de legítima cerejeira do Cáucaso, fino mas forte.

O bastão era-lhe, agora, muito necessário porque, no meio do rebuliço, ocorrido naquela tarde, a magnificamente adestrada Schegolikha também não conservara a intrepidez — saltara para o lado e comprimira dolorosamente a perna do seu montador contra uma árvore.

O meu tio sentia forte dor nessa perna e até mancava um pouco.

Essa nova circunstância, claro está, também não podia acrescentar nada de bom ao seu coração irritado e colérico. Além disso, fora também ruim o fato de que todos nós nos calamos à sua aparição. Como todas as pessoas desconfiadas,

A fera

ele não tolerava isso; e o pai Aleksiéi, que o conhecia bem, apressou-se, o melhor que pôde, a remediar a situação, apenas para quebrar aquele maligno silêncio.

Tendo o nosso grupo de crianças perto de si, o sacerdote fez-nos uma pergunta: percebíamos o sentido do cântico "Cristo nasceu"? Verificou-se que não apenas nós, mas até os mais velhos compreendiam mal esse cântico. O sacerdote pôs-se a clarificar-nos as palavras "glorificai", "recebei" e "elevai-vos", e, ao chegar ao significado desta última palavra, ele próprio elevou-se tanto no pensamento quanto no coração. Entrou a falar da *dádiva*, que tanto então, quanto "no tempo dele", todo o pobre podia depor na manjedoura do menino nascido, com mais determinação e mais dignidade do que ofereciam os magos da Antiguidade ouro, mirra e ládano. Essa dádiva nossa é o nosso coração, corrigido pelo *seu* ensinamento. O velho falou do amor, do perdão, do dever de cada um consolar o amigo e o inimigo "em nome de Cristo"... E quero crer que a sua palavra, naquela hora, foi convincente... Todos compreendíamos aonde ela queria chegar, todos a escutávamos com um sentimento especial, como que a orar para que essa palavra atingisse a sua meta, e nos cílios de muitos de nós tremiam lágrimas boas.

De repente, algo foi ao chão... Era o bastão do meu tio... Apanharam-lho, mas ele não o tocou: estava sentado, inclinado de lado, com uma mão descaída da poltrona, e nela, como que esquecida, estava a grande turquesa do fecho... Ele deixou-a cair, também, e... ninguém correu a levantá-la.

Todos os olhares estavam dirigidos para o seu rosto. Acontecia algo admirável: *ele chorava!*

O sacerdote apartou suavemente as crianças e, ao chegar perto do meu tio, abençoou-o em silêncio com a mão.

Aquele levantou o rosto, segurou a mão do velho e inesperadamente beijou-o diante de todos e proferiu baixinho:

— Obrigado.

Nesse minuto, ele lançou um olhar a Justin e mandou que chamassem Ferapont.

Este apresentou-se pálido, com a mão enfaixada.

— Anda cá! — ordenou-lhe o meu tio e com a mão apontou o tapete.

Khrapochka abeirou-se e caiu de joelhos.

— Levanta-te... ergue-te! — disse o meu tio. — Eu te perdôo.

Khrapocha atirou-se de novo aos seus pés. O meu tio começou a dizer em voz nervosa, comovida:

— Tu amaste um animal como nem toda a gente consegue amar uma pessoa. Tu me comoveste com isso e superaste-me em magnanimidade. Concedo-te uma graça: dou-te a liberdade e cem rublos para o caminho. Vai para onde quiseres.

— Agradeço, mas não irei para lugar nenhum.

— Quê?

— Não irei para lugar nenhum.

— Que é que queres?

— Pela vossa graça e com a minha liberdade, eu vos quero servir com mais honra do que a contragosto e por medo.

O meu tio piscou os olhos, com uma mão levou a eles o seu lenço branco de fular, e, inclinando-se, com a outra abraçou Ferapont, e... todos nós compreendemos que devíamos levantar-nos dos nossos lugares, e também fechamos os olhos... Era suficiente para sentirmos que ali baixara a glória de Deus altíssimo e, em nome de Cristo, o mundo se enchera de aromas, expulsando o rude medo.

Isso teve reflexo também na aldeia, aonde foram enviados caldeirões de *braga*.[8] Acenderam-se alegres fogueiras, o

---

[8] Velha bebida russa, de baixo teor alcoólico e sabor semelhante ao da cerveja. (N. do T.)

contentamento estava em todos, e as pessoas diziam umas às outras, em tom de brincadeira:

— Aqui agora está dum jeito que até os animais, no santo silêncio, glorificam a Cristo.

Contra Sganarel não se empreendeu nada. Ferapont, tal como lhe fora dito, obteve a alforria, logo substituiu Justin no serviço do meu tio e foi não apenas criado fiel, senão também fiel amigo do meu tio até à morte deste. Ele fechou com as suas mãos os olhos ao meu tio e ele próprio o enterrou no cemitério moscovita Vagánskoie, onde até hoje está intacta a sua lápide. Ali também, aos seus pés, jaz Ferapont.

Não há já quem lhes leve flores, mas, nos lugares mais miseráveis de Moscou, existem pessoas que se lembram de um velho comprido de cabeça branca, que como por milagre conseguia saber onde estava a verdadeira dor e conseguia chegar ali a tempo ou enviava o seu amigo de olhos saltados e mãos nunca vazias.

Esses dois bons sujeitos, de quem ainda se poderia falar muito, eram o meu tio e o seu Ferapont, a quem o velho chamava, de brincadeira, *amansador de feras*.

(1883)

O PAPÃO

"O medo tem olhos grandes."

Provérbio

I

A minha infância transcorreu em Oriol. Nós morávamos na casa de Niémtchinov, não longe da "pequena catedral". Hoje eu não saberia dizer exatamente onde se erguia essa alta casa de madeira, mas lembro-me de que do seu jardim se tinha uma ampla vista, que ia além de um largo e profundo barranco de bordas escarpadas, talhadas em estratos de argila vermelha. Além do barranco, estendia-se um grande pasto, no qual ficavam armazéns de intendência, e ali ao pé, no verão, soldados faziam sempre exercícios. Eu via, todos os dias, como lhes ensinavam a ordem unida e como lhes batiam. Isso, então, era em uso, mas eu de modo nenhum conseguia acostumar-me a isso e chorava sempre por eles. Para que isso não se repetisse com frequência, a minha ama, uma velha de Moscou, esposa de um soldado, Marina Boríssovna, levava-me para passear no parque municipal. Ali, sentávamos à margem do Oká, de águas rasas, e ficávamos a olhar as crianças pequenas banharem-se e brincarem nele, crianças cuja liberdade eu, então, muito invejava.

A principal vantagem da sua livre condição consistia em que elas não usavam nem calçados nem roupa branca, já que as suas pequenas camisas haviam sido tiradas e os colarinhos destas atados às mangas. Nessa adaptação, as camisas adquiriam o aspecto de sacos pequenos, e os garotos, colocando-os contra a corrente, apanhavam neles certa quantidade de um peixinho minúsculo prateado. Ele era tão pequeno que não se podia limpá-lo, e isso considerava-se motivo suficiente para fritá-lo e comê-lo do jeito como o apanhavam.

Eu nunca tive a coragem de conhecer-lhe o gosto, mas a sua captura, realizada por aqueles pequenos pescadores, parecia-me o ápice da felicidade com que a liberdade podia contentar um menino dos meus anos de então.

A ama, aliás, conhecia bons argumentos para mostrar-me que tal liberdade me seria de todo inconveniente. Tais argumentos consistiam em que eu era filho de pais nobres, e o meu pai, pessoa conhecida por todos da cidade.

— Seria outra coisa — dizia a ama — se estivéssemos na aldeia.

Ali, entre os mujiques simples, incultos, até eu talvez pudesse permitir-me gozar alguma coisa nesse gênero de liberdade.

Parece que foi precisamente desses raciocínios refreadores que começou em mim uma atração forte e aflitiva pelo campo, e o meu entusiasmo não conheceu limites, quando os meus pais compraram uma pequena propriedade no distrito de Krómi. Naquele mesmo verão, nós nos mudamos da grande casa da cidade para uma casa de aldeia muito acolhedora, mas pequena, com balcão e teto de palha. Madeira no distrito de Krómi, naquela época, era coisa cara e rara. Essa é uma localidade de estepe, de cereais e, para além disso, bem irrigada por ribeiros pequenos e límpidos.

II

Na aldeia, travei imediatamente amplos e interessantes conhecimentos com os camponeses. Enquanto o meu pai e a minha mãe estavam ocupadíssimos com a organização da propriedade, eu não perdia tempo e fazia a mais estreita amizade com os rapazes e os meninos que apascentavam cavalos nas *kuligas*.[1] Com mais força do que todos, aliás, conquistou a minha afeição o velho moleiro, vovô Iliá, um velho completamente encanecido e de enormes bigodes pretos. Ele, mais do que os outros, era acessível a conversas, porque não se ausentava para os trabalhos e andava para lá e para cá, com garfos de estrume, pela represa, ou ficava ali sentado, a escutar, pensativo, se as rodas do moinho batiam com ritmo igual ou se em algum ponto não se infiltrava a água sob o tabuado. Quando se enfastiava de não fazer nada, ele preparava, para todo o caso, dentes de bordo ou pernos para as rodas da engrenagem. Mas, em todas as situações descritas, ele facilmente largava o trabalho e de bom grado se entregava à conversa, que mantinha aos fragmentos, sem nenhum nexo; gostava desse sistema de alusões e com isso ria-se nem bem de si, nem bem dos ouvintes.

Pelo seu ofício de moleiro, vovô Iliá tinha relação bastante estreita com o espírito das águas[2] que regia os nossos tanques, o de cima e o de baixo, e dois pântanos. O quartel-general desse demônio era sob o açude do nosso moinho.

O vovô sabia tudo dele e dizia:

— *Ele* gosta de mim. *Ele*, até quando volta para casa zangado por alguma desordem, não me faz nada de mau. Outro que se estenda no meu lugar, sobre os sacos, pois ele

---

[1] Lugar onde as árvores são cortadas e queimadas. (N. do A.)

[2] Em russo, *vodianoi*, de *vodá* (água). Espírito na forma de um velho, que habita os fundões e redemoinhos dos rios. Anda nu, com o corpo coberto de lodo, e tem uma barba longa, às vezes verde. Não se dá bem com o *domovoi*, o espírito caseiro, mas é camarada do espírito dos campos e do das florestas. Segundo a tradição, é o mais malvado de todos esses seres imaginários e o que, pelo parentesco, está mais próximo das forças do Mal. (N. do T.)

O papão

o arrancará dali e o atirará fora, mas a mim nunca nem me relará o dedo.

Todos os jovens confirmaram-me que entre o vovô Iliá e o "vovô aquático" havia realmente as descritas relações, apenas que elas, no entanto, não se baseavam, em absoluto, no fato de que o "aquático" gostasse de Iliá, mas na circunstância de que o vovô Iliá, como autêntico e verdadeiro moleiro, sabia a palavra autêntica e verdadeira dos moleiros, à qual o espírito das águas e todos os seus demoniozinhos obedeciam sem discussão, tal qual as cobras não venenosas e os sapos que viviam sob o tabuado e na represa.

Com os rapazes eu pescava gobiões e outros peixinhos, dos quais havia enorme quantidade no nosso estreitinho mas límpido ribeirão Gostomliá; mas, pela seriedade do meu caráter, eu tinha preferência pela companhia do vovô Iliá, cuja mente experimentada me abria um mundo pleno de misterioso encanto, completamente desconhecido para mim, menino da cidade. Pelo vovô Iliá eu fiquei sabendo também do espírito caseiro[3] que dormia numa calandra, do espírito das águas que tinha um belo e importante alojamento sob as rodas do moinho, e da *kikímora*,[4] tão tímida e inconstante, que se ocultava de todo olhar indiscreto em diversos montículos de poeira — ora na eira, ora na gaveleira, ora no cal-

---

[3] Em russo, *domovoi*, de *dom* (casa). Como o precedente, é também um velho. Espírito ao mesmo tempo protetor e perturbador da casa, anda à noite, dando sonoras batidas e pode, por pura brincadeira, estrangular uma pessoa adormecida. Tem especial zelo pela estrebaria, onde gosta de emaranhar os fios das crinas dos cavalos de tal modo que, depois, é impossível desembaraçá-los. Acreditava-se que ele podia ser visto no estábulo ou chiqueiro, no domingo de Páscoa. (N. do T.)

[4] Ser caseiro do folclore russo, que passava os dias escondido atrás do forno e fazia as suas travessuras à noite, com o tear e a tampa da chaminé. (N. do T.)

cador, onde no outono se trituravam hastes de cânhamo. Menos do que aos outros, o vovô conhecia o espírito dos bosques,[5] porque este vivia longe, nas cercanias da hospedaria de Selivan, e apenas de vez em quando vinha ao nosso salgueiral, para fazer-se uma nova flauta de salgueiro e tocá-la à sombra, ao pé dos semeadores. Aliás, vovô Iliá, em toda a sua vida rica de aventuras, vira o espírito dos bosques frente a frente uma única vez e ainda assim no dia de São Nikolai, quando entre nós havia festa da igreja. O espírito acercou-se de Iliá, fingindo-se um camponesinho totalmente pacífico, e pediu-lhe uma pitada de tabaco para cheirar. E, quando o vovô lhe disse: "ao Diabo contigo — cheira!", com isso abrindo a tabaqueira, então o espírito não conseguiu manter o bom comportamento por mais tempo e fez-lhe uma maroteira de menino de escola: deu uma palmada tão forte na tabaqueira, de baixo para cima, que entupiu todos os olhos ao bom moleiro.

Todas essas vivas e interessantes histórias tinham para mim, então, completa probabilidade de verdadeiras, e o seu conteúdo denso e pitoresco preenchia a minha fantasia a tal ponto, que eu próprio por pouco não me tornei um vidente de espíritos. Pelo menos, quando eu uma vez, com grande risco, dei uma espiadela ao calcador, então o meu olho ma-

---

[5] Em russo, *liéchi*, de *lies* (floresta). Outro ser capaz de malfeitorias, é um velho mudo e desprovido de pestanas e sobrancelhas. Canta, bate palmas, dá gargalhadas, chora e assobia, tem os animais silvestres sob o seu domínio e pode transformar-se em qualquer um deles. Nos caminhos e na floresta, aperta o passo e ultrapassa os viajantes, com o que os faz perder completamente o rumo. Rouba de casa as crianças amaldiçoadas pelo pai e pela mãe. A presente e as precedentes notas acerca dessas personagens do folclore russo são uma síntese dos respectivos verbetes do *Slovar jivogo velikorússkogo iaziká* [*Dicionário da língua russa viva*], em quatro tomos, do escritor, folclorista e médico Vladímir Dal (1801-1872). (N. do T.)

O papão

nifestou tamanha acuidade e refinamento, que eu vi lá uma *kikímora* sentada em meio ao pó. Estava suja, com um *povóinik*[6] empoeirado e olhos escrofulosos. E quando eu, assustado com tal visão, fugi dali como um louco, então outro sentido meu, a audição, descobriu a presença do espírito dos bosques. Não posso assegurar onde exatamente ele estava sentado — provavelmente no galho de algum salgueiro alto — mas só que, quando eu fugia da *kikímora*, ele assobiou com toda a força na sua flauta verde e me prendeu a perna direita com tanta força ao chão, que isso me arrancou o tacão da bota.

Mal conseguindo tomar fôlego, comuniquei tudo isso aos de casa e, pela minha franqueza, fui posto recluso no quarto para ler a História Sacra, enquanto um menino descalço era enviado ao povoado vizinho, à casa do soldado que podia consertar o dano causado pelo espírito dos bosques à minha bota. Mas nem a própria leitura da História Sacra me defendia já da crença naqueles seres sobrenaturais, com quem, pode-se dizer, eu estava a criar intimidade por intermédio do vovô Iliá. Eu conhecia bem a História Sacra e gostava dela e até hoje estou disposto a relê-la, mas, apesar de tudo, o doce mundo infantil daqueles seres fabulosos, de que tanto me falara o vovô Iliá, parecia-me imprescindível. As fontes da floresta ficariam desoladas, ao abandono, se delas fossem revocados os gênios postos ao seu pé pela fantasia popular.

Entre as consequências desagradáveis da flauta do espírito dos bosques, houve ainda a de que o vovô Iliá, pelos cursos de demonologia ministrados a mim, recebeu uma admoestação da minha mãe e por algum tempo esquivou-se de

---

[6] Lenço de cabeça, usado pelas mulheres casadas na Rússia antiga. (N. do T.)

mim e como que não quis continuar a minha instrução. Chegou até a fingir que me poria a correr para longe dele.

— Some da minha frente, vai lá pra junto da tua ama — dizia, virando-me de costas e dando-me uma pancada nas partes de sentar com a larga mão calosa.

Porém eu já podia orgulhar-me da minha idade e considerar semelhante tratamento incompatível comigo. Eu tinha oito anos e nenhum motivo para ir para junto da ama. Pois fiz o Iliá sentir isso, levando-lhe uma xícara de cerejas em calda.

O vovô Iliá gostava dessas frutas — aceitou-as, abrandou-se, passou a mão calosa na minha cabeça, e entre nós de novo se restabeleceram as mais estreitas e mais cordiais relações.

— Tu deves fazer o seguinte — dizia-me o vovô Iliá —, tu deves sempre respeitar o nosso mujique mais do que a todas as outras pessoas e procurar escutá-lo, mas o que ouvires do mujique não é para contar a toda a gente, não. Senão, ponho-te a correr.

Desde então, passei a guardar para mim tudo o que ouvia do moleiro e, em compensação, aprendi tantas coisas interessantes, que comecei a ter medo não somente à noite, quando todos os espíritos caseiros e silvestres e as *kikímoras* se tornam audazes e insolentes, mas até durante o dia. Tal medo tomou conta de mim porque a nossa casa e toda a nossa região, fomos ver, encontrava-se em poder de um bandoleiro terribilíssimo e feiticeiro sanguinário, de nome Selivan.[7] Ele morava a seis verstas de nós, "no bívio", isto é, onde a grande estrada real se ramificava em duas: uma, a nova, levava a Kíev, a outra, a velha, com salgueiros de tron-

---

[7] Nome próprio russo, proveniente do latim *silva* ("bosque", "floresta"), equivalendo, portanto, a Silvano. (N. do T.)

O papão

co escavado, plantados no tempo de Catarina,[8] levava a Fatiej. Ela, agora, está abandonada e vive vazia.

A um quilômetro dessa bifurcação, havia um belo carvalhal e, ao seu lado, a mais reles hospedaria, completamente em ruínas e meio desmoronada, na qual, diziam, nunca ninguém haveria ficado. E nisso podia-se facilmente acreditar, porque ela não oferecia nenhuma comodidade para alojamento e porque dali ficava muito perto a cidade de Krómi, onde, até naqueles tempos semibárbaros, se podia esperar encontrar um quarto aquecido, um samovar e *kalatches*[9] rançosos. Pois era precisamente nessa horrível hospedaria, onde *ninguém* parava, que morava Selivan, o "estalajadeiro sem hóspedes", Selivan, o homem terrível, com o qual ninguém se alegrava de encontrar-se.

III

A história do dono da hospedaria vazia, pelas palavras do vovô Iliá, era a seguinte. Selivan era um rapazinho de Krómi; os seus pais morreram cedo, e ele foi empregado por um padeiro, em cujo estabelecimento vivia, como vendedor de *kalatches* junto a uma taberna, fora dos portões de entrada de Oriol. Era um menino bondoso e obediente, só que diziam sempre ao padeiro que devia ter cuidado com Selivan pelo fato de este ter no rosto uma manchinha vermelha como o fogo, coisa que nunca vinha sem motivo. Havia pessoas que sabiam até um provérbio especial a propósito disso: "O ve-

[8] Referência à imperatriz Catarina, a Grande, que reinou de 1762 a 1796. (N. do T.)

[9] Pão de trigo, cuja forma lembra a de um cadeado com arquinho. (N. do T.)

lhaco é assinalado por Deus". O patrão elogiava muito Selivan pela laboriosidade e fidelidade, mas todas as outras pessoas, por sincera boa vontade, diziam que o verdadeiro bom senso ainda assim o obrigava a precaver-se e a não confiar muito no menino, porque "o velhaco é assinalado por Deus". Se fora posta uma marca no seu rosto, isso era precisamente para que todas as pessoas demasiamente confiantes tomassem cuidado com ele. O padeiro não queria ficar para trás das pessoas inteligentes, mas Selivan era um ótimo empregado. Vendia muito bem os *kalatches* e, todas as noites, pontualmente, deitava nas mãos do patrão, do seu grande porta-moedas de couro, todas as moedas de cinco e dez copeques recebidas dos mujiques em trânsito. No entanto, tinha ele uma marca no rosto, e não era por acaso; ela apenas esperava pela primeira ocasião (como sempre acontece). De Oriol chegou a Krómi um carrasco aposentado, de nome Borka,[10] e foi-lhe dito: "Tu, Borka, foste algoz, e amarga será a tua vida entre nós", e todos, cada qual quanto podia, fizeram de tudo para que tais palavras não ficassem como letra morta para o homem. E com este viera uma filha, menina de uns quinze anos, que nascera na prisão — embora muitos achassem que para ela haveria sido melhor nem nascer.

Haviam sido encaminhados a Krómi para domicílio. Isso, hoje, seria incompreensível, mas naquele tempo permitia-se aos carrascos aposentados inscrever-se[11] como residentes em qualquer cidadezinha, e fazia-se isso de modo simples, sem perguntar pela vontade ou concordância de ninguém. E assim foi também com Borka: um governador qualquer man-

[10] Diminutivo de Boris. (N. do T.)

[11] Ainda hoje, na Rússia, as pessoas são inscritas na sua cidade, ou seja, para nela residirem obtiveram permissão dos órgãos de administração, que têm, nos seus registros, todos os dados dos seus moradores, como nome, endereço, número de membros da família etc. (N. do T.)

O papão

dou inscrever o velho carrasco em Krómi, e, portanto, lá o registraram, e ali ele foi viver, levando consigo a filhinha. Só que em Krómi, subentende-se, o carrasco não era hóspede desejado por ninguém e, até pelo contrário, todos o desprezavam, como pessoas puras, e decididamente ninguém quis admitir em casa nem a ele, nem a sua menina. E a época em que chegaram era já de frio.

O carrasco pediu abrigo numa casa, depois noutra, e não quis importunar mais. Vira que não despertava nem a menor comiseração de ninguém e sabia que merecia aquilo inteiramente.

"Mas a menina! — pensava ele. — Ela não é culpada dos meus pecados; alguém haverá de ter piedade dela."

E Borka foi novamente bater de porta em porta, pedindo que acolhessem, se não a ele, pelo menos a menina... Ele jurava até que nem voltaria para visitar a filha.

Mas também esse pedido foi igualmente em vão.

Quem lá tinha vontade de ter alguma coisa com um carrasco?

E eis que, depois de percorrerem toda a cidadezinha, foram esses malfadados forasteiros pedir readmissão à prisão. Ali, pelo menos, poderiam aquecer-se da umidade e do intenso frio do outono. Mas também ali não lhes deram acolhida, porque o prazo da sua reclusão expirara e eles, então, eram pessoas livres. Tinham toda a liberdade de morrer sob qualquer cerca ou em qualquer vala.

Às vezes, davam uma esmola ao carrasco e à sua filha, não por amor deles, mas por amor de Cristo, mas em nenhuma casa os admitiam. O velho e a menina não tinham abrigo e pernoitavam ora em algum lugar, sob uma escarpa abrupta, nos sítios de extração de argila, ora em cabanas abandonadas de guardas de horta, no vale. Compartilhava o seu duro destino um cão magérrimo, que viera com eles de Oriol.

Era um cão grande, peludo, de pelo emplastrado como

feltro. De que se alimentava, com donos mendigos, ninguém o sabia, mas, ao fim, compreendeu-se que ele não tinha nenhuma necessidade de alimentar-se, porque era "inventrado", isto é, tinha apenas ossos e pele e olhos amarelos, extenuados, e "no meio" não havia nada, e por isso não tinha nenhuma necessidade de comida.

Vovô Iliá contou-me como isso podia conseguir-se "da maneira mais simples". Basta pegar qualquer cão ainda filhote e dar-lhe de beber, uma única vez, estanho ou chumbo derretido, que ele se tornará *sem ventre* e poderá passar sem comer. Mas, subentende-se, para além disso é preciso conhecer uma "palavra especial, mágica". E por o carrasco, evidentemente, conhecer tal palavra, as pessoas de moral rígida mataram-lhe o cão. Certamente, era o que devia ser feito, para não mostrarem condescendência com bruxarias; mas isso foi uma grande desgraça para os mendigos, já que a menina dormia com o cão e este dava-lhe parte do calor que tinha no pelo. No entanto, por tais coisas de menor importância, claro está, não se podia ser complacente com feitiçarias, e todos eram de opinião que fora justíssimo exterminar o cão. Que os feiticeiros não conseguissem ludibriar os bons cristãos!

IV

Após a morte do cão, quem aquecia a menina nas cabanas era o próprio carrasco, mas ele era já velho, e, para a sua felicidade, não teve de carregar por muito tempo essa preocupação superior às suas forças. Numa noite gelada, a criança sentiu que o pai ficara mais frio do que ela própria, e foi tão grande o seu terror, que ela se desencostou dele e até perdeu os sentidos de medo. Até à manhã, ela ficou nos braços da morte. Quando o dia começou a clarear, as pes-

O papão

soas, a caminho das matinas, deitaram por curiosidade uma espiadela à cabana, e viram pai e filha inteiriçados de frio. As pessoas, é verdade que de qualquer jeito, aqueceram a menina, e, quando ela viu os olhos estranhamente petrificados do pai e os dentes arreganhados numa expressão selvagem, então compreendeu do que se tratava e prorrompeu em soluços.

O velho foi sepultado atrás do cemitério, porque vivera abominavelmente e morrera sem confissão, e, quanto à menina, esqueceram-se dela por algum tempo... É bem verdade, não por muito tempo, talvez um mês ou pouco mais, mas quando, depois de um mês, dela se lembraram, já não foi possível encontrá-la em nenhum lugar.

Podia-se pensar que a orfãzinha fugira para algum lugar ou partira para pedir esmolas pelas aldeias. Ainda mais estranho era o fato de que com o sumiço da orfãzinha se conjugava outra estranha circunstância: antes de darem pela falta da menina, notou-se que também desaparecera o pequeno vendedor de *kalatches*, Selivan.

Ele desaparecera de modo totalmente inesperado e, para além disso, tão irrefletidamente, como nunca fizera, antes dele, nenhum outro fugitivo. Selivan decididamente não levara consigo nada de ninguém, e todos os *kalatches* dados a ele para venda estavam no seu tabuleiro, e junto todo o dinheiro com eles apurado, mas ele próprio não voltou para casa.

E ambos os órfãos foram dados como desaparecidos durante três anos inteiros.

De repente, um dia, chega duma feira o comerciante e dono da hospedaria havia muito abandonada "no bívio", e diz que lhe ocorrera uma desgraça: ia ele com a carroça pela estrada e, por encaminhar mal o cavalo num ponto coberto de faxina, acabara atirado ao chão e esmagado sob o peso da carga, mas que o salvara um andarilho desconhecido.

O andarilho fora reconhecido por ele e, verificou-se, não era outro senão o Selivan.

O mercador salvo por Selivan não era dessas pessoas insensíveis a um serviço prestado; para não ter de responder pelo pecado da ingratidão no juízo final, ele quis fazer um bem ao vagabundo.

— Devo retribuir-te — disse ele a Selivan. — Eu tenho uma hospedaria vazia no bívio: vai para lá, fica nela como estalajadeiro e vende aveia e feno, e pagarás a mim só cem rublos de arrendamento por ano.

Selivan sabia que a seis verstas da cidadezinha, numa estrada abandonada, não era lugar para uma estalagem, e que, estando ali, não podia esperar ver chegar gente; mas, apesar de tudo, como aquele era o primeiro caso em que lhe propunham ter um cantinho seu, ele concordou.

O mercador cedeu-lhe a estalagem.

V

Selivan chegou ao local com um carrinho de mão de uma só roda, desses de carregar estrume, na qual pusera os seus trastes, e sobre estes jazia, com a cabeça derreada para trás, uma mulher doente em míseros andrajos.

As pessoas perguntaram a Selivan:

— Quem é essa?

Ele respondeu:

— Esta é a minha esposa.

— E de que lugar é oriunda?

Selivan respondeu mansamente:

— Dos lugares de Deus.

— E de que está doente?

— Sofre das pernas.

— E por que sofre delas?

O papão

Selivan, de cenho carregado, resmungou:

— Por causa do frio da terra.

Não disse nem mais uma palavra, tomou nos braços a sua débil aleijada e levou-a para a isbá.

Loquacidade e, de modo geral, amena sociabilidade em Selivan não havia; evitava as pessoas e até como que as temia, nem dava as caras na cidade, e, quanto à sua esposa, ninguém tornou a vê-la depois do dia em que ele a trouxera no carrinho de estrume. Mas, desde o dia desse fato, passaram-se já muitos anos; os jovens de então tiveram tempo suficiente para envelhecer, e a estalagem no bívio ganhou ainda mais vetustez e ruínas; mas Selivan e a sua pobre aleijada continuaram a morar ali e, para o espanto geral, pagavam certa renda aos herdeiros do mercador.

Mas de onde tirava aquele sujeito estranho todo o necessário para prover às suas próprias necessidades e para pagar o devido por uma estalagem completamente destruída? Todos sabiam que *nenhum* passante *jamais* se detinha ali e que *nenhum* comboio ali dava de comer aos cavalos, mas, apesar de tudo, Selivan, ainda que vivesse pobremente, não morria de fome.

Pois essa era a questão, que, de resto, não por muito tempo, atormentou os camponeses da região. Logo todos compreenderam que Selivan era pactuário do Diabo... Era esse espírito impuro que lhe ajeitava negocinhos lucrativos, simplesmente impossíveis para a gente comum.

É sabido que o Diabo e os seus ajudantes têm o maior prazer em fazer todos os tipos de maldade às pessoas; mas agrada-lhes especialmente tirar as almas das pessoas de modo tão inesperado, que elas não tenham tempo de purificar-se pela confissão. A quem favorece tais artimanhas toda a corte de espíritos impuros, isto é, todos os espíritos da floresta e das águas e as *kikímoras* prestam de bom grado diversos favores, embora, é verdade, sob condições muito pesadas.

210   Nikolai Leskov

Quem ajuda os demônios deve ele próprio segui-los ao inferno — cedo ou tarde, sem falta. Selivan encontrava-se precisamente nessa fatídica situação. Para poder viver, e com dificuldade, na sua casinha arruinada, ele havia muito tempo vendera a sua alma a vários demônios duma vez, e estes, desde então, se haviam posto a encaminhar viajantes para a sua estalagem, empregando esforços redobrados. Já da estalagem de Selivan não saía ninguém. Fazia-se isso da seguinte maneira: os espíritos do bosque, em conluio com as *kikímoras*, de repente, pelo beirar da alta noite, levantavam nevascas, em meio às quais o viandante se desnorteava e corria a abrigar-se dos elementos enfurecidos em qualquer lugar. Selivan, então, imediatamente, lançava a isca: expunha um fogo à janela, e, atraídos por essa luz, iam até ele mercadores com fornidos *tchérezes*,[12] nobres com cofres secretos e padres com gorros de pele totalmente forrados de notas de dinheiro. Isso era uma emboscada. Dos portões de Selivan não havia já retorno para nenhum dos que os transpunham.

Que fim Selivan lhes dava, ninguém o sabia.

Vovô Iliá, nesse ponto da história, apenas fazia um movimento de mão pelo ar e dizia gravemente:

— O mocho voa, o tartaranhão nada, e não se vê nada: tempestade, nevasca e... a noite cobre tudo.

Para não decair no conceito de vovô Iliá, eu fingia entender o que significava "o mocho voa, o tartaranhão nada", mas entendia somente uma coisa: que Selivan era uma espécie de papão de todos, com o qual era tremendamente perigoso encontrar-se... Oxalá ninguém, no mundo, tivesse tal infortúnio.

Eu, aliás, esforçava-me por conferir as terríveis histórias acerca de Selivan com o relato de outras pessoas, mas todas

---

[12] Largo cinto usado para transporte de dinheiro. (N. do T.)

O papão

estas diziam em uníssono o mesmo. Todos encaravam Selivan como um papão terrível e todos, exatamente como o vovô Iliá, me proibiam severamente de "em casa, na rica residência, falar de Selivan a quem quer que fosse". A conselho do moleiro, eu segui esse mandamento dos mujiques até ao caso, especial e terrível, em que eu próprio caí nas garras de Selivan.

VI

No inverno, quando em casa se puseram caixilhos duplos nas janelas, eu não pude encontrar-me amiúde com o vovô Iliá e os outros mujiques. Os de casa protegiam-me do frio intenso, ao passo que todos aqueles outros continuavam a trabalhar a céu aberto. Entrementes, ocorreu a um deles uma história desagradável, que pôs Selivan de novo em cena.

Bem no início do inverno, um sobrinho de Iliá, o mujique Nikolai, no dia do santo do seu nome, foi a Krómi em visita e não retornou; encontraram-no, duas semanas depois, na orla do bosque de Selivan. Nikolai estava sentado sobre um toco, com a barba apoiada no cajado, e, pelo visto, repousava de uma canseira tão grande, que não notava que a nevasca o cobrira de neve até acima dos joelhos e as raposas lhe deram mordidelas no nariz e nas faces.

Nikolai, evidentemente, extraviara-se do caminho; esgotado, sentara-se e sucumbira ao frio; mas todos sabiam que isso não fora assim tão simples e sem culpa de Selivan. Eu soube disso por intermédio das moças que trabalhavam em casa, como camareiras, em grande quantidade e que, na maioria, chamavam-se todas Ánnuchka.[13] Havia a Ánnuchka

[13] Diminutivo de Anna. (N. do T.)

grande, a Ánnuchka menor, a Ánnuchka bexiguenta e a Ánnuchka redonda e, depois, ainda mais uma Ánnuchka, conhecida como "Chibaiónok". Esta última era, entre nós, uma espécie de folhetinista e repórter. Fora pelo caráter vivo e travesso que recebera a sua animada alcunha.[14]

Não se chamavam Ánnuchka apenas duas moças, Neonila e Nástia, que se encontravam em situação um tanto privilegiada, porque haviam recebido educação especial em uma loja então da moda de Oriol, a de madame Morózova, e ainda três meninas de recados: Oska, Moska e Roska. O nome de batismo de uma delas era Matriona, de outra Raíssa; agora, como a Oska se chamava de verdade, isso eu não sei. Moska, Oska e Roska eram ainda menores de idade, e, por isso, todos as tratavam com certo desprezo. Elas ainda corriam descalças e não tinham o direito de sentar-se em cadeiras, devendo acomodar-se embaixo, sobre escabelos. Pela posição, cumpriam diversos encargos humildes, como: poliam alguidares, carregavam as selhas de abluções para fora, levavam os cãezinhos da casa para passear e, à primeira ordem, largavam às carreiras em procura de gente de cozinha, e para a aldeia. Nas casas dos hodiernos proprietários de terras, em nenhum lugar há um número tão exagerado de serviçais, mas, naquela época, isso parecia imprescindível.

Todas as nossas moças e meninas, subentende-se, sabiam muito acerca do terrível Selivan, perto de cuja estalagem morrera de frio o mujique Nikolai. Por esse acontecimento, evocaram-se todas as velhas maroteiras de Selivan, das quais antes eu não sabia. Verificou-se que o cocheiro Konstantin, tendo ido, certa vez, à cidade para buscar carne de vaca, ouvira vir da isbá de Selivan gemidos dolorosos e as palavras:

---

[14] De *chíbki*, "presto, rápido, expedito". (N. do T.)

O papão

"Ai, está a machucar a minha a mão! Ai, está a cortar-me o mindinho!".

Uma das moças, a Ánnuchka grande, explicava isso da seguinte maneira: Selivan atraíra à sua casa, durante uma nevasca, um *vozok*[15] senhoril com uma família nobre inteira e cortara lentamente às crianças dedinho após dedinho. Essa terrível barbaridade amedrontou-me extremamente. Depois, ao sapateiro Ivan aconteceu algo ainda mais terrível e, ademais, inexplicável. Uma vez, quando o haviam enviado à cidade para buscar material para sapatos e ele, com atraso, voltava a casa já com noite feita, então levantou-se um pequeno torvelinho de neve, e os torvelinhos constituíam a máxima satisfação para Selivan. Ele imediatamente se levantava e ia para o campo, para adejar nas trevas com a Iagá,[16] os espíritos do bosque e as *kikímoras*. E o sapateiro sabia disso e tratou de tomar cuidado, mas não o conseguiu. Selivan saltou-lhe à frente, bem diante do nariz, e barrou-lhe o caminho... O cavalo parou. O sapateiro, porém, para a sua sorte, era por natureza homem corajoso e de espírito inventivo. Aproximou-se de Selivan, como por cortesia, e disse: "Boa noite", e nesse mesmo instante tirou da manga da camisa a maior e mais aguda sovela e espetou-lha diretamente na barriga. Esse é o único lugar em que se pode ferir letalmente um feiticeiro, mas Selivan salvou-se transformando-se imediatamente em grosso poste, no qual o agudo instrumento do sapateiro se cravou com tanta força, que Ivan não conseguiu arrancá-lo, e foi obrigado a abandonar a sovela num momento em que ela lhe era terminantemente necessária.

Esse último acontecimento foi até uma partida injuriosa

[15] Carro fechado, para uso no inverno, com portinholas, janelinhas e, em lugar de rodas, patins de trenó. (N. do T.)

[16] Baba Iagá: bruxa dos contos populares russos, que mora numa casa assentada sobre quatro pés de galinha. (N. do T.)

contra a gente honesta e convenceu a todos de que Selivan era realmente não apenas um grande malfeitor e astuto feiticeiro, senão também um insolente, a quem não se devia dar moleza. Resolveu-se, então, dar-lhe uma severa lição; mas Selivan era esperto e aprendera uma nova astúcia: ele começou a "despir-se", isto é, ao menor perigo, e até a cada simples encontro, ele começou a mudar o seu aspecto humano e a transformar-se, diante dos olhos de todos, em diversos seres animados e inanimados. É bem verdade que, por causa da geral exasperação contra ele, Selivan, apesar de toda essa astúcia, ainda assim sofria um pouco, mas não se conseguia exterminá-lo de modo nenhum, e a luta com ele assumia às vezes caráter até um tanto ridículo, o que ainda mais desgostava e enfurecia a todos. Assim, por exemplo, depois de o sapateiro trespassá-lo com toda a força com a sovela e Selivan haver-se salvado somente por ter conseguido transformar-se a tempo num poste de estrada, várias pessoas viram essa sovela cravada num poste de verdade. Elas até tentaram arrancá-la dele, mas ela se quebrou, e ao sapateiro foi entregue apenas um cabo de madeira sem nenhuma serventia.

Já Selivan, até mesmo depois disso, andava pela floresta como se nem lhe houvessem dado uma sovelada daquelas, e transformava-se em javali de modo tão perfeito, que comia com prazer bolotas de carvalho, como se tal fruto pudesse ser do seu agrado. Mas aparecia com mais frequência sob a forma de galo vermelho, no seu telhado negro e desgrenhado, e cantava lá de cima: "có-có-ró-cóóó!". Todos sabiam que ele, evidentemente, não estava preocupado com canto nenhum, mas em ver se pela estrada vinha alguma pessoa contra quem valesse a pena incitar o espírito da floresta e a *kikímora* a erguerem uma boa tempestade e a baterem-lhe até à morte. Em suma, a gente da região adivinhava tão bem todas as suas espertezas, que nunca caía na rede do malfeitor e até se vingava bastante da perfídia de Selivan. Uma vez, quando

O papão

ele, transformado em javali, se encontrou com o ferreiro Sável, que voltava de Krómi, de uma festa de casamento, entre eles até houve uma luta aberta, mas o ferreiro saiu-se vitorioso graças a que, por sorte, lhe ocorrera ter à mão uma clava bem pesada. O ser maligno fingia não prestar nem a mínima atenção ao ferreiro e, com pesados grunhidos, comia bolotas, trincando-as com os dentes; mas o ferreiro, com a sua aguda inteligência, penetrou-lhe a intenção, que consistia em deixá-lo passar e depois atacá-lo por trás, derrubá-lo e comê-lo em lugar das bolotas. O ferreiro decidiu prevenir a desgraça; ele ergueu bem alto, acima da cabeça, a sua clava e desceu-a no focinho do bicho com tanta força, que esse guinchou de dor, caiu e não tornou a levantar-se. E, quando o ferreiro, depois disso, começou a afastar-se rapidamente, Selivan novamente adotou o seu aspecto humano e acompanhou aquele com um longo olhar do seu terracinho de entrada — já se sabe, tendo contra o ferreiro a mais inamistosa das intenções.

Após esse terrível encontro, o ferreiro até foi sacudido por uma febre, da qual se salvou unicamente com atirar ao vento, pela janela, o pó de quinino que lhe haviam enviado dos aposentos de serviço.

O ferreiro passava por pessoa muito sensata e sabia que o quinino e todos os outros remédios de farmácia não podiam nada contra feitiçarias. Ele aguentou tudo com paciência, atou um nozinho de uma linha grosseira e deitou-o a um monte de estrume para que apodrecesse. Com isso, tudo terminou, porque, assim que o nozinho e a linha apodreceram, assim também a força de Selivan devia findar. E assim foi. Selivan, após o caso, não tornou a transformar-se em javali, ou, pelo menos, a partir daí, definitivamente ninguém tornou a encontrá-lo sob esse desagradável aspecto.

Já com as maroteiras de Selivan na forma de galo vermelho, o êxito foi ainda maior: contra ele levantou-se o moleiro estrábico Savka,[17] rapaz para lá de ousado, que agiu com mais prudência e astúcia do que todos.

Enviado, certa vez, à cidade, na véspera de uma feira, ia ele num cavalo muito preguiçoso e teimoso. Conhecedor do temperamento do animal, Savka levava escondido, para o caso de necessidade, um bom cajado de bétula, com o qual esperava deixar impressa uma lembrancinha nos flancos do seu melancólico Bucéfalo.[18] Ele lograra já fazer alguma coisa nesse sentido, bem como a tal ponto dobrar o caráter do seu cavalo, que este, já com a paciência esgotada, começou, pouco a pouco, a saltitar.

Selivan, não esperando que Savka estivesse tão bem armado, precisamente à sua aproximação, com um salto, na forma de galo, alcançou o beiral da isbá e pôs-se a girar, a olhar em todas as direções e a cantar: "cocoricó!". Savka não se intimidou com o feiticeiro e, até ao contrário, disse-lhe: "Eh, irmão, é inútil, não me escapas", e com essas palavras, sem pensar muito, arremessou-lhe o seu cajado com tanta destreza, que aquele nem conseguiu terminar de cantar o "cocoricó!" e desabou morto. Por infelicidade, o feiticeiro caiu não na estrada, mas no terreiro, onde não lhe custava nada, apenas tocasse o chão, assumir novamente a sua natural figura humana. Ele voltou à forma de Selivan e saiu correndo atrás de Savka, tendo nas mãos o mesmo cajado com que o rapaz o presenteara quando, na forma de galo, ele cantava no telhado.

Pelos relatos de Savka, Selivan, desta vez, estava tão furioso, que o haveria feito passar muitos maus bocados; Savka, porém, era um rapaz inteligente e sabia uma coisa assaz útil. Ele sabia que o seu cavalo esquecia a indolência, quando

[17] Diminutivo de Savva. (N. do T.)

[18] Cavalo selvagem, domesticado, segundo a tradição, por Alexandre Magno. (N. do T.)

O papão

posto em direção a casa, à manjedoura. Foi o que ele fez. Assim que Selivan, armado com o cajado, se lançou contra Savka, este virou imediatamente o cavalo para trás e raspou-se. Ele chegou a casa a galope, com a cara desfigurada pelo medo, e somente no dia seguinte conseguiu contar a terrível história a ele acontecida. E foi graças a Deus o ter conseguido falar, que já todos temiam que houvesse perdido a fala para sempre.

VII

Em lugar do intimidado Savka, foi armado outro embaixador, mais valente, que foi a Krómi e dali voltou são e salvo. Mas também este, concluída a viagem, disse que seria mais fácil o chão abrir-se e engoli-lo do que ele passar de novo em frente à estalagem de Selivan. O mesmo sentiam os outros: o medo tornou-se geral; mas, em contrapartida, da parte de todos teve início uma vigilância reforçada de Selivan. Onde quer e sob qualquer aspecto que aparecesse, era sempre identificado, e as pessoas esforçavam-se de todas as formas por acabar com a sua nociva existência. Aparecesse lá o Selivan como ovelha ou vitela, perto da sua casa, reconheciam-no do mesmo jeito e batiam-lhe, e sob nenhum disfarce ele conseguia fugir. Até mesmo quando ele saiu rodando à estrada sob a forma de uma roda nova e recém-alcatroada de telega e deitou-se ao sol para secar-se, nem essa sua artimanha passou despercebida, e as pessoas inteligentes partiram a roda em pedacinhos dum jeito, que a bucha e os raios voaram para todos os lados.

De todas essas ocorrências, que compunham a epopeia heroica da minha infância, eu recebia, na altura própria, os mais prontos e fidedignos testemunhos. Para a rapidez das notícias muito colaborava o fato de que, no nosso moinho, havia sempre um público variado de passagem, que ali ia para a moedura de grãos. Enquanto as mós moíam os cereais dessa gente, os lábios dos trituradores moíam, com mais aplicação ainda, todos os tipos de disparate, e dali todas as histórias curiosas chegavam aos recintos dos criados por intermédio de Moska e Roska e, depois, em redação mais elaborada, comunicavam-se a mim, e eu me punha a pensar nelas, noites inteiras, e inventava as mais interessantes situações para mim e Selivan, pelo qual, apesar de tudo o que acerca dele ouvia, no fundo da alma, nutria uma grande simpatia. Eu cria irrevogavelmente que haveria de chegar a hora em que eu e Selivan nos encontraríamos, e de um modo extraordinário, e que nós nos afeiçoaríamos um ao outro muito mais do que eu me afeiçoara ao vovô Iliá, no qual não me agradava que um dos olhos, precisamente o esquerdo, sempre sorrisse um pouquinho.

Eu não podia de modo nenhum acreditar que Selivan realizasse todos os seus prodígios sobrenaturais com má intenção contra as pessoas, e gostava muito de pensar nele; e geralmente, mal eu principiava a adormecer, ele me aparecia em sonho, tranquilo, bondoso e até com ar queixoso. Eu não o vira ainda e não conseguia imaginar-lhe o rosto pelas descrições deturpadas dos narradores, mas os seus olhos eu via, mal fechava um tiquinho os meus próprios. Eram olhos grandes, de um azul cerrado e replenos de bondade. E enquanto eu dormia, encontrava-me na mais agradável concórdia com Selivan: descobríamos juntos várias tocas secretas na floresta, em que fora escondido muito pão, manteiga e quentes casacos de pele para crianças, apanhávamos essas coisas e levávamo-las correndo às aldeias, às isbás nossas conhecidas, e, colocando-as na trapeira, batíamos para atrair alguém e fugíamos.

Esses devem ter sido os mais belos sonhos da minha vida, e eu sempre lamentava que, com o meu despertar, Selivan

O papão

219

novamente voltasse a ser o bandoleiro, contra o qual toda pessoa boa devia tomar todas as medidas de precaução. Devo reconhecê-lo, eu próprio não queria ficar para trás das outras pessoas e, embora nos sonhos mantivesse com Selivan a mais cordial amizade, já em estado de vigília eu não considerava supérfluo pôr-me a salvo dele, ainda que o soubesse distante.

Com tal objetivo, eu, com não poucas lisonjas e outras humilhações, obtive da governanta um grande punhal caucasiano do meu pai, que ela guardava a chave na despensa. Atei a ele o cordão, tirado por mim do gorro hussardo de um meu tio, e escondi essa arma sob o colchão, à cabeceira da minha cama. Se Selivan tivesse alguma vez aparecido lá em casa, eu o teria enfrentado, sem falta.

Desse arsenal oculto não sabiam nem o meu pai, nem a minha mãe, e isso era estritamente necessário, porque senão certamente o punhal me seria tomado, e então Selivan não me permitiria dormir tranquilo, já que eu, apesar de tudo, lhe tinha um medo terrível. Ele, entrementes, já se acercara da nossa casa, mas nossas espertas moças reconheceram-no imediatamente. Selivan ousou aparecer-nos transformado numa enorme ratazana ruiva. No início, ele simplesmente fazia bulha na despensa, à noite, e depois, uma vez, entrou num barril escavado de um cepo de tília, em que se punham, cobertos com uma peneira, chouriços e outros antepastos conservados para a recepção de hóspedes. Com isso, Selivan quis causar-nos um sério aborrecimento doméstico, provavelmente como desforra dos dissabores por ele sofridos nas mãos dos nossos mujiques. Na forma da ratazana ruiva, saltou para o fundo do barril, deslocou o peso de pedra, que estava sobre a peneira, e comeu todos os chouriços, mas, em compensação, não conseguiu saltar para fora do alto recipiente. Aqui, Selivan, por todas as evidências, não tinha como evitar o merecido castigo que se oferecera a aplicar-lhe a nossa mais expedita Ánnuchka, a Chibaiónok. Para isso, ela veio com uma tigela, de ferro fundido, cheia de água fervente e com um garfo velho. O plano de Ánnuchka era, primeiro, escaldar a entidade infernal com a água fervente, depois espetá-la com o garfo e atirá-la morta ao campo para ser comida pelos corvos. Mas, durante a execução da pena, houve um estouvamento da parte da Ánnuchka redonda, que derramou água fervente na mão da própria Ánnuchka Chibaiónok; esta, de dor, deixou cair o garfo, e nesse instante a ratazana mordeu-lhe um dedo e com incrível agilidade, subindo pela manga da sua camisa, saltou fora do barril e, metendo o maior susto em todos os presentes, fez-se invisível.

Os meus pais, que a esse acontecimento assistiram com os olhos de pessoas não iniciadas nos mistérios do mundo, atribuíram o desfecho da caça à inabilidade das nossas Ánnuchkas; mas nós, que sabíamos das molas ocultas do negócio, sabíamos também que ali não se podia realmente fazer nada melhor, já que aquela não era uma simples ratazana, mas o diabólico Selivan. Contar isso aos mais velhos, no entanto, nós não ousamos. Como a gente simples, nós temíamos a crítica e a troça em relação às coisas que nós próprios tínhamos como indubitáveis e evidentes.

Transpor a soleira da antessala, a isso Selivan não se atrevia, sob nenhuma forma, porque, achava eu, devia saber do meu punhal. E isso era para mim motivo de lisonja e, ao mesmo tempo, de enfado, porque, propriamente falando, já me enfastiavam todos aqueles boatos e rumores e ardia em mim uma vontade imensa de encontrar-me com Selivan cara a cara.

Isso tornou-se para mim, no fim de contas, um tormento, no qual transcorreu todo o longo inverno, com as suas noites infindáveis, e, com o descer das primeiras torrentes primaveris das montanhas, aconteceu o caso que transtornou toda a ordem da nossa vida e deu livre curso aos perigosos ímpetos de paixões descontroladas.

O papão

VIII

O caso foi inesperado e triste. Bem na época do degelo primaveril, quando, pela expressão popular, "as poças d'água engolem bois", da distante propriedade de uma minha tia chegou a galope um cavaleiro com a fatídica notícia da grave doença do meu avô.

A longa viagem por caminhos lamacentos envolvia grande perigo; mas isso não deteve os meus pais, e eles puseram-se a caminho sem delongas. Era preciso percorrer cem verstas, e numa simples telega, porque com qualquer outro veículo seria impossível trafegar. A telega ia acompanhada por dois cavaleiros com longas varas. Eles seguiam à frente e sondavam os buracos da estrada. Eu e a casa fomos deixados aos cuidados de uma especial comissão provisória, constituída de várias pessoas com várias atribuições. À Ánnuchka grande estavam subordinadas todas as pessoas do sexo feminino, Oska e Roska inclusivamente; mas da suprema superintendência moral fora incumbida a *starostikha*[19] Demiéntievna. Já a nossa orientação intelectual, no sentido da observância dos dias de festa e dos domingos, foi confiada a Apollinári Ivánovitch, o filho do diácono, que, na qualidade de *rítor*[20] expulso do seminário, constituiu-se em meu mentor. Ele ensinava-me as declinações latinas e, de modo geral, preparava-me para que, no ano seguinte, eu pudesse ingressar no primeiro ano do ginásio de Oriol não como um completo selvagem, a quem fossem capazes de deixar admirado a gramática latina de Beljùstin e a francesa de Lomonde.

---

[19] Esposa do *stárosta* (de *stári*, "velho"), homem escolhido para cuidar dos assuntos de uma pequena comunidade, especialmente nas aldeias russas. (N. do T.)

[20] Assim eram chamados os alunos do curso de Retórica do seminário. (N. do T.)

Apollinári era um jovem de inclinação mundana e pretendia ingressar como "amanuense", ou, como se diz nos dias de hoje, escrevente, na administração da província de Oriol, onde servia um seu tio, que ali desempenhava uma função interessantíssima. Se um *stanovoi*[21] ou *isprávnik*[22] qualquer não cumprisse alguma determinação, o tio de Apollinári era despachado a cavalo "como enviado especial", às expensas do faltoso. Viajava sem pagar nenhum copeque seu pelas montarias e, além disso, recebia oferendas e presentes dos prevaricadores e via diversas cidades e muitas pessoas de diversos graus e costumes. O meu Apollinári também tinha em mente, com o tempo, atingir tal ventura e podia ter esperanças de fazer muito mais do que o tio, porque possuía dois grandes talentos que poderiam ser muito úteis no trato mundano: Apollinári tocava no violão duas canções, "A moça apertou a urtiga" e, a segunda, muito mais difícil, "À noitinha, no outono chuvoso", e, o que era mais raro, então, na província: sabia compor versos maravilhosos para as damas, pelo que, propriamente, fora expulso do seminário.

Eu e Apollinári, apesar da diferença de idade, éramos amigos e, como cabe a amigos fiéis, guardávamos firmemente os nossos recíprocos segredos. Nesse ponto, a ele tocava um pouco menos do que a mim: os meus segredos resumiam-se ao punhal escondido sob o meu colchão, ao passo que eu estava obrigado a guardar profundamente dois segredos confiados a mim: o primeiro era referente ao cachimbo escondido num armário, no qual Apollinári fumava, à noite, brancas e agridoces raizinhas de Niéjin, e o segundo era ainda mais

---

[21] *Stanovoi prístav*, na Rússia tsarista, era o chefe da polícia de uma comarca (*stan*), unidade de divisão de uma província. (N. do T.)

[22] Chefe da polícia de uma província, divisão administrativa da Rússia até o ano de 1929. (N. do T.)

importante — aqui o negócio era sobre os versos de Apollinári em homenagem a uma certa "leviana Pulquéria".

Os versos, pelo que me pareciam, eram muito ruins, mas Apollinári dizia que, para a sua justa avaliação, era necessário ver a impressão que poderiam causar se lidos direitinho e com sentimento a uma mulher terna e sensível.

Isso representava uma dificuldade grande, insuperável até, na nossa situação, porque em casa não havia senhorinhas pequenas e às senhorinhas mais velhas ele não tinha coragem de pedir que fossem suas ouvintes, por ser muito tímido, além do fato de, entre as nossas senhorinhas conhecidas, haver grandes trocistas.

A necessidade fez Apollinári inventar de declamar a ode à "leviana Pulquéria" à nossa criada de quarto Neonila, que havia adquirido requintadas maneiras citadinas na loja de moda da senhora Morózova e, pela suposição de Apollinári, devia possuir a sutil sensibilidade necessária para sentir o valor da poesia.

Pela minha pouca idade, eu temia dar conselhos ao meu professor nas suas experiências poéticas, mas considerava temerária a sua intenção de declamar versos a uma costureira. Eu, já se vê, julgava por mim e, ainda que levasse lá em consideração que à jovenzinha Neonila fossem familiares alguns objetos do ambiente citadino, achava que ela dificilmente compreenderia a linguagem da alta poesia com que Apollinári se dirigia à Pulquéria por ele decantada. Além disso, havia na ode exclamações como "Ah, tu, minha cruel!" ou "Desaparece da frente dos meus olhos!" e outras semelhantes. Neonila, por natureza, era de caráter tímido e retraído, e eu temia que ela tomasse aquilo como endereçado a ela e sem falta se desfizesse em lágrimas e fugisse a correr.

Mas o pior de tudo era que, dada a severa ordem habitual da nossa vida doméstica, toda aquela apresentação poética, inventada pelo estudante de Retórica, era absolutamente impossível. Nem o tempo, nem o lugar, nem nenhuma outra circunstância, nada era favorável a que Neonila escutasse os versos de Apollinári e fosse a sua primeira apreciadora. No entanto, com o desgoverno que se instalara em casa com a partida dos meus pais, tudo mudara, e o *rítor* quis tirar proveito disso. Então, nós, esquecidos de todas as nossas diferenças de condição, brincávamos todas as noites de "rei", e Apollinári até fumava as suas raizinhas pela casa e sentava-se na poltrona do meu pai, na sala de jantar, o que me ofendia um pouco. Ademais, por insistência sua, várias vezes brincamos de cabra-cega, e nisso enchemo-nos de equimoses. Depois, brincamos de esconde-esconde, e certa vez foi até organizado um banquete formal com muitos comes e bebes. Tudo isso foi feito, parece-me, "por conta do conde Cheremiétevo",[23] como naquele tempo pandegavam muitos patuscos imprudentes, em cujo ruinoso caminho entráramos também nós, instigados pelo ex-estudante de Retórica. Até hoje não sei quem foi que ofereceu à assembleia um saco inteiro das nozes mais maduras, apanhadas em tocas de rato (onde costuma haver apenas nozes da melhor qualidade). Além das nozes, havia três pacotes, em papel cinzento, de cogumelinhos amarelos cobertos de melaço, sementes de girassol e peras recheadas com figos. As últimas aderiam tenazmente às mãos e tirá-las com água requeria tempo.

Uma vez que elas gozavam de especial prestígio, davam-se apenas como prêmio no jogo de prendas. Moska, Roska e Oska, pela sua fundamental insignificância, não as recebiam. No jogo de prendas participavam Ánnuchka, eu e o meu mentor Apollinári, que se revelou muito hábil na capacidade inventiva. Tudo isso transcorria na sala de visitas,

---

[23] Isto é, grátis. A expressão surgiu no século XVII e está relacionada com a extrema hospitalidade de um rico marechal-de-campo e conde, de nome B. P. Cheremiétevo (1652-1719). (N. do T.)

onde, geralmente, ficavam somente os convidados de muita honra. E eis que aqui, nos fumos dos alegres folguedos, em Apollinári entrou não sei que espírito temerário, e ele inventou uma empresa ainda mais audaz. Ele teve o desejo de declamar a sua ode num ambiente grandioso e até horrendo, no qual deveriam submeter-se à mais alta tensão até os nervos mais robustos. Ele começou a persuadir todos nós a irmos todos juntos, no domingo seguinte, ao bosque de Selivan, apanhar lírios brancos do vale. À noite, quando nos deitamos, ele me revelou que os lírios eram só pretexto e que o principal objetivo era declamar os versos nas circunstâncias mais aterradoras.

Por um lado, agiria o medo a Selivan e, por outro, o medo dos terríveis versos... Em que daria aquilo, e seria possível suportar tudo aquilo?

Pois ficai sabendo que nós nos decidimos a tal passo.

Na animação que se apoderara de todos nessa memorável noitinha de primavera, pareceu-nos que todos éramos corajosos e capazes de fazer uma coisa temerária sem correr perigo. De fato, seríamos muitos e, para além disso, eu levaria, evidentemente, o meu enorme punhal caucasiano.

Devo reconhecê-lo, desejei muito que todos os outros também se armassem conforme a sua força e possibilidade, mas em ninguém encontrei a devida atenção e disposição. Apollinári levava consigo somente o cachimbo e o violão, e com as moças iam trempes, frigideiras, panelinhas com ovos e uma panela de ferro. Nesta, pretendia-se fazer uma sopa grossa de painço com toucinho, e na frigideira fritar ovos, e, sob tal aspecto, todas essas coisas eram maravilhosas; mas, em termos de defesa, no caso de alguma maroteira por parte de Selivan, elas não significavam absolutamente nada.

Aliás, para dizer a verdade, eu também por outra coisa estava descontente com os meus companheiros, a saber: eu não sentia, de parte deles, o cuidado com Selivan de que eu estava tomado. Eles até que o temiam, mas de um modo leviano, e até se arriscavam a troçar dele e a criticá-lo. Uma Ánnuchka dizia que pegaria o rolo da massa de pastel e com este o mataria, e a Chibaiónok ria-se, a dizer que o poderia estraçalhar a dentadas e, com isso, mostrava os seus dentes brancos e rebrancos e mordiscava um pedaço de arame. Tudo isso não era sério, mas o *rítor* superou a todos. Ele negava peremptoriamente a existência de Selivan; dizia que este jamais existira e era mera invenção da fantasia, como Píton, Cérbero e outros do gênero.

Foi então a primeira vez em que vi o quanto uma pessoa é capaz de deixar-se levar pelas negações! Para que servia, então, toda a retórica, se permitia colocar no mesmo degrau a probabilidade de existência de Píton e a de Selivan, cuja existência real era confirmada por uma grande quantidade de fatos evidentes!

Eu não cedi a essa tentação e conservei a minha crença em Selivan. Até mais do que isso, eu cria que o *rítor* seria sem falta castigado pela sua descrença.

Aliás, se não encararmos com muito rigor todas essas filosofações, até que a planejada ida ao bosque de Selivan prometia muito divertimento, e ninguém queria ou podia preparar-se para fenômenos de outro gênero. O bom-senso, no entanto, aconselhava a tomarmos muito cuidado naquela maldita floresta, onde nós estaríamos, por assim dizer, na própria goela da fera.

Todos pensavam em como lhes seria divertido vagar pela floresta, aonde as outras pessoas tinham medo de ir, enquanto nós não. Imaginávamos como atravessaríamos toda a perigosa floresta, a gritarmos uns pelos outros e a saltarmos buracos e barrancos, em que se derretia a última neve, e nem sequer pensamos se tudo aquilo seria aprovado, no retorno das nossas autoridades superiores. Por outro lado, em contrapartida, nós tínhamos em mente preparar para o toucador

O papão   227 de mamãe dois grandes molhos dos melhores lírios brancos do vale e dos restantes fazer um destilado fragrante, que no verão seguinte inteiro propiciasse uma excelente loção para pele queimada pelo sol.

IX

Depois de esperarmos com impaciência a chegada do domingo, deixamos a *starostikha* Demiéntievna no governo da casa e partimos para o bosque de Selivan. Todo o rancho seguia a pé, pelas beiras do caminho, altas e mais secas, onde verdecia já a primeira ervinha esmeralda, e pelo meio da estrada ia o comboio, constituído de uma telega puxada por um velho cavalo isabel. Nela, estavam o violão de Apollinári e as *katsaviéikas*[24] das moças, levadas para o caso de mau tempo. Eu conduzia o cavalo, e, atrás, na qualidade de passageiras, estavam Roska e outras meninas, uma das quais segurava firme o cestinho dos ovos sobre os joelhos, e outra tinha sob os seus cuidados diversos objetos, mas sobretudo segurava o meu enorme punhal, que eu pendurara a tiracolo no velho cordão de borlas da espada do meu tio hussardo e balouçava de um lado a outro, dificultando-me muito os movimentos e desviando a minha atenção da condução do cavalo.

As moças, que iam a pé, cantavam: "Ararei o campinho, semearei cânhamo e linho", e o *rítor* acompanhava-as com voz de baixo. Os mujiques que nos acontecia encontrar pelo caminho saudavam-nos e perguntavam:

— Aonde ides?

---

[24] Espécie de jaqueta para mulher do traje nacional russo; é entretelada de algodão ou forrada de pele. (N. do T.)

As Ánnuchkas respondiam:

— Vamos capturar Selivanka.[25]

Os mujiques meneavam a cabeça e diziam:

— Gente doida!

Nós estávamos realmente numa espécie de embriaguez, tomados de uma necessidade irresistível, semi-infantil, de correr, cantar, rir e tudo fazer sem pensar no que pudesse vir depois.

Entrementes, a hora de viagem pelo caminho ruim começou a agir de modo desfavorável em mim; o velho cavalo dava-me fastio, e em mim arrefecera a vontade de segurar nas mãos as rédeas de corda; mas não longe, no horizonte, avistou-se, azuleante, a floresta de Selivan, e tudo se animou. O coração pôs-se a bater mais forte e a doer, como a Varo à entrada da mata de Teutoburgo.[26] Nesse instante, da orla do mato saltou uma lebre e atravessou a estrada, continuando a carreira pelo campo fora.

— Fu, que o diabo te carregue! — gritaram-lhe as Ánnuchkas.

Todas elas sabiam que o encontro com uma lebre não levava nunca a coisa boa. E eu também me acovardei e agarrei o meu punhal, mas, de tão levado pela preocupação de tirá-lo da bainha enferrujada, não notei que deixara cair as rédeas e, de modo totalmente inesperado para mim, acabei sob a telega virada, que o cavalo, atraído para a beira da estrada pela erva, virara completamente, tal que as quatro rodas estavam para cima e eu e Roska, com todas as nossas provisões, sob o peso da caixa do carro... Essa desgraça acon-

[25] Diminutivo de Selivan. (N. do T.)

[26] Varo Públio Quintílio (aproximadamente 53 a.C.-9 d.C.): general romano, governante de algumas regiões da atual Alemanha. O seu exército foi aniquilado na cerrada floresta de Teutoburgo pelos germânicos. (N. do T.)

teceu num momento, mas as suas consequências eram incontáveis: o violão de Apollinári fizera-se em pedaços, e os ovos quebrados corriam e lambuzavam-nos o rosto com o seu conteúdo. Roska, ainda por cima, berrava.

Eu estava terrivelmente abatido e tão desconcertado, que até achei melhor que não nos libertassem; mas eu ouvia já as vozes de todas as Ánnuchkas, que, a fazerem esforços para libertar-nos, imediatamente, e de um modo assaz conveniente para mim, esclareceram a razão da nossa queda. Eu e o cavalo não fôramos a causa: fora tudo obra de Selivan.

Aquela fora a sua primeira artimanha para não permitir a nossa chegada à sua floresta; ela, no entanto, a ninguém assustou muito e, até pelo contrário, causou a todos uma grande indignação e apenas reforçou a nossa decisão de cumprir o programa traçado, custasse o que custasse.

Era necessário apenas levantar a telega, colocar-nos em pé, lavar-nos em algum riacho da desagradável gosma dos ovos e ver o que, das provisões do nosso numeroso rancho para um dia, salvara-se do acidente.

Tudo isso foi feito assim, de qualquer jeito. Lavaram a mim e a Roska num riacho que corria bem junto à floresta de Selivan, e, quando os meus olhos se abriram, o mundo pareceu-me nem um pouco gracioso. Os vestidos cor de rosa das meninas e o meu *bechmiet*[27] de caxemira azul estavam inteiramente imprestáveis: a lama e os ovos haviam-nos deixado imprestáveis e não podiam ser lavados sem sabão, o que não tínhamos conosco. A panela de ferro fundido e a frigideira estavam rachadas, das trempes sobraram apenas os pés, e do violão de Apollinári restara somente o braço com as cordas nele enroladas. O pão e o restante da comida seca estavam enlameados. Estávamos sob a ameaça, no mínimo,

[27] Espécie de túnica. (N. do T.)

de fome por um dia inteiro, sem falar dos outros horrores que se sentiam em todas as coisas à nossa volta. No vale, sobre o riacho, silvava o vento, e a negra floresta, ainda não ornada de nenhuma verdura, murmurava e agitava os seus ramos para nós de modo sinistro.

O estado de espírito de todos nós abateu-se notavelmente, principalmente o de Roska, que sentia frio e chorava. Nós, porém, ainda assim resolvemos entrar no reino de Selivan, não importava o que pudesse vir depois.

Em todo o caso, uma mesma aventura não podia repetir-se sem nenhuma mudança dos seus lances.

X

Todos benzeram-se e começaram a entrar na floresta. Entravam medrosos e vacilantes, mas cada um escondia dos outros o seu medo. Todos apenas haviam combinado gritar uns pelos outros com a maior frequência possível. Mas, é bem verdade, grande necessidade de fazê-lo não houve, porque ninguém se embrenhou na floresta, e todos, como que por acaso, mantínhamo-nos agrupados perto da borda da mata e caminhávamos em linha, ao longo dela. Só o Apollinári revelou-se mais corajoso do que os outros e embrenhou-se um pouco na mata: estava preocupado em encontrar o lugar mais ermo e mais pavoroso, onde a sua declamação pudesse causar a mais terrível impressão possível nas ouvintes; mas, em compensação, mal Apollinári sumira de vista, na floresta, de repente, ressoou o seu grito agudo, ensandecido. Ninguém conseguia imaginar que perigo houvesse apanhado Apollinári, mas todos o abandonaram e largaram a correr da floresta para uma clareira e, depois, sem olhar para trás, para mais longe, pela estrada, em direção a casa. Assim correram todas as Ánnuchkas e todas as Moskas, e, atrás delas, ainda a gri-

O papão

tar de medo, passou qual flecha o próprio pedagogo, ao passo que eu e o meu irmãozinho ficamos sozinhos.

De todo o nosso rancho, não restou ninguém: abandonaram-nos não somente as pessoas, senão também o cavalo, seguindo o desumano exemplo das pessoas. Assustado com os seus gritos, sacudiu a cabeça e, virando-se na direção oposta à da floresta, partiu à toda para casa, depois de espalhar por valas e buracos tudo o que ainda restava na telega.

Aquilo não fora uma retirada, mas uma completa e a mais vergonhosa fuga, porque acompanhada não somente da perda do comboio, senão também da perda de todo o bom senso, além do fato de que nós, crianças, fôramos largados à própria sorte.

Sabe lá Deus o que passaríamos na nossa desesperada solidão, ainda mais perigosa pelo fato de sozinhos não podermos achar o caminho de casa, e de que o nosso calçado, uns sapatinhos macios de couro de cabra, não representava nenhum conforto para um percurso de quatro verstas por veredas encharcadas e, em muitos lugares, com poças frias. Para remate da desgraça, antes até de eu e o meu irmão conseguirmos imaginar todo o horror da nossa situação, ouviu-se o ronco de uma coisa na floresta e depois, da direção oposta à do riacho, veio uma friagem úmida.

Nós olhamos para além do vale e vimos que, do lado onde ficava o nosso caminho e para onde fugira vergonhosamente a nossa comitiva, vinha uma enorme nuvem pejada de chuva primaveril e com o primeiro trovão de primavera, ao qual as donzelas se lavam, aspergindo-se água de uma colherinha de prata, para elas próprias tornarem-se mais brancas do que a prata.

Vendo-me em situação tão desesperada, eu estava a ponto de começar a chorar, enquanto o meu irmãozinho já o fazia. Ele se fizera todo roxo, tremia de medo e frio e, com a cabeça inclinada sob uma moita, rezava ardentemente.

Aparentemente, atenderam a sua prece, e enviaram-nos um salvador invisível. No preciso instante em que reboou o trovão e nós já perdíamos os últimos restos de coragem, no bosque, atrás das moitas, ouviu-se um estalo, e, de trás dos grossos ramos de uma grande aveleira, assomou o rosto largo de um mujique desconhecido. O rosto pareceu-nos tão terrível, que soltamos um grito e largamos a correr à toda em direção ao riacho.

Fora de nós, atravessamos o barranco na corrida, voamos da margem úmida, que se esbarrondava, e fomos parar dentro de um riacho turvo, com água pela cintura e as pernas até ao joelho no lodo.

Era impossível continuar a fugir. À frente, o riacho era fundo demais para o nosso pequeno tamanho, e não podíamos ter esperança de cruzá-lo, e, além disso, na sua corrente brilhavam de modo terrível os ziguezagues dos raios — estes torciam-se e serpenteavam como cobras de fogo e como que se escondiam nas algas que haviam ficado do ano anterior.

Caídos na água, nós nos seguramos pelas mãos e ficamos hirtos, enquanto do alto caíam já sobre nós pesadas gotas de chuva. Mas foi esse entorpecimento que nos guardou do grande perigo, que não teríamos como evitar, se déssemos ainda que só mais um passo na água.

Nós podíamos facilmente escorregar e cair, mas, felizmente, fomos envolvidos por duas mãos negras e nodosas, e aquele mesmo mujique, que nos olhara de modo assustador de trás da aveleira, disse carinhosamente:

— Eh, meninos bobinhos, aonde fostes meter-vos!

Com essas palavras, apanhou-nos e carregou-nos para a outra margem. Ali, pôs-nos no chão, tirou o casaco, abotoado ao pescoço com um botão redondo de cobre, e com ele enxugou os nossos pés molhados.

Nós olhávamos para ele, entrementes, completamente desnorteados e nos sentíamos inteiramente à sua mercê, mas,

O papão

coisa estranha, os traços do seu rosto mudavam rapidamente aos nossos olhos. Não apenas já não lhes víamos nada de medonho, senão também, pelo contrário, o seu rosto parecia-nos muito bondoso e agradável.

Era um mujique robusto, atarracado, com algumas cãs nos cabelos e nos bigodes e na barba desgrenhada em tufos, olhos vivos, rápidos e sérios, mas nos lábios algo parecido a um sorriso.

Depois de tirar das nossas pernas, tanto quanto fora possível, a lama e o lodo com a fralda do casaco, ele até mesmo sorriu e falou de novo.

— Nada... nada... não tenhais medo...

Com isso, olhou em redor e continuou:

— Nada; vem uma chuva daquelas! (Já chovia forte.) A pé, meus meninos, não chegareis nunca a casa.

Em resposta, nós apenas chorávamos em silêncio.

— Não é nada, não é nada, não choreis, eu vos levarei nos braços! — disse ele e enxugou com a palma da mão o rosto lacrimoso do meu irmão, pelo que, nesse, imediatamente apareceram traços sujos. — Eh, vês como são sujas as mãos de um mujique — disse o nosso salvador e passou de novo a palma pelo rosto do meu irmão, agora para o outro lado, e, com isso, a sujeira não diminuiu, mas apenas recebeu um esfuminho para o outro lado. — Sozinhos, não conseguireis... Eu vos levarei... pois é, não conseguireis chegar a casa... e perdereis os sapatinhos na lama. — Sabeis andar a cavalo? — disse de novo o mujique.

Eu tomei a coragem de proferir uma palavra e respondi:

— Sei.

— Se sabes, então muito bem! — disse ele e num instante atirou-me a um ombro e o meu irmão ao outro e mandou-nos que nos segurássemos pelas mãos, atrás da sua nuca, cobriu-nos com o seu casaco, apertou a si os nossos joelhos e pôs-se a levar-nos, a passos rápidos e largos pela lama, que se abria e chapinhava sob as passadas firmes dos seus pés, calçados com grandes *lápti*.[28]

Nós íamos sentados sobre os seus ombros, e cobertos com o seu casaco. Isso devia formar uma figura para lá de grande, mas nós estávamos bem: o casaco estava molhado da chuva e ficara rijo de tal forma, que para nós, debaixo dele, estava seco e quentinho. Balouçávamos sobre os ombros do nosso carregador, como se sobre um camelo, e logo caímos num como estado cataléptico, e voltamos a nós ao pé de uma fonte, já na nossa propriedade. Para mim pessoalmente, aquele fora um verdadeiro e profundo sono, do qual o despertar não viera de repente. Recordo-me de que nos desembrulhou do casaco o mesmo mujique, rodeado então por todas as nossas Ánnuchkas, e todas elas arrancavam-nos das suas mãos e com isso repreendiam-no impiedosamente, e o casaco, em que ele nos protegera tão bem, atiraram ao chão com o maior dos desprezos. Para além disso, ameaçaram-no ainda com a chegada do meu pai e dizendo que correriam imediatamente à aldeia, chamariam mulheres e mujiques com manguais e lhe açulariam cães.

Eu decididamente não entendia tão cruel injustiça, e isso não era de admirar, pois em casa, com o governo temporário que então mandava em tudo, foi feita uma conspiração para que não nos fosse revelado quem era a pessoa a quem devíamos a nossa salvação.

— Não lhe deveis nada — diziam-nos as nossas guardiãs —, pelo contrário, ele é que causou tudo!

Por essas palavras eu compreendi imediatamente que nos salvara ninguém mais do que o próprio *Selivan* em pessoa!

---

[28] Espécie de alpargata, usada antigamente pelos camponeses russos e feita da trama de tiras da entrecasca de algumas árvores, como a tília e a bétula. (N. do T.)

O papão

XI

E de fato fora assim. No dia seguinte, em vista do retorno de papai e mamãe, revelaram-nos a verdade e fizeram-nos jurar que por nada deste mundo contaríamos aos dois o acontecido.

Naqueles tempos, em que havia servos da gleba, costumava ocorrer que os filhos dos senhores de terras nutrissem pelos criados de casa os mais ternos sentimentos e guardassem fielmente os seus segredos. Assim era também na nossa casa. Nós até escondíamos, como podíamos, aos nossos pais os pecados e faltas da "nossa gente". Faz-se menção a tais relações em muitas obras, em que se descreve a vida dos senhores de terras daqueles tempos. Quanto a mim, a amizade infantil com os nossos antigos servos representa, até hoje, a mais doce e afetuosa das recordações. Por eles nós ficávamos a saber de todas as necessidades e preocupações da vida de pobreza dos seus parentes e amigos do campo e aprendíamos a *compadecer-nos do povo*.[29] Mas esse próprio povo bondoso, infelizmente, nem sempre era justo e, às vezes, era capaz, por qualquer coisinha de nada, de lançar sobre o próximo uma sombra escura, sem preocupar-se com a danosa consequência que ela pudesse ter. Assim agia o "povo" também no caso de Selivan, de cujo verdadeiro caráter e normas de comportamento não queriam saber nada de fundamentado, mas, sem hesitação, sem medo de pecar contra a justiça, propagavam rumores que haviam feito dele um *papão* para todos. E, o que era de admirar, tudo o que se dizia dele não apenas parecia plausível, senão também tinha até sinais evidentes, pelos quais se chegava a pensar que Selivan era realmente má

---

[29] Mais uma indireta de Leskov contra os escritores de tendência revolucionária. (N. do T.)

pessoa e que nas proximidades da sua solitária morada aconteciam terríveis malfeitorias.

O mesmo ocorreu também naquele passo em que as pessoas responsáveis pela nossa proteção nos ralhavam: elas não apenas deitavam toda a culpa sobre Selivan, que nos salvara do mau tempo, como também lhe imputaram um novo delito. Apollinári e todas as Ánnuchkas contaram-nos que, quando Apollinári notara na mata uma colina bem boazinha, na qual lhe parecia bem declamar os seus versos, ele correu para ela, atravessando um pequeno barranco de bordas em declive e coberto de folhas secas do ano anterior, mas tropeçou numa coisa mole. Essa "coisa mole" mexera-se sob os pés de Apollinári e fizera-o cair, e, quando ele se levantava, viu que aquilo era o cadáver de uma jovem mulher camponesa. Ele observou que o cadáver estava vestido com um limpo *sarafan*[30] branco com bordados vermelhos e... tinha a garganta cortada, da qual corria sangue...

Ante um imprevisto tão horroroso, claro, podia-se realmente tremer de susto e deitar a gritar, como ele fizera; mas eis o que era incompreensível e admirável: Apollinári, como eu disse, havia-se afastado de todos os outros e tropeçara sozinho no cadáver da morta, mas todas as Ánnuchkas e Roskas juravam por isto e por aquilo que também *tinham visto* a morta...

— De outra forma — diziam elas — teríamos ficado assustadas daquele jeito?

E eu até hoje estou convicto de que não mentiam e de que estavam certas de haverem visto, na floresta de Selivan, uma mulher morta, vestida com um limpo traje camponês com bordados vermelhos e de garganta cortada, que soltava sangue... Como podia isso ter acontecido?

---

[30] Tradicional traje feminino russo. (N. do T.)

O papão

Porquanto escrevo não fantasias, mas coisas realmente acontecidas, aqui devo deter-me e ajuntar que o caso permaneceu sem explicação na nossa casa. Ninguém mais, além de Apollinári, podia ter visto a mulher morta, que jazia, pelas suas palavras, sob folhas secas, naquela cova, pois ninguém mais, além dele, lá estivera. No entanto, todos juravam que todos a haviam visto, como se a mulher morta se houvesse apresentado em todos os lugares, aos olhos de cada um. E, também, será que o próprio Apollinári teria realmente visto a tal mulher? Quase impossível, porque o caso se deu bem no período do degelo, quando em muitos lugares a neve ainda não derretera. As folhas das árvores jaziam sob a neve *desde o outono*, ao passo que Apollinári afirmava ter visto o cadáver com um traje branco e enfeitado de bordados vermelhos ainda limpinho e que o corte no pescoço ainda deitava sangue... Positivamente, não podia haver nada de verdadeiro em tudo isso, mas todos faziam o sinal da cruz e juravam haver visto a mulher tal qual haviam dito. E todos, depois, à noite, tiveram medo de dormir e ficaram aterrorizados, como se todos nós houvéssemos cometido um crime. Em breve, até eu fiquei com a convicção de que eu e o meu irmão também víramos a mulher assassinada. Aí começou entre nós um estado de medo generalizado, que terminou em que a história chegou ao conhecimento dos meus pais; o meu pai, então, escreveu uma carta ao *isprávnik*, e este veio à nossa casa com um sabre longuíssimo e interrogou a todos, um por vez, no gabinete do meu pai. O *isprávnik* até chamou Apollinári duas vezes e, na segunda, passou-lhe uma reprimenda tão rija, que, quando o moço saiu, ambas as suas orelhas ardiam como se estivessem em fogo, e de uma até saía sangue.

Isso também *nós todos vimos*.

Mas, como quer que tenha sido, com as nossas patranhas nós causamos grande desgosto a Selivan: revistaram a ele e a sua casa, esquadrinharam toda a sua floresta e mantiveram a ele próprio sob custódia, durante largo tempo, mas não foi encontrado nada de suspeito e não se achou nem sinal da mulher assassinada, que alegáramos ter visto. Selivan voltou de novo para casa, mas isso não o ajudou na opinião geral: a partir dali, todos sabiam que ele podia sempre escapar, mas era realmente, sem sombra de dúvida, um malfeitor, e não queriam ter nadinha com ele. E a mim, para não ficar exposto à intensiva ação do elemento poético, enviaram-me para um "pensionato nobre", onde comecei a aprender as ciências da cultura geral, em completa submissão, até aos festejos de Natal, quando chegou para mim o tempo de ir de novo para casa, com a forçosa passagem diante da hospedaria de Selivan, e de ver coisas terríveis com os meus próprios olhos.

XII

A má reputação de Selivan dava-me grande prestígio entre os meus colegas de pensionato, com os quais compartilhava as minhas informações acerca desse terrível homem. De todos os meus coetâneos dali, nenhum provara ainda tão terríveis sensações, como as de que eu podia gabar-me, e naquele momento, quando eu devia passar de novo por Selivan, ninguém se mostrava impassível e indiferente a isso. Ao contrário, a maioria dos companheiros compadecia-se de mim e dizia francamente que não gostaria de estar no meu lugar, e dois ou três valentes invejavam-me e alardeavam que gostariam muito de encontrar-se cara a cara com Selivan. Mas dois deles eram verdadeiros gabolas e o terceiro podia não ter medo de ninguém, porque, pelas suas palavras, uma sua avó tinha, num *antigo anel veneziano*, "*a pedra Tausen*", que tornava o seu proprietário "inacessível a toda e qualquer

O papão

desgraça".[31] Nós em casa não tínhamos tal preciosidade e, para mais, eu devia realizar a minha viagem de Natal não com cavalos nossos, mas com uma tia que um pouco antes das festas de Natal vendera a sua casa de Oriol e, depois de receber os trinta mil rublos por ela, rumava para a nossa, para lá, na nossa região, adquirir uma propriedade, em cuja negociação havia muito tempo o meu pai se empenhara.

Para meu desgosto, os preparativos de titia para a viagem demoraram dois dias inteiros por conta de alguns negócios importantes, e nós partimos de Oriol precisamente na véspera do Natal.

Viajávamos num espaçoso *vozok*, puxado por três cavalos, com o cocheiro Spiridon e o jovem criado Boriska.[32] No carro, estávamos acomodados a minha tia, eu, o meu primo, as priminhas e a aia, Liubov Timofiéievna.

Com bons cavalos e com o caminho em bom estado, podia-se ir de Oriol até à nossa pequena aldeia em cinco ou seis horas. Nós chegamos a Krómi às duas horas e paramos na casa de um negociante conhecido para tomar chá e dar de comer aos cavalos. Tal paragem para nós era habitual e, ademais, fora para atender aos cuidados com uma priminha, que ainda usava fralda.

O tempo estava bom, próximo já do degelo; mas, enquanto alimentávamos os cavalos, começou a esfriar levemente e, depois, a "fumar", isto é, a cair uma nevinha bem diminuta.

Titia deu-se a considerações: esperar aquilo passar ou, ao contrário, apressar-se, partir logo, para conseguir chegar a casa antes do desencadear-se de uma nevasca?

---

[31] A Pedra de Tausen, uma safira clara com um matiz de pena de pavão, era considerada um talismã de salvação. Ivan, o Terrível, tinha semelhante talismã num anel. (N. do A.)

[32] Diminutivo de Boris. (N. do T.)

Havia por percorrer pouco mais de vinte verstas. O cocheiro e o criado, que estavam com vontade de passar as festas com os parentes e amigos, asseguravam que nós conseguiríamos chegar bem — más só se não nos demorássemos e partíssemos imediatamente.

Os meus desejos e os desejos da minha tia também correspondiam plenamente ao que queriam Spiridon e Boriska. Ninguém desejava passar aquela festa em casa alheia, em Krómi. Para mais, titia era desconfiada e cheia de cismas, e com ela havia grande soma de dinheiro, guardada numa caixinha de madeira vermelha, coberta por uma baetilha grossa verde.

Pernoitar com tal fortuna de dinheiro na casa dos outros parecia a titia coisa não isenta de muito perigo, e ela decidiu seguir a sugestão dos nossos fiéis serviçais.

Um pouquinho depois das três horas, o nosso *vozok* estava atrelado, e nós partimos de Krómi em direção à aldeia de Kóltchevo, habitada por *raskólniki*;[33] mas, mal atravessáramos pelo gelo o rio Kroma, quando tivemos de repente a sensação de que nos faltava ar para respirarmos a plenos pulmões. Os cavalos corriam lestos, resfolegavam e agitavam a cabeça, num sinal certo de que também eles sentiam a insuficiência de ar. Entretanto, o trenó corria com extrema leveza, como se por trás o empurrassem. O vento era de trás e como que nos tangia, com redobrada velocidade, para um destino pré-determinado. Logo, porém, o traçado desenvolto do caminho começou a "gaguejar": sucediam-se já macios "hífens" de neve, e estes foram tornando-se cada vez mais frequentes, até que por fim o desenvolto traço inicial sumiu completamente.

---

[33] Dissidentes, membros de uma seita que não reconhecia as reformas litúrgicas do patriarca Níkon (1605-1675). (N. do T.)

O papão

A minha tia deitou a cabeça para fora do *vozok* com um olhar preocupado, para perguntar ao cocheiro se não perdêramos o caminho, e imediatamente atirou com o tronco para trás, porque a envolvera uma poeira fria, e, antes que conseguíssemos chamar um dos homens da boleia, a neve começou a cair em flocos espessos, o céu num instante escureceu e nos vimos em poder de uma verdadeira tempestade de neve.

XIII

Voltar a Krómi era tão perigoso quanto prosseguir caminho. Atrás, o perigo talvez fosse até maior, porque lá ficara o rio, que, nas cercanias da cidade, possuía muitos *prórubs*[34] e nós, sob a nevasca, podíamos facilmente não vê-los e ir parar sob o gelo, ao passo que, à frente, até à nossa aldeola, havia a estepe plana e só na sétima versta a floresta de Selivan, que, na tempestade, não aumentava o perigo, já que ali devia haver mais calma. Para além disso, no interior dela não havia caminho transitável — ele corria pela sua orla. A floresta podia ser-nos apenas uma útil indicação de que haveríamos percorrido metade do caminho até à casa, e por isso o cocheiro Spiridon passou a tocar os cavalos mais rijamente.

O caminho foi tornando-se cada vez mais difícil e nevoso: não havia já nem lembrança do álacre bater de antes sob os patins do trenó, e, pelo contrário, este arrastava-se sobre a neve fofa e logo começou a inclinar-se ora para um lado, ora para o outro.

[34] Abertura feita no gelo dos rios e lagos. (N. do T.)

Nós perdemos a calma de espírito e começamos, com cada vez mais frequência, a informar-nos acerca da nossa situação com o criado e o cocheiro, que nos davam respostas vagas e vacilantes.

Eles esforçavam-se por inspirar-nos confiança na nossa segurança, mas, evidentemente, tal confiança nem eles a tinham.

Após meia hora de rápida corrida, durante a qual o chicote de Spiridon estalara nos cavalos com frequência cada vez maior, fomos alegrados pela exclamação:

— Lá está, já se começa a ver a floresta de Selivan!

— Está longe?

— Não, já chegamos a ela.

E assim devia ser — seguíamos de Krómi havia já cerca de uma hora, mas passara já mais boa meia hora — seguimos, seguimos, e o chicote fustigava os cavalos sempre mais, e nada da floresta.

— Então como é isso? Onde está a floresta de Selivan?

Da boleia não respondiam.

— Onde está a tal floresta? — tornou a perguntar a minha tia. — Será que já não a passamos?

— Não, ainda não a passamos — responde Spiridon com voz surda, como se vinda de sob um travesseiro.

— Mas que significa isso?

Silêncio.

— Vinde cá! Parai! Parai!

Titia olhou por cima do pára-lamas e gritou a toda a força, com desespero: "Parai!", e recuou com ímpeto o tronco, acompanhada por uma nuvem inteira de flocos de neve, os quais sob a ação do vento não pousaram imediatamente, mas ficaram a esvoaçar, sacudindo-se, como moscas ensandecidas.

O cocheiro deteve os cavalos, e fez muito bem, porque eles se arrastavam e cambaleavam de cansaço. Se não lhes

O papão

houvesse sido dado, naquele instante, uma trégua, os pobres animais, provavelmente, haveriam caído.

— Onde estás? — perguntou titia a Boriska, que apeara.

Ele estava irreconhecível. Diante de nós, estava não uma pessoa, mas uma coluna de neve. O colarinho da peliça de lobo estava levantado e atado com um pedaço de pano. Tudo isso se cobrira de neve e conglomerara numa coisa só.

Boris não era conhecedor do caminho e respondia debilmente que, *pelo que lhe parecia*, nos perdêramos.

— Chama cá o Spiridon.

Chamar com a voz era impossível: a nevasca tapava a boca a todos e ela sozinha bramia e uivava no espaço com um furor pavoroso.

Boriska subiu à boleia para puxar com a mão Spiridon, mas... para tal precisou de muito tempo, antes de postar-se de novo ao lado do trenó e anunciar:

— O Spiridon não está na boleia!

— Como não?! Mas onde está, então?

— Eu não sei. Deve ter apeado para procurar sinais do caminho.

— Ai, meu Senhor! Não, não é preciso, não vás procurá-lo, senão vós dois desaparecereis, e nós todos morreremos aqui congelados.

Ao ouvirmos essa palavra, eu e o meu primo nos pusemos a chorar, mas nesse mesmo instante, ao lado do trenó, junto com Boríssuchka, surgiu outra coluna de neve, ainda maior e mais pavorosa.

Era o Spiridon, que se metera num saco de casca de tília de reserva, o qual lhe circundava a cabeça, todo cheio de neve e regelado.

— Mas onde é que viste a floresta, Spiridon?

— Eu vi, senhora.

— Mas onde está ela, agora?

— Pois se vê ainda.

Titia quis olhar, mas não enxergou nada, tudo estava escuro.

Spiridon assegurava que era porque ela "não sabia olhar", mas que ele havia muito enxergava a negra floresta, só que... e aí estava a desgraça: nós nos aproximávamos, e a floresta arredava-se.

— É tudo, com a vossa permissão, coisa do Selivachka. Está a levar-nos sabe-se lá pra onde.

Ao ouvirmos que caíramos nas mãos do malfeitor Selivachka num terrível momento daqueles, eu e o meu primo começamos a chorar ainda mais alto, mas titia, que de nascimento era uma senhorinha de aldeia e, depois, dama de regimento,[35] não se desconcertava tão facilmente como as senhoras citadinas, menos afeitas a todos os tipos de adversidades. Titia tinha experiência e jeito para as coisas, e elas salvaram-nos de uma situação que era realmente muito perigosa.

XIV

Não sei se a minha tia acreditava ou não no bruxedo perverso de Selivan, mas ela compreendeu perfeitamente que o mais importante de tudo para a nossa salvação era não esgotar as forças dos cavalos. Se eles se esfalfassem e, com isso, estacassem, e o frio ficasse mais rijo, então todos nós com certeza morreríamos. A nevasca nos sufocaria e o frio nos enregelaria. Mas, se os cavalos conservassem forças para caminharem lentamente, passo a passo, poderíamos ter a esperança de eles sozinhos, indo pelo vento, conseguirem encontrar de algum modo o caminho e levar-nos a algum lugar habitado. Lá fosse este uma pequena isbá sem aquecimento

---

[35] Esposa de um oficial do Exército. (N. do T.)

e sobre pés de galinha,[36] no fundo de uma vala, mas nela, pelo menos, não nos fustigaria tão raivosamente a nevasca e não haveria os solavancos que sempre se sentem a cada esforço dos cavalos para moverem as pernas cansadas... Lá poderíamos dormir. E de dormir tínhamos uma vontade medonha eu e o meu primo. A respeito disso, de nós a única feliz era a minha priminha pequena, que dormia sob uma quente peliça de coelho, no colo da ama, mas a nós dois não permitiam que dormíssemos. Titia sabia que isso era terrível, porque a pessoa adormecida sucumbe ao frio mais depressa. A cada minuto, a nossa situação piorava, pois os cavalos já mal conseguiam andar e o criado e o cocheiro, que iam na boleia, começaram a enregelar-se do frio intenso e a falar de modo incompreensível, e titia parou de prestar atenção a mim e ao meu primo, e nós, achegados um ao outro, adormecemos imediatamente. Até tive sonhos alegres: verão, o nosso jardim, a nossa gente, Apollinári, e tudo isso deu bruscamente lugar à excursão aos lírios do vale e a Selivan, a respeito de quem eu nem bem ouvia qualquer coisa, nem bem recordava algo. Tudo se misturou... e de um modo tal, que eu não conseguia distinguir o que se passava em sonho, o que em realidade. O frio dava-se a sentir, ouvia-se o uivo do vento e o pesado bater da esteira no teto do *vozok*, e bem diante dos meus olhos estava Selivan, com o gibão sobre um ombro e uma lamparina na mão estendida em direção a nós... Era tal visão um sonho ou um quadro da fantasia?

Mas aquilo não era sonho nem fantasia, e naquela noite terrível aprouvera realmente ao destino levar-nos à terrível hospedaria de Selivan, e nós não podíamos procurar salvação em outro lugar, porque em redor não havia nenhum outro lugar habitado. E, entretanto, tínhamos ainda conosco

[36] Referência à casa da Baba Iagá, bruxa dos contos populares russos. (N. do T.)

a caixinha da titia com os trinta mil rublos em dinheiro, que constituíam todos os seus bens. Como hospedar-nos com tão tentadora riqueza na estalagem de alguém tão suspeito como Selivan?

Certamente, estávamos perdidos! Aliás, a escolha podia ser só o que nos parecesse melhor: morrer de frio na nevasca ou cair sob a faca de Selivan e dos seus cúmplices?

XV

Assim como, durante o breve instante em que o raio corisca, o olho de repente distingue, de uma só vez, grande quantidade de objetos, desse mesmo modo, ao surgimento da lanterna com que Selivan nos iluminava, eu vi o terror de todos os semblantes da nossa desgraçada comitiva. O cocheiro e o criado por pouco não caíram de joelhos perante ele e ficaram petrificados ao inclinarem-se, e titia atirou com o tronco para trás como se quisesse esmagar o encosto do assento. A ama, por sua vez, abateu o rosto sobre o nenê e de repente encolheu-se tanto, que ela própria não ficou maior do que a criancinha.

Selivan mantinha-se mudo, mas... no seu rosto feio eu não via nem a menor maldade. Parecia-me, então, apenas mais concentrado do que quando me carregara nos ombros. Depois de haver olhado para nós, perguntou baixinho:

— Quereis esquentar-vos, não?

Titia refez-se do susto antes dos outros e respondeu-lhe:

— Sim, estamos quase congelados... salva-nos!

— Deus é que deve salvar! Avante com o carro, a isbá está aquecida.

E ele desceu da soleira da porta e pôs-se a iluminar com a lanterna o interior do *vozok*.

Entre o criado, titia e Selivan trocavam-se frases soltas

O papão

e breves, que expunham, da nossa parte, a desconfiança em relação a ele e o medo e, da parte de Selivan, uma certa ironia profundamente escondida de mujique e talvez também uma espécie de desconfiança.

O cocheiro perguntou:

— Há forragem para os cavalos?

Selivan respondeu:

— Encontraremos.

O criado Boris quis saber se havia *outros* hóspedes.

— Quando entrares, verás — respondeu Selivan.

Disse a ama:

— Mas não é perigoso ficar na tua estalagem?

— Se estás com medo, então não venhas.

Titia interrompeu-os, dizendo a cada um com a voz mais baixa possível:

— Basta, deixai-vos de remoques, que isso não ajuda em nada. É impossível continuar o caminho. Entreguemo-nos à vontade de Deus.

E, entretanto, no decorrer desses diálogos, nós nos achamos num recinto de tábuas, separado da ampla isbá. À frente de todos entrou titia, e atrás dela Boriska com a sua caixinha. Depois, entramos eu, o meu primo e a ama.

A caixinha foi colocada sobre a mesa, e sobre ela foi colocado um castiçal de lata engordurado de sebo, com um toquinho de vela, que daria para no máximo uma hora.

A prática perspicácia de titia dirigiu-se imediatamente para esse objeto.

— Antes de tudo — disse ela a Selivan —, traze-nos, *bátiuchka*, uma vela nova.

— Pois aí está uma vela.

— Não, traz uma nova, inteira!

— Uma nova, inteira? — replicou Selivan, apoiado com uma mão à mesa, e com a outra à caixinha.

— Vai, traz logo uma vela nova, inteira.

— Para que precisas de uma nova?

— Isso não é da tua conta; eu ainda demorarei a deitar-me. Talvez a nevasca passe e nós partamos.

— A nevasca não passará.

— Dá no mesmo; eu te pagarei pela vela.

— É sabido que sim, mas eu não tenho nenhuma.

— Procura, *bátiuchka*!

— Procurar o que eu não tenho pra quê?

Nessa conversa interveio uma voz fina, fraca e refraca de trás do tabique.

— Nós não temos, *mátuchka*, nenhuma velinha.

— Quem foi que falou? — perguntou titia.

— É a minha esposa.

O semblante de titia e da ama aclarou-se um pouco. A presença próxima de uma mulher parecia ter alguma coisa de animador.

— Mas ela o quê, é doente?

— Doente.

— De quê?

— É inválida. Deitai-vos, eu preciso do toco de vela para a lanterna. É preciso recolher os cavalos.

E por mais que conversassem com Selivan, ele insistia no mesmo: que precisava do toco de vela, e fim de conversa. Prometendo trazê-lo de volta, pegou-o e saiu.

Se Selivan cumpriu a promessa de trazer de volta o toco de vela, isso eu já não vi, porque eu e o meu primo de novo adormecemos, mas a mim uma coisa inquietava. Por entre o sono, eu ouvia às vezes o cochicho da titia com a ama e distinguia com maior frequência, nesse murmúrio, a palavra "caixinha".

Pelo jeito, a ama e os nossos outros criados sabiam que aquela continha coisas de valor, e todos notaram que ela, desde o primeiro momento, atraíra a ávida atenção do nosso suspeito anfitrião.

O papão

Dotada de grande experiência de vida, a minha tia viu a clara necessidade de agir de acordo com as circunstâncias, mas, em compensação, passou todas as determinações correspondentes à perigosa situação.

Para que Selivan não nos matasse a faca, foi decidido que ninguém dormiria. Foi ordenado que desatrelassem os cavalos, mas sem tirar-lhes as coelheiras, e que o cocheiro e o criado ficassem no carro; e eles não deviam separar-se, porque senão Selivan daria cabo de um e depois do outro e nós, então, ficaríamos desamparados. Ele, então, nos mataria, decerto, e enterraria a todos nós sob o assoalho da casa, onde jazia já uma grande quantidade de vítimas da sua ferocidade. Conosco, na isbá, o cocheiro e o criado não podiam ficar, porque então Selivan cortaria os laços da coelheira do cavalo do meio, para que fosse impossível atrelá-los, ou até daria a troica inteira aos seus comparsas, que por enquanto se mantinham escondidos em algum lugar. Nesse caso, nós não teríamos com que salvar-nos, quando era bem possível a nevasca amainar, e, então, o cocheiro se poria a atrelar os cavalos, Boris bateria três vezes na parede e todos nós nos atiraríamos ao pátio, tomaríamos assento e partiríamos. Para estarmos sempre prontos, ninguém se despira para deitar-se.

Não sei se o tempo passou devagar ou depressa para os outros, mas para nós, dois meninos adormecidos, ele voou como um instante, que foi bruscamente interrompido por um terrível despertar.

XVI

Eu acordei porque se me tornara difícil respirar. Abertos os olhos, não vi absolutamente nada, porque à volta estava escuro, e apenas à distância se via algo cinzento: isso indicava a janela. Mas, em compensação, tal como à luz da lanterna de Selivan eu vira os rostos de todos os presentes àquela cena horrível, então, num momento, lembrei-me de tudo: quem eu era, onde estava, por que estava ali, as pessoas queridas da casa paterna — e tive um sentimento de pena de tudo e de todos, bem como de dor e medo, e deu-me vontade de começar a gritar, mas isso não me era possível. Os meus lábios estavam fortemente compressos por uma mão humana, e uma voz tremida sussurrou-me ao ouvido:

— Nem um pio, quieto, nem um pio! Estamos perdidos! Estão a forçar a porta...

Eu reconheci a voz de titia e apertei-lhe a mão em sinal de que compreendia a sua ordem.

Detrás da porta, que abria para o vestíbulo, ouvia-se um rumor leve... alguém andava pé ante pé e corria as mãos pela parede... Aparentemente, o malfeitor procurava a porta, mas não conseguia encontrá-la...

Titia apertou-nos contra si e murmurou que Deus ainda poderia ajudar-nos, porque ela barricara a porta. Mas, nesse exato momento, talvez porque nós nos tivéssemos denunciado, com o nosso cochicho e tremor atrás do tabique, onde era a isbá e de onde, durante a conversa acerca da vela, se fizera ouvir a esposa de Selivan, alguém saiu correndo e engalfinhou-se com aquele que se aproximava sorrateiramente da nossa porta, e os dois começaram a forçar a entrada; a porta começou a estalar, e aos nossos pés vieram voando a mesa, um banco e as malas, com os quais titia quisera defender-se, e na porta escancarada surgiu a cara do Boríssuchka, cujo pescoço apertavam as poderosas mãos de Selivan...

Ao ver aquilo, titia gritou com Selivan e atirou-se a Boris.

— *Mátuchka*! Deus salvou-nos — disse Boris com estertor.

O papão

Selivan tirou as mãos dele e ficou parado.

— Depressa, depressa, para longe daqui — disse titia.

— Onde estão os nossos cavalos?

— Junto ao alpendre, *mátuchka*, eu apenas vinha chamar vossoria... Mas este bandoleiro... Deus salvou-nos, *mátuchka*! — balbuciou Boris, atropelando as palavras, agarrando a mim e ao meu primo pelas mãos e recolhendo pelo caminho tudo o que lhe caía nas mãos.

Todos juntos atiramo-nos em direção à porta, pulamos para o carro e partimos em disparada, forçando ao máximo os cavalos. Selivan parecia estar terrivelmente confuso e seguiu-nos com o olhar. Pelo jeito, devia pensar que aquilo não poderia passar sem consequências.

Clareava já, e à nossa frente, no levante, ardia o crepúsculo rubro e frio do Natal.

XVII

Nós chegamos a casa em não mais de meia hora, mas a falar o tempo todo, ininterruptamente, nos medos sofridos. Titia, a ama, o cocheiro e o criado, todos se interrompiam reciprocamente e benziam-se sem cessar, agradecendo a Deus a nossa miraculosa salvação. Titia dizia não haver dormido durante a noite inteira, por ouvir, o tempo todo, alguém aproximar-se e tentar abrir a porta. Foi isso que a fez atravancar a entrada com tudo o que lhe caísse nas mãos. Ela também ouvia um cochicho suspeito atrás do tabique de Selivan e tinha a impressão de que ele, cá e lá, abria de mansinho a sua porta, saía ao vestíbulo e experimentava o fecho da nossa porta. Tudo isso ouvia-se também pela ama, embora ela, conforme dizia, pegasse no sono por minutos. O cocheiro e Boris viram mais do que todos. A temer pelos cavalos, o cocheiro não arredara pé deles nem por um minuto, ao passo que Boris várias vezes abeirara-se da nossa porta, e, em todas elas, Selivan surgira-lhe no limiar da sua. Quando a nevasca cessou, pouco antes do amanhecer, o cocheiro e Boris atrelaram silenciosamente os cavalos e de mansinho levaram o *vozok* para fora da estalagem, abrindo eles próprios os portões; mas, quando Boris, da mesma forma silenciosa, chegou de novo à nossa porta, para levar-nos, então Selivan, ao ver que a presa estava a fugir-lhe das mãos, atirou-se sobre Boris e começou a estrangulá-lo. Foi realmente por Deus que não tenha conseguido matá-lo, e Selivan, agora, não se safaria, como nas vezes anteriores, apenas como objeto de suspeita: as suas más intenções eram demasiado claras e demasiado evidentes, e tudo se passara não entre ele e uma pessoa sozinha, mas diante de seis testemunhas, das quais só a minha tia, pela sua importância, valia por várias, porque em toda a cidade era considerada mulher de grande inteligência e, não obstante a sua mediana condição, era visitada pelo governador, e o nosso *isprávnik* daquele tempo devia-lhe o arranjo de um ditoso estado familiar. Bastaria uma palavra dela, e ele, claro está, começaria imediatamente a investigar o caso pelas pistas ainda frescas, e Selivan não escaparia do laço que tencionara deitar aos nossos pescoços.

Todas as circunstâncias pareciam haver-se combinado de modo que tudo se juntasse para a nossa imediata vingança de Selivan e a sua punição pelo bestial atentado à nossa vida e patrimônio.

Quando nos aproximávamos de casa, depois do manancial da montanha, encontramos um jovem cavaleiro, que, ao ver-nos, alegrou-se doidamente, bateu com as pernas pelos flancos do cavalo e, com o chapéu tirado desde longe, galopou até nós com cara radiante e começou a contar à minha tia a inquietação que causáramos a todos de casa.

Ficamos sabendo que papai, mamãe e todos os outros de casa também não tinham dormido. Esperavam-nos sem

O papão   253

falta para aquela noite e, a partir do momento em que começara a nevasca, todos foram tomados por grande apreensão — não perdêramos nós o caminho ou não nos teria acontecido outra desgraça? Podia haver-se quebrado o varal do carro num buraco da estrada, lobos podiam haver-nos atacado... O meu pai enviara ao nosso encontro várias pessoas a cavalo e com lanternas, mas a tempestade arrancava estas das suas mãos e apagava-as, e nem as pessoas nem os cavalos conseguiam afastar-se de casa. O cavalo pateia, pateia um tempão, e o cavaleiro acha, o tempo todo, que vai contra a nevasca, mas de repente o animal estaca e não dá mais nenhum passo em frente. O cavaleiro tenta fazê-lo prosseguir, embora ele próprio mal consiga respirar, de tanto arquejar, mas o cavalo não se move... O homem apeia-se para tomar a rédea e conduzir avante o animal amedrontado, e, de repente, descobre que o seu cavalo está parado com a testa apoiada na parede da estrebaria ou do telheiro... Apenas um dos enviados em reconhecimento lograra afastar-se um pouco mais de casa e tivera um verdadeiro encontro na estrada: o correeiro Prokhor. Fora-lhe dado um resistente cavalo batedor, que mordia o freio entre os dentes, de modo que o ferro não lhe tocava os beiços, e com isso era insensível a todos os puxões da rédea. Ele levou Prokhor bem ao meio da nevasca e galopou por um longo tempo, dando coices e curvando o pescoço para os joelhos dianteiros, até que, por fim, num desses solavancos, o correeiro voou-lhe por sobre a cabeça e abateu-se, com todo o seu peso, sobre uma estranha pilha de pessoas vivas, que não lhe demonstraram, desde o primeiro momento, nenhuma amistosidade. Pelo contrário, uma delas já lhe ministrou imediatamente um soco na cabeça, outra quis endireitar-lhe a espinha com um golpe, e uma terceira pôs-se a pisoteá-lo e a bater-lhe com algo frio, de metal, extremamente desagradável de sentir na pele.

Prokhor era um rapaz esperto: ele compreendeu que estava a tratar com seres especiais e pôs-se a berrar como um doido.

O terror sentido por ele, devia ter conferido uma força especial à sua voz, e ele foi imediatamente ouvido. Para a sua salvação, naquele exato momento, a três passos dele, apareceu uma "brilhação de fogo". Era o fogo posto à janela da nossa cozinha, sob cuja parede se haviam abrigado o *isprávnik*, o seu escrivão, o soldado recadeiro e o cocheiro com uma troica, que se incrustara num montão de neve.

Eles também haviam perdido o caminho e, vindo parar na nossa cozinha, pensavam encontrar-se no meio dum prado, ao pé de uma enorme meda de feno.

Eles foram desenterrados da neve e convidados, uns para a cozinha, outros para a casa, onde o *isprávnik* estava naquele momento a tomar chá, preparando-se para voltar para a cidade, para junto dos seus, antes que estes acordassem e ficassem preocupados com a sua ausência, após uma noite de tal nevasca.

— Ora, pois muito bem — disse titia —, o *isprávnik* é justamente a pessoa mais necessária neste momento.

— Sim! Ele é um sujeito de mão firme e vai mostrar a Selivan o que é bom! — concordaram os outros, e nós nos metemos a galope e chegamos a casa quando a troica do *isprávnik* estava ainda junto ao nosso alpendre.

Tudo seria imediatamente contado a ele, e, meia hora depois, o bandoleiro Selivan estaria já nas suas mãos.

XVIII

O meu pai e o *isprávnik* ficaram impressionados com o que passáramos no caminho e principalmente na casa bandoleira de Selivan, que quisera matar-nos e apoderar-se das nossas coisas e dinheiro...

O papão

A propósito, acerca do dinheiro. À menção dele, titia imediatamente exclamou:

— Ai, meu Deus! Onde é que está a minha caixinha?!

Realmente, onde é que estava a tal caixinha e o dinheiro nela guardado?

Podeis imaginar, ela não estava conosco! Sim, sim, ela não se encontrava nos quartos, entre as coisas ali postas, nem no *vozok*, em suma, não estava em lugar nenhum... A caixinha ficara na casa de Selivan e, naquele momento, estava nas suas mãos... Ou talvez ele a roubara ainda de noite. Isso era--lhe perfeitamente possível; ele, como dono da casa, devia conhecer todas as frestas do seu tugúrio, e havia ali decerto muitas delas... Podia haver uma tábua levadiça no seu assoalho e uma tabuinha postiça no tabique.

E mal o *isprávnik*, com a sua experiência de investigação das ações de bandoleiros, fizera a conjectura acerca da tabuinha postiça que Selivan podia haver retirado à noite, de mansinho, para, pelo buraco, surripiar a caixinha, titia cobriu o rosto com as mãos e caiu numa poltrona.

Temendo pela sua caixinha, ela precisamente a escondera num cantinho sob um banco encostado ao tabique de separação entre o nosso abrigo noturno e a parte da isbá em que ficavam Selivan e a esposa...

— Pois aí está! — exclamou o *isprávnik*, alegrando-se com o acerto das suas considerações de perito. A senhora própria chegou-lhe a caixinha com a mão!... Mas, ainda assim, eu me admiro de que nem a senhora nem a sua gente, ninguém a tenha agarrado quando chegou o momento de partir.

— Oh, Deus meu! Nós todos estávamos aterrorizados! — gemia titia.

— Lá isso também é verdade, verdade; eu acredito na senhora — disse o *isprávnik* —, tinha boas razões para estar com medo, mas ainda assim... uma soma tão grande... um dinheiro tão bom. Irei já à casa dele, a galope... Ele decerto já se escondeu em algum lugar, mas não conseguirá escapar de mim! Para a nossa felicidade, todos sabem que ele é um ladrão e ninguém gosta dele: ninguém vai abrigá-lo... A propósito, agora ele tem dinheiro em mãos... pode dar uma parte... Devo apressar-me... O povo é velhaco... Adeus, eu já vou. Não se preocupe, tome umas gotas de calmante... Eu conheço essas naturezas criminosas e asseguro-lhe que ele será apanhado.

E o *isprávnik* já cingira o sabre à cintura, quando de repente, na antessala, ouviu-se um movimento insólito das pessoas que lá estavam e... pela porta do salão, onde nós todos nos encontrávamos, a respirar com dificuldade, entrou Selivan com a caixinha de titia nas mãos.

Todos nos levantamos dum salto e ficamos parados como se pregados ao chão...

— Vosselência esqueceu esta caixinha, tome-a — pronunciou ele com voz surda.

Mais do que isso ele não conseguiu falar, porque estava completamente sem fôlego pela caminhada rápida e excessiva e talvez também pela forte agitação de espírito.

Ele depôs a caixinha sobre a mesa e, em seguida, sem esperar oferecimento, sentou-se numa cadeira e baixou a cabeça e os braços.

XIX

A caixinha estava intacta. Titia tirou uma chavinha do pescoço, abriu-a e exclamou:

— Está tudo como deixei, tudo!

— Tudo salvo... — disse Selivan, a meia-voz. — Corri o tempo todo atrás... queria alcançar... não fui capaz... Desculpe se me sento em vossa presença... estou que nem consigo respirar...

O papão

Papai foi quem primeiro se abeirou dele, abraçou-o e beijou-lhe a cabeça.

Selivan não se moveu.

Titia tirou da caixinha duas notas de cem rublos e pôs-se a metê-las nas mãos de Selivan.

Este continuou sentado e olhava como se não entendesse nada.

— Pega o que te dão — disse o *isprávnik*.

— Pelo quê? Não é preciso!

— Por teres guardado honestamente um dinheiro esquecido na tua casa e por o teres trazido à dona.

— Mas como poderia ser? Eu lá podia agir desonestamente?

— Oh, não... tu és uma pessoa boa... não pensaste em roubar nada dos outros.

— Roubar dos outros!... — Selivan meneou a cabeça e acrescentou: — Eu não preciso das coisas dos outros.

— Mas tu és pobre, pega para aliviares um pouco a tua situação! — dizia-lhe carinhosamente a minha tia.

— Toma, toma — tentava convencê-lo o meu pai. — Tens direito a isso.

— Que direito?

Foi-lhe falado da lei, segundo a qual quem encontre um objeto perdido e o entregue ao dono, tem direito a um terço do valor da coisa encontrada.

— Que lei é essa, ora — respondeu ele, afastando novamente a mão da minha tia com as duas notas. — A desgraça dos outros não leva ninguém para a frente... Não é preciso! Adeus!

Dito isso, ele levantou-se da cadeira para voltar à sua difamada hospedaria, mas o meu pai não o deixou ir. Papai levou-o para o seu gabinete, fechou-se lá com ele a chave e, depois de uma hora, ordenou atrelarem um trenó e levarem-no para casa.

Um dia depois, sabia-se do acontecimento na cidade e nos arredores, e, dois dias mais tarde, papai e titia foram a Krómi e, parando na estalagem de Selivan, tomaram chá na sua isbá e deixaram uma peliça bem quente para a sua esposa. No caminho de volta, eles novamente o visitaram com algumas oferendas: chá, açúcar e farinha.

Selivan aceitava tudo polidamente, mas de mau grado, e dizia:

— Por que isso? Faz já três dias que começou a aparecer gente... Começou a entrar dinheiro... fizemos *schi*...[37] As pessoas não têm medo de nós, como antes.

Quando, depois dos festejos, me enviaram de volta ao pensionato, levava eu outra oferenda dos meus pais a Selivan, e, enquanto bebia chá na sua casa, olhava-lhe o tempo todo o rosto e pensava: "Que rosto bonito e bondoso ele tem! Por que será que a mim e aos outros, durante tanto tempo, ele pareceu um *papão*?".

Esse pensamento perseguia-me e não me deixava em paz... Mas era a mesma pessoa que a todos parecia tão terrível e que todos consideravam feiticeiro e malfeitor. E por tanto tempo tudo fazia crer que ele só estivesse ocupado em maquinar malfeitorias e em perpetrá-las. Por que será que ele se tornara tão bom e agradável?

XX

Fui muito feliz na infância, no sentido de que as primeiras lições de religião me foram dadas por um verdadeiro cristão. Chamava-se Efim Ostromíslenski, sacerdote de Oriol, grande amigo do meu pai e amigo de todos nós, crianças, a

---

[37] Sopa de repolho, muito apreciada na Rússia. (N. do T.)

quem sabia ensinar a amar a verdade e a compaixão. Eu não contara nada aos companheiros de pensionato acerca da noite de Natal passada na estalagem de Selivan, porque nisso tudo não havia nada em abono da minha bravura e, pelo contrário, poderiam até rir-se do meu medo, mas eu revelei todas essas aventuras e dúvidas ao pai Efim.

Ele me acarinhou e disse:

— Tu és muito feliz; a tua alma, no dia de Natal, foi como a manjedoura para o santo menino, vindo ao mundo para sofrer pelos infelizes. Cristo iluminou-te as trevas com que a parolagem das pessoas ignorantes envolvera a tua imaginação. O papão não era Selivan, mas vós próprios, a vossa prevenção contra ele, a qual não permitia a ninguém ver a sua consciência pura. O seu rosto parecia-vos escuro porque o vosso olho era escuro. Atenta bem nisso, para que, em outra ocasião, não sejas tão cego.

Esse foi um conselho inteligente e belo. Nos anos ulteriores da minha vida, eu estreitei relações com Selivan e tive a felicidade de vê-lo tornar-se uma pessoa querida e respeitada por todos.

Na nova propriedade comprada pela minha tia, havia uma boa estalagem num ponto de movimento da estrada real. Pois bem, titia ofereceu-a a Selivan em condições muito vantajosas para ele, e Selivan aceitou a proposta e viveu ali até o fim da vida. Ali realizaram-se os meus distantes sonhos de infância: eu não apenas me tornei amigo íntimo de Selivan, senão também nós chegamos a um estado de completa confiança e amizade de um para o outro. Eu vi a sua situação mudar para melhor, vi como entraram na sua casa a tranquilidade e, aos poucos, a abastança, e o olhar das pessoas que encontravam Selivan trocar a expressão sombria de antes pela satisfação. E, realmente, tão logo se iluminaram os olhos das pessoas que circundavam Selivan, também se iluminou o próprio rosto dele.

Entre os servos da minha tia, uma pessoa não nutria lá grande afeto por Selivan — o criado Boríssuchka, a quem ele por pouco não estrangulara naquela memorável noite de Natal.

Dessa história, de vez em quando, fazia-se muita pilhéria. O caso daquela noite explicava-se assim: todos suspeitavam que Selivan tivesse a intenção de roubar a minha tia, e o próprio Selivan, por sua vez, tinha a forte suspeita de que o cocheiro e o criado haviam parado na sua estalagem de propósito, com o intuito de, à noite, roubarem todo o dinheiro da minha tia e depois, do modo mais cômodo, deitarem toda a culpa sobre ele.

A desconfiança e a suspeita de uma parte suscitaram a mesma desconfiança e suspeita da outra, e a todos parecera que todos eram inimigos entre si e que todos tinham fundamento para julgarem uns aos outros pessoas inclinadas ao mal.

Assim, o mal gera sempre outro mal e é vencido somente pelo bem, que, segundo o evangelho, torna puros o nosso olho e o nosso coração.

XXI

Resta, no entanto, terminar de contar por que Selivan, desde que abandonara o padeiro, se tornara sombrio e fechado. Quem então o amargurara e repelira?

O meu pai, de boa disposição para com aquele bondoso homem, ainda assim achava que ali devia haver algum *segredo*, que Selivan ocultava obstinadamente.

Assim era de fato, mas Selivan contou o seu segredo somente à minha tia, e isso somente depois de vários anos de vida na propriedade dela e da morte da sua sempre doente esposa.

Certa feita, quando, ainda moço, fui visitar titia e nós começamos a recordar Selivan, falecido pouco antes, ela me contou o seu segredo.

O caso consistia em que Selivan, dada a terna bondade do seu coração, ficara comovido com o amargo destino da desamparada filha do carrasco aposentado, falecido na sua cidade. Ninguém quisera acolher essa menina, por ser ela filha de uma pessoa desprezada. Selivan era pobre e, ademais, não podia resolver-se a ter consigo a filha do carrasco numa cidadezinha em que todos conheciam a ela e a ele, que portanto deveria ocultar a todos a sua origem, da qual ela não tinha culpa. De outro modo, ela não escaparia às pesadas injúrias das pessoas incapazes de ser misericordiosas e justas. Selivan escondia-a porque vivia com o temor de que a reconhecessem e ofendessem, e essa necessidade de dissimulação e constante desassossego comunicaram-se a todo o seu ser e em parte deixaram nele a sua marca.

Assim, cada um que chamava "papão" a Selivan, era, em muito maior medida, um verdadeiro "papão" para ele.

(1885)

SOBRE OS CONTOS

Noé Oliveira Policarpo Polli

A SENTINELA

Publicado primeiramente na revista *Rússkaia Misl* (*O Pensamento Russo*), em 1887, sob o título "Spassiénie poguibáiuschego" (Salvação de um moribundo). O seu enredo contém fatos confirmados por muitos memorialistas daqueles anos.

Na fase mais madura da obra de Leskov, a afirmação do caráter heroico da vida de uma pessoa íntegra na Rússia era inseparavelmente ligada à negação satírica de determinadas esferas da realidade de então. Póstnikov é um homem simples e não têm consciência da monstruosidade do Estado absolutista, que exaure as energias, as capacidades e possibilidades de crescimento da gente do povo, empregando-a em trabalhos inúteis, cujo eventual proveito beneficiará um parasita ou outro. As engrenagens do regime despótico são tão terríveis, que uma pessoa boa, depois de realizar um ato de amor ao próximo, a mando da consciência e não do cálculo, recebe castigo por ele e deve considerar-se feliz de haver saído viva da história.

Com a personagem, Leskov repete uma ideia muito cara a ele, qual seja, a das "pequenas grandes pessoas", que, embora pela modesta condição, estejam à margem dos acontecimentos históricos, determinariam de fato os destinos do seu país. Ele era um dos *postepiéntsi* (gradualistas), que acreditavam que pequenos passos levariam às mudanças sociais aneladas por quase todos, em contraposição aos *neterpelívtsi* (impacientes), para quem a Rússia, por ocupar um sexto da terra firme do globo, não poderia esperar quatro passagens do cometa de Halley pelo Sistema Solar. Póstnikov desperta compaixão e mereceria viver em um mundo melhor, mas o total embotamento da sua percepção da realidade, a par da evangélica aceitação da bofetada no rosto, jamais o deixariam insurgir-se contra a ordem imposta de cima pelos que vivem do sangue e das forças dos trabalhadores.

O VELHO GÊNIO

Publicado primeiramente na revista *Oskólki*, 1884, números 4 e 5. Republicado na coletânea *Contos das festas de Natal*, em 1886, com a inclusão de algumas frases que situavam a ação na proximidade do dito feriado, e umas poucas pequenas modificações. Num primeiro momento, por causa da sempre vigilante censura oficial, iniciava-se com as seguintes palavras: "Em tempos já distantes...".

As personagens não usam um russo culto, por isso a tradução traz palavras, construções e expressões incorretas e deturpadas, próprias de pessoas pouco afeitas ao vernáculo.

A situação trágica da personagem feminina, solucionada de modo tão heroico e brejeiro, dá um retrato sem retoques da realidade russa de então. Leskov, tendo trabalhado como escrevente em um tribunal, conhecia profundamente o lado burocrático do sistema penal e mostra-nos a vulnerabilidade do cidadão comum diante da lei e a parcialidade da justiça em relação aos parasitas nascidos sobre colchão de dinheiro.

Sobre os contos

Homens interessantes

Publicado inicialmente na revista *Nov*, 1885, tomo III, números 10 e 11, de 15 de março e 1 de abril. O título, bem como em parte o tema do conto, foi inspirado pelo ensaio "Aonde foi parar um certo bom tipo russo?", de Glieb Uspiénski (1843-1902), escritor russo da escola realista.

O leitor e a leitora devem haver ficado a perguntar-se quem são esses tais homens interessantes. Pela conversa inicial, em que o narrador participa em casa de conhecidos, são os homens inteligentes e bem postos, não necessariamente jovens e bem parecidos, que cativam as mulheres com a sua palestra agradável e modos refinados, conseguindo, com isso, ser amados por elas.

O único exemplar da espécie, dentre as personagens do conto, é Avgust Matviéitch. A maneira comovida como se refere à falecida esposa e a veneração que continua a votar-lhe atestam que ele saberia fazer qualquer mulher sentir-se especial na sua companhia; a isso junte-se a boa aparência, o garbo dos movimentos, a cultura e a simpatia. Pessoa realmente extraordinária, merece o nome latino (de *augustus*, magnífico). Como não admirarmos a sua dignidade e sangue-frio diante da turba de milicos dispostos a linchá-lo? Ele é o intimorato capitão que segura firme o leme da nau em meio à tormenta. Inicialmente pintado como um avatar do capeta, revela a sua natureza delicada e superior, ao intuir o sofrimento do jovem alferes e chamar-lhe "criança".

Agora, outra pergunta, decorrente da primeira: Deve Sacha incluir-se no rol dos "homens interessantes"? A única coisa dele que pode remeter-nos a Avgust Matviéitch é o medalhão com a efígie da prima, mas isso não passa de mera coincidência. A pouca parecença da imagem com o modelo vivo e a reiterada ausência de maiores dotes nas personalidades do amante e da amada são sintetizadas na frase de que aquilo era mais "uma brincadeira de crianças" do que qualquer outra coisa. O irmão dela bem que tentou fazê-lo dar o devido despacho à situação, mas ele ou não amava a moça suficientemente para pedi-la em casamento, ou, mais provavelmente, escapou de casar-se com uma sonsa, pois ela aceitou na hora um homem "sem agradabilidades para o sexo feminino" e com idade para ser seu pai só por este ter posição na sociedade. Se Avgust Matviéitch carregava a lembrança do amor da esposa na forma de um bracelete impossível de tirar do pulso, era pela consciência do tesouro que perdera e pela necessidade de tirar disso forças para continuar a viver; no caso de Sacha, o suicídio "pelo coração da amada" e "pela sua nobreza no amor" mostra tão somente a sua imaturidade, a pobreza do seu mundo interior e a estreiteza do seu círculo de interesses, nas quais o desaparecimento de um traste sem valor basta a decretar a ruína da casa. Porém, entre a gente simples do lugar, correu voz segundo a qual o seu ato, desproporcional à gravidade da situação, fora para "proteger um segredo da amada" etc. etc.; as carpideiras e principalmente as ciganas cantoras — "catedráticas e sacerdotisas do estilo trágico no amor" — ecoaram isso até às alturas do céu e, em resultado, a cidade quase foi varrida do mapa por um rio de lágrimas. A comoção foi tamanha, que abalou até uma rica dama russa que odiava a Rússia e tudo o que era russo. Tal personagem parece estar fora de lugar e "estragar a arquitetura do conto", como escreve Leskov, mas ela veio para expressar uma avaliação dos fatos em nome do narrador. Pois bem, como o escritor compara o funeral de Sacha a um trabalho de um refinado grupo teatral alemão, nós podemos encarar tudo o que aconteceu no hotel como uma ótima peça excelentemente representada em um teatro vazio; o dilaceramento das almas da gente do lugar, por sua vez, foi a invasão do palco por um público ávido de emoções, que ficara a saber da tragédia ocorrida a um dos atores no finalzinho da ence-

Sobre os contos

nação, e da sua "causa amorosa"; público majoritariamente feminino e, portanto, especialmente sensível às questões do coração, tomou aquela desgraça como sua, pessoal ("... todas balbuciavam com lábios trementes palavras carinhosas e choravam por ele, como se pelo melhor amigo, como se pelo próprio amado, a quem apertassem e acarinhassem junto ao coração pela derradeira vez"); não foram exéquias solenes e com pompa, mas com uma "dor verdadeira das pessoas", e "terríveis", e chegaram a eletrizar a atmosfera com um "sacolejamento geral de corações". A nossa rica senhora e a sua professora de inglês entram aqui como personagens marginais, no sentido de que estão à margem da torrente de soluços e lágrimas que passa embaixo do balcão da sua residência: elas assistem a tudo como dois críticos em confortável camarote; o lornhão com que a primeira deita um olhar frio sobre a multidão sublinha a acuidade da sua percepção dos enredos da vida humana: "A juventude é louca em todas as partes, e a loucura, às vezes, parece heroísmo, e heroísmo agrada às massas". Ela, porém, acaba mais ou menos puxada pela voragem da comoção geral, de modo que a conclusão da resenha da peça fica para a inglesa, pessoa ainda mais estranha a tudo aquilo e estudiosa dos costumes russos, tão escrupulosa, que conferia as suas impressões com as de outros estrangeiros que haviam visitado o país antes. Deve ter sido algo mais ou menos assim: Na Rússia, tudo — o bom e o ruim — atinge proporções inimagináveis alhures. E a vida parece espreitar a ocasião propícia para imitar a arte.

Mas e Sacha, vai para a lista dos "homens interessantes" ou não vai? Não deveria ir, se consideradas as condições anteriormente exigidas para tal distinção. Por outra parte, as palavras de fecho do conto insinuam que o seu ato tresloucado proveio do seu sentimento de "honra pessoal" (este associa-o a Avgust Matviéitch, que procurara pelo dinheiro apenas "por questão de honra"); portanto, fique ele lá onde o colocou o clamor popular. Nem que seja para justificar-se o plural do substantivo e do adjetivo do título.

Vale observar, por fim, que este conto deu origem ao filme *Interiésnie muschíni* (*Homens interessantes*), dos estúdios Máster, em 2003, com direção de Iuri Kara.

O EXPELE-DIABO

Publicado, primeiramente, na revista *Nóvoie Vriémia* (*Novo Tempo*), com o título "A noite de Natal de um hipocondríaco", em 1879. O título *Tchertogon*, que significa "expulsão do diabo", foi dado após reelaboração estilística e abreviação do conto para publicação numa coletânea do autor em 1881.

O expele-diabo é tido e havido como um ritual místico, mas não passa de uma pândega ruidosa com pretensões a uma essência mística, a qual seria a purificação da "alma" e a expulsão do diabo do corpo. Um rico comerciante reúne amigos em um restaurante luxuoso e com eles, sob os ritmos de uma orquestra de ciganos, promove ruidoso, rude e até violento folguedo de uma noite inteira; gasta-se uma fortuna em rublos, consomem-se os pratos mais requintados e mais caros da culinária francesa, bebe-se loucamente e obedece-se aos instintos mais primitivos e toscos, com espancamento de mulheres e a quase depredação do estabelecimento; somente depois de dar livre curso às suas fraquezas, a pessoa está em condições para a "limpeza do espírito". A patuscada é promovida pelo tio do narrador, que, ao raiar do dia, vai aos banhos e depois à igreja para a remissão dos pecados. Toda essa animalidade noturna, seguida por uma aurora tímida, embalada por sinos, que assiste à vil adulação dos cocheiros aos poderosos, poderia fazer-nos pensar que, no homem russo, habitam um Dmitri Karamázov, capaz de deixar-se levar

Sobre os contos

até às últimas consequências pelos impulsos do momento, e o seu irmão Aliocha, personificação da candura e gentileza, como a visão fresca de um lírio para um viandante acabado de chegar do deserto. Apresenta-se-nos o vulto moral do burguês moscovita da época, com a sua soberba amparada pela força do dinheiro e a sua repugnante carolice. E nós presenciamos tudo com os olhos espantados do jovem provinciano, estudante pobre que vive na cidade com uma mesada enviada pela mãe.

O conto deu origem, em 2005, ao filme *Tchertogon* (*O expele-diabo*), dos estúdios Nikola-Film, com direção de Andrei Jelezniakov. A informação aparece em várias páginas da rede mundial de computadores, e uma delas chama-se *Pravoslávnie filmi* ("Filmes ortodoxos"); os responsáveis, supomos, labutam consciosamente para a glória da religião ortodoxa russa, mas ousamos duvidar da sua seriedade como leitores. À época da escrita do conto, Leskov, homem profundamente religioso, criticava acidamente a Igreja, vendo total divórcio entre pregação e prática; na sua opinião, ela não passava de um telônio em forma de suntuoso templo, em que se mercadejavam bênçãos e chatinavam absolvições de pecados; enfim, transformara-se em uma indústria da fé, cujo capital não tinha cunho moral ou espiritual, mas monetário. (Ele manifestou-se várias vezes a respeito disso, dando às coisas os seus nomes verdadeiros.) O que faz girar o mundo aqui representado é o dinheiro; ele é a real religião das pessoas, vistam elas roupa secular ou talar; ele é o deus a quem todos servem. A gente do clero sai muito mal vista da história, pois a "assistência espiritual" prestada ao rico fiel, por pressupor renumeração, constitui uma mera operação comercial. E, convenhamos, Leskov tinha toda a razão em não ver com bons olhos uma instituição que considera não os méritos do seu frequentador, mas o tamanho da sua bolsa. E quem é o homem, que afirma ter chegado aos céus durante a expulsão do diabo do seu corpo? O leitor e a leitor podem convencer-se da natureza infame do comerciante por um pormenor muito eloquente: primeiro, a indiferença pela morte do vizinho de loja, com quem todos os dias ia beber chá, e, segundo e mais importante, a sovinice em relação ao gasto com a bebida (convida outro comerciante, porque para três o chá sai alguns copeques mais barato do que só para ele e o sobrinho).

O conto também serviu de base para uma ópera, intitulada *O expele-diabo: pândega e ressaca* (1978-81), do compositor Nikolai Sidiélnikov (1930-1992).

O ARTISTA DOS TOPETES

Publicado, primeiramente, na revista *Khudójestvenni Jurnal* (*Revista Literária*), de São Petersburgo, em 1883.

Na base do conto, há fatos comprovados pelos historiadores. Um conde, Mikhail Kámenski, homem cruel, fora assassinado pelos seus servos em 1809. Tinha dois filhos: o mais novo, general, morrera ainda jovem; o mais velho, também militar, como o irmão e o pai, ao reformar-se, em 1822, estabeleceu-se em Oriol e ali criou um teatro dos seus servos, dedicando-se totalmente a uma vida de ostentação e extravagâncias. Da história desse mesmo teatro, conhecido não só pelo qualidade das suas encenações, mas também, e principalmente, pelas regras tirânicas e desumanas da sua administração, outro grande escritor, Aleksandr Herzen (1812-1870), tirou o enredo da novela *A pega ladra*. A obra também reúne dados biográficos de Leskov, cuja infância transcorreu em parte naquela cidade, mas não é possível confirmar que Liubov Anissímovna, a amada do mestre topeteiro, tenha realmente sido aia do irmão menor do escritor, já que este embaralha propositadamente a cronologia dos acontecimentos.

Sobre os contos

A vida dos servos russos era comparável à dos escravos no Brasil, e a tragédia do maquiador e da jovem atriz propicia uma ideia das atrocidades e da impunidade das classes dominantes russas. Leskov evidentemente não conta a tragédia de pessoas reais, pois que elas são fictícias, mas a sua história esteia-se em fatos, dos quais ele fora testemunha ou ouvira falar.

O gênero do presente conto, escrito em tom satírico-elegíaco, é deveras peculiar. As notas de elegia são sopradas já pelo subtítulo: "História contada em cima de um túmulo" ("Rasskaz na moguílie"). A impressão reforça-se pela epígrafe. O destino trágico do maquiador Arkádi e da atriz Liubov Onissímovna deve confirmar a ideia principal do autor: "os pobres é preciso proteger, os pobres são todos uns sofredores" (*"prostikh liudiéi vied nado berietch, prostíe liúdi vsié vied stradáteli"*). Leskov aparece como crítico social, erguendo-se ao nível das melhores obras literárias da linha de Gógol.

Este conto, no período soviético, deu origem a duas peças, uma ópera e um filme.

A FERA

Publicado, primeiramente, em 1883, no *Jornal de A. Gatsuk*, com o subtítulo "Rojdiéstvenski rasskaz" (Conto de Natal).

Era tradição, entre os escritores russos do século XIX, escrever contos cuja ação transcorresse por volta da data e contivesse algum acontecimento extraordinário e edificante. Escreve Leskov: "É um tipo de literatura em que o escritor se sente tolhido pela forma exígua e bem delimitada. Desse tipo de conto exige-se, sem falta, que ele traga uma história coincidente com fatos da noite de Natal, que ele contenha algo de fantástico e alguma moral, ainda que a simples negação de algum preconceito pernicioso, e, por fim, que tenha final necessariamente feliz. A vida é pobre em acontecimentos desse tipo, e por isso o autor obriga-se a inventar uma fábula adequada ao programa. Daí a grande artificialidade, a afetação e a uniformidade (monotonia), que se notam nos contos de Natal".

O presente conto é uma prova de como Leskov conseguia alargar os limites estreitos da fórmula e produzir obras significativas; pinta um quadro vivo da realidade russa de então, com a descrição dos costumes bestiais da aristocracia rural e da dura vida dos servos.

A personagem teve como protótipo um homem meio demente e já entrado em anos, proprietário de terras e marido de uma tia de Leskov. À diferença do que ocorre no conto, o sujeito morrera tão cruel e mesquinho como sempre fora.

O PAPÃO

Conto escrito em 1885 e publicado no mesmo ano na revista *Zaduchévnoie Slovo* (*Palavra Cordial*), com o subtítulo "Rasskaz dliá iúnochestva" (Conto para a mocidade).

Leskov incluía-o no rol dos "contos de Natal", embora declarasse que ao seu enredo servira de base um acontecimento real de Krómi. A personagem principal pertence à galeria dos "justos" (*právedniki*) de Leskov e, como muitos fatos e nomes, foi tirado das recordações do tempo passado pelo escritor na aldeia de Pánino em criança.

Leskov dá-nos uma pequena aula de folclore russo e, com um narrador que se revê criança, faz qualquer um relembrar passagens da sua meninice. O título e a epígrafe remetem o leitor e a leitora a essa quadra da vida na qual o medo é, ousamos dizê-lo, um dos sentimentos formadores do caráter da futura pessoa física pagadora de impostos. Selivan lembra bem um daqueles esquisitões de antigamente que, por algo incomum na aparência, nos gestos, hábitos ou vestimenta, arrancavam um sorriso respeitoso aos adultos e incutiam um quase terror em meninos e meninas e que, ao fim e ao cabo, se revelavam apenas uns pobres coitados inofensivos e de bom coração. *Se não te comportares, eu chamarei o papão para que ele te venha pegar* — com tal ameaça pai, mãe e avós liquidavam a relutância dos pequenos em parar a atividade atentatória ao sossego doméstico e às normas do convívio civilizado.

Mas voltemos à epígrafe. Leskov trazia da infância um enorme gosto por livros antigos e histórias e, ainda moço, nas viagens pelo país, travou conhecimento com o tesouro da língua falada pelo povo, fazendo dessa experiência os alicerces da sua literatura. No concernente aos provérbios, ditados, adágios e frases feitas, especificamente, lança mão de um sem-número deles, deturpando-os para efeito cômico e ganho de sentido; em particular, a sua obra mais conhecida, "O canhoto", exemplar do uso desse elemento de poética, nasceu de um dito popular, a saber: *"Os ingleses forjaram uma pulga de aço, e os russos puseram-lhe ferraduras"*. Na história do sofrido Selivan, em relação ao uso de ditos populares, o escritor limitou-se à epígrafe, mas nós, como o cão aferrado a um osso duramente conseguido, insistiremos no assunto.

A epígrafe, com robustecer o título, indica a mola mestra da ação do conto, a que um gaiato poderia chamar "hino ao medo". Em várias situações veem-se personagens agirem como crianças necessitadas de percorrer um longo corredor escuro, e o ar primaveril, naquele recanto atrasado da Rússia, parece trazer, na sua composição, um teor elevado de enxofre, obra de um diabo criado pela ignorância das pessoas. Isso constitui já razão suficiente para dizermos alguma coisa acerca do sentimento que, apanágio dos pusilânimes, em algumas circunstâncias também põe valentões sensatamente a correr, e a nossa portuguesa língua pode valer-nos com provérbios, dando fomento onde nos faltar o argumento.

O ditado "O medo tem olhos grandes" (*u strakha glazá bolchíe*), encontra como análogo do lado de cá a expressão "Ao medo sobejam olhos". A quantidade equilibraria o tamanho, se fosse verdade que "vinte galinhas e um galo comem tanto como um cavalo". O ex-seminarista, à procura de um sítio lúgubre para comunicar uma sublimidade altissonante aos seus versos, sucumbe a pensamentos apavorantes e chega até a ver uma mulher morta em uma vala; aos berros, ele faz estralada no mato e põe todo o rancho de convivas (até o cavalo!) a correr em disparada para casa; donde fica provado que o medo é um poderoso tônico ou combustível até para não atletas: "Não há asas mais leves do que as do medo". (Nós, humanos, corremos com as pernas, mas o ditado serve bem, pois em um sapato não cabe o pé só do dono do pato.) Os criados, sem pejo nenhum pelo covarde abandono dos dois meninos, humilham Selivan, seu salvador, e tratam-no como a um ser asqueroso. Assim, uma pessoa digna e nobre, verdadeira gema em um monturo, estava condenada a padecer na lenta fogueira da injustiça — a ignorância ajuntava a lenha, e o medo chegava-lhe o fogo. Tal cena entrepõe uma légua de distância entre Leskov e, por exemplo, Tolstói e Turguêniev, senhores de muitos servos, cuja benevolência para com estes fora influenciada pela leitura de pensadores franceses e alemães; o autor de "O papão", ao contrário, conhecia o povo intimamente, nas virtudes e defeitos, e não o mostra como um bando de coitados, deixando o corregedor de polícia (personagem nada simpática, é verdade, mas, pela natureza do seu trabalho, um profundo conhecedor da fauna humana) com a incumbência de

Sobre os contos

dizer que nem todo o pobre é um sofredor digno de pena ("o povo é velhaco", segundo ele, e, por dinheiro, capaz de qualquer coisa).

O medo propaga-se de um indivíduo a outro com a velocidade do pensamento, caso eles estejam convencidos de que o pior só está à espreita de uma brecha para acontecer. Os excursionistas dizem bravatas aos passantes na estrada, mas, à medida da aproximação da floresta de Selivan, os seus nervos vão ficando a cada vez mais acima da pele e empilham-se precariamente como troncos em uma ladeira: é soltar-se um, e vai tudo abaixo; da goela do ex-seminarista saiu o vento, que levou o fogo de um telheiro para o bairro inteiro. Também pode dizer-se que o medo constitui um poderoso tônico para a imaginação. Na casa, instala-se um clima de tamanho terror, que todos os demais, até os meninos, juram também terem visto a tal mulher de pescoço cortado: "O medo é pai da crença". Incuta-se em uma pessoa o terror (para não falarmos em uma pobre criança), e ele acreditará no que quer que lhe disserem.

A cultura constitui um tema desenvolvido subterraneamente no conto. Os domínios de Selivan ficam entre a aldeia (lugar de atraso) e a cidade (lugar de ilustração, progresso intelectual), e o garoto está a preparar-se para o ingresso na escola. A influência do meio e as superstições da criadagem não conseguem, apesar de tudo, macular a imagem de Selivan nos sonhos da personagem-criança. Por outras palavras: o medo, que lhe incutem, atiça a sua fantasia e, ao mesmo tempo, impinge-lhe o crer nos disparates dos adultos.

Apressemo-nos a apontar o segundo dos motivos da nossa insistência em falar de provérbios: uma das exigências feitas ao conto de *sviátki* é precisamente que, como escreveu Leskov alhures, "encerre alguma moral, ainda que a simples negação de algum preconceito pernicioso". E preconceitos perniciosos são o que mais se pode respigar entre os tais adá-

gios, apotegmas, anexins e outros que tais da língua portuguesa: a eles andam anexos o obscurantismo, a estupidez e a
pura canalhice. Basta ver o tom da grande maioria dos provérbios em que entra a palavra "mulher".

Assim que, saudemos o empenho de Leskov em extirpar
ditames falsos. Que é que dá início ao fadário de Selivan?
Uma imperdoável mancha no rosto, e tal significa que ele é
má gente e um dia mostrá-lo-á da forma mais infame. Como
se vê, o vulgo, temeroso diante do que não sabe explicar, pede
socorro ao sobrenatural; não admira, pois, que os ignorantes
demonizem o objeto do seu pavor e em tudo vejam o seu dedo: é Selivan que arruína o passeio, ele, ademais, tenta matar
pessoas na estrada e, sob a forma de uma ratazana ruiva,
invade casas. Os episódios basilares do conto são os dois encontros do pequeno herói e o suposto dragão, e este revela a
sua natureza boa e gentil, que visitava os sonhos do coração
infantil. Na segunda vez, o garoto está a pingar de sono e
revê Selivan não na estalagem, onde o medo (de novo, ele!)
mantivera aquecidos os seus acompanhantes adultos, mas em
casa, na companhia dos pais, onde o dragão se dá a conhecer
em toda a sua virtude. "Guarda-te daquele a quem a natureza assinalou", diz o ditado. Fica provado que isso é estultice
e que sinais de nascença não são indicadores do caráter da
pessoa. A tia do menino, em meio ao pânico, esquece todo o
seu dinheiro na estalagem, mas, como se vê, "a ocasião *não*
faz o ladrão".

Selivan, pela sua fortaleza de homem de bem e com ajuda de um lance inesperado do enredo, conseguiu um lugarzi-
nho ao sol para si e para a esposa, mas o medo a ele perdurou
ainda durante muito tempo por aquelas paragens, a despeito
de ele, em toda a sua vida, haver deitado as suas garras de
fato em uma única pessoa (e, ainda assim, somente por des-
culpável equívoco, seja dito), o Boris da aldeia, criado da tia
do garoto.

Sobre os contos

Valentin Serov, *Retrato de Nikolai Leskov*, 1891, óleo s/ tela, Galeria Tretiakov, Moscou.

LESKOV, HUMANISTA E SATÍRICO

Noé Oliveira Policarpo Polli

Entre os escritores clássicos russos do século XIX, um digno lugar cabe a Nikolai Leskov. Figura isolada, no meio literário, por motivos ideológicos e por características da sua escrita, como um herege entre pios ou um malicioso entre puros, era a combinação de um abjurador das ideias socialistas com um crente desiludido com a Igreja oficial; sem amigos nem entre os conservadores nem entre os progressistas, desagradava a ateus revolucionários e a ortodoxos monarquistas.

A crítica contemporânea pouco se ocupou da sua obra, embora esta estivesse no gosto do público leitor. Pelas suas ideias conservadoras, na União Soviética, com a exceção da publicação, em 1929, de uma coletânea de contos e da criação da ópera *Lady Macbeth do distrito de Mtzensk* por Dmitri Shostakóvitch em 1934, o seu nome esteve sob o selo do veto. Se não tivesse havido o empenho de Górki, o mais ardoroso admirador de Leskov, o país, que se gabava, com toda a justiça, de editar o melhor da sua literatura e da mundial em milhões de exemplares, haveria permanecido por muito mais tempo sem poder usufruir o tesouro dos escritos de um talento originalíssimo, considerado pelos russos o mais russo dos seus escritores. Embora em 1945 houvesse saído o livro *N. S. Leskov: vida, obra, poética*, de Leonid Grossman, a absurda situação findou apenas após a morte de Stálin, ocorrida em 1953; no ano seguinte, veio à luz a sua biografia, escrita pelo filho Andrei Leskov, e em 1956, apesar da manutenção da censura a um romance e a alguns contos, começou a publicar-se, pela maior editora estatal, a sua *Obra reunida*, rematada pelo undécimo tomo em 1958.

Anos de formação

Nikolai Semiónovitch Leskov nasceu no dia 16 de fevereiro de 1831, no povoado de Gorókhovo, nas cercanias de Oriol. O nome de família provém do fato de que os antepassados do pai, até à quarta geração, haviam sido padres da pequena vila de Leski, localizada a cinquenta verstas dali. A mãe era nobre, filha de mercadores moscovitas que haviam ido para Oriol, fugindo às tropas de Napoleão, que invadira a Rússia em 1812. O pai, depois de cursar o seminário, recusou a carreira eclesiástica, pelo que foi deserdado pela família, e trabalhou, primeiro, como representante comercial de um fabricante de vinho no Cáucaso e, depois, entrou na Câmara de Justiça daquela cidade, capital administrativa da região; como investigador policial, deslindou casos intrincados, conquistou título de nobreza pelo trabalho tenaz e escrupuloso e só não permaneceu no serviço porque os seus superiores se deixaram intimidar por amigos poderosos de gente metida em negócios escusos; depois da exoneração, mudou-se com a esposa e os filhos (sete, dos quais Nikolai era o mais velho) para a aldeia de Pánino, distrito de Krómi, onde adquirira uma pequena quinta. Donde, a criação de Leskov transcorreu sob a influência de representantes de quatro meios sociais distintos: clérigos (para mais, a mãe e a avó eram extremamente religiosas), funcionários públicos, nobres e mercadores. Aos quais acrescente-se um quinto: o povo, representado pelos servos da gleba, que lhe contavam histórias extraordinárias, fecundadoras da sua imaginação, e pela viúva de um soldado, sua ama-seca. As impressões da infância, passada no tempo da servidão, o convívio estreito com a gente simples e o conhecimento direto das suas condições de vida, crendices e lendas pulsariam fortes na obra do futuro escritor.

Leskov começa a escrever no decênio de 1860. A Rússia acabara de sair derrotada da guerra da Crimeia, e era geral a insatisfação com o estado de coisas e as reformas empreendidas pelo tsar a reboque dos acontecimentos. Entre a juventude dos liceus e seminários, que, na sua grande maioria, permanecia nos lugares de origem, após o término do curso secundário, nasce o desejo de participação na vida social, e muitos vão para São Petersburgo, Moscou, Kíev e outras grandes cidades para ingresso no ensino superior; o pensamento nos destinos do país move as pessoas mais dotadas e mais capazes e faz engrossar as fileiras dos literatos, publicistas e cientistas. Era a época do fortalecimento do movimento de contestação à ordem estabelecida, e com a propaganda política visava-se à mobilização das massas populares. A crítica literária de tendência progressista, na voz de Dobrolíubov, queria o povo e a sua condição no centro do desenvolvimento da literatura realista: "É necessário imbuir-se do espírito popular, viver a vida do povo, pôr-se ao nível dele, deitar fora todos os preconceitos de classe e os criados pela instrução livresca e assim por diante, sentir tudo com o mesmo sentido singelo que o povo possui".[1] Tal atitude assinala muito bem a obra, por exemplo, de uma fornada inteira de jovens escritores provenientes de famílias modestas do clero — Nikolai Uspiénski (1837-1889), Nikolai Pomialóvski (1835-1863), Aleksandr Levítov (1835-1877) —, de funcio-

---

[1] N. A. Dobroliúbov, *Sobránie sotchiniénii v deviatí tomakh* [Obras reunidas em nove tomos], tomo 2, Moscou-Leningrado, 1962, p. 260.

nários públicos — Glieb Uspiénski, o mais talentoso e primo do Nikolai de mesmo nome de família —, pequenos comerciantes — Ivan Nikítin, poeta (1824-1861) — e camponeses — Ivan Gorbunov (1831-1895).

O jovem Leskov participaria nesse amplo movimento da juventude em direção aos grandes centros, em busca de inserção num meio cultural e político mais ambicioso. Aos dez anos, ingressara no ginásio de Oriol; em 1847, após o incêndio que destruíra o patrimônio do pai, começa a trabalhar no tribunal de justiça de Oriol, sem haver concluído o curso secundário, e, em 1849, é transferido para uma junta de alistamento do Exército, localizada em Kíev, onde mora na casa de um irmão da sua mãe, professor de medicina da universidade local. Nela, durante aproximadamente dois anos, assiste como aluno ouvinte a aulas de direito do Estado, criminalística, agronomia e anatomia, aprende os idiomas ucraniano e polaco, frequenta um círculo estudantil de estudos religiosos e filosóficos e mantém contato com romeiros, velhos crentes e cismáticos.[2] Em seguida, entra a trabalhar com um tio, casado com uma irmã da sua mãe, um inglês naturalizado russo, de apelido Scott, sócio de uma firma inglesa (Scott & Wilkins) de projetos de agricultura com assentamentos de pessoas e administração de propriedades; estabelecido no povoado de Nikolo-Ráiski e em Pienza, acompanhava, em barcas pelos rios Oká e Volga, grandes levas de camponeses enviados da região de Oriol para as estepes de Sarátov, em viagens com as durezas próprias a grandes deslocamentos naqueles tempos e sempre precedidas pelos quadros penosos de pessoas que tinham de desfazer-se dos poucos haveres e

---

[2] "Velhos crentes" era o nome dado aos seguidores da Igreja Ortodoxa Russa que se opuseram às reformas nela introduzidas no século XVII. Por continuarem com os ritos antigos, foram duramente perseguidos e tiveram de refugiar-se em florestas e outros sítios distantes da civilização.

despedir-se de outras talvez para sempre. Em três anos de idas e vindas por quase toda a parte europeia da Rússia, o jovem Leskov, favorecido pelo seu poder de observação e perspicácia, em meio à dura realidade das gentes das várias regiões em que reinavam a ignorância, as doenças, os subornos e a prepotência dos funcionários públicos, descobre também a poesia dos ofícios manuais genuinamente russos e de artes como a pintura de ícones e o restauro, para além, frise-se, do tesouro dos variados falares do povo. As suas cartas dos locais mais distantes deviam decerto trazer uma boa dose de juízos sensatos e sagazes acerca da realidade encontrada em campo, bem como revelar uma inteligência atenta a tudo e conhecimento da vida e da natureza humana, o que não escapou a Scott e aos seus amigos literatos, pois diziam que ele levava jeito para escritor: "Foi a melhor época da minha vida e quando eu vi muito". Ela aparece retratada no conto "Produto da natureza", de 1893, em que Leskov trata a questão camponesa e dá o seu testemunho de conhecedor da situação. Se lhe faltasse imaginação, não precisaria de preocupar-se: à pergunta acerca de onde tirava as suas histórias, apontava para a cabeça e dizia: "deste baú". Enfim, a infância entre padres, *quakers* (a sua tia Polla adotara o protestantismo do marido inglês e influenciou muito os juízos do sobrinho em relação às práticas da Igreja Ortodoxa Russa) e os servos da gleba, o serviço público, o meio cultural efervescente de Kíev, o trabalho no comércio, tudo isso forjou a personalidade de Leskov e determinou-lhe os futuros caminhos de literato.

Segundo informa A. Fariéssov, um dos primeiros estudiosos da obra de Leskov, este estreou na literatura com um artigo acerca do alto preço das bíblias em Kíev ("*Potchemu v Kíevie knígui dorogui?*", "Por que são caros os livros em Kíev?"), publicado pela revista *Peterbúrgskie Viédomosti* (*Notícias de Peterburgo*, 1860, nº 135). Incentivado por dois dos seus professores de universidade e por conhecidos, no mesmo ano escreveu outros para a *Sovremiénnaia Meditsina* (*Medicina Moderna*) e para o *Ekonomítcheski Ukazátel* (*Indicador Econômico*) acerca de questões trabalhistas, da corrupção dos médicos do Exército e da Polícia e de assuntos do comércio. Em 1861, divorcia-se de Olga Vassílievna Smirnova, filha de um comerciante kievano, com quem se casara em 1853, muda-se para São Petersburgo e dedica-se inteiramente à literatura com o pseudônimo M. Stebnítski.

A publicística ocupa-lhe quase os dois anos seguintes. Leskov defende os direitos dos camponeses, fala da situação dos trabalhadores e dos professores de aldeia, denuncia o carreirismo e a venalidade dos funcionários da administração tsarista e a perseguição aos velhos crentes e, conhecedor da vida dos padres, brinda os leitores com relatos das mazelas da fauna clerical. Parecia, portanto, que aderira às ideias da vanguarda política de então, estabelecida fundamentalmente na revista *Sovremiénnik* (*O Contemporâneo*), editada por Nekrássov, e podia ele ser lá partidário do progresso, mas, defensor da mudança gradual do regime social da Rússia, estava distante de radicalismos. Ele era uma das pessoas de índole democrática a quem a Reforma de 1861 arrefecera a simpatia pelas utopias revolucionárias de transformação radical da sociedade; considerava impossível incutir nas massas russas os conceitos socialistas e levantá-las contra o "tsar-paizinho", tido e havido por elas como o seu grande amigo, defensor e libertador; hostil, assim, à ideia de uma revolução, para a qual não via nenhuma força social importante de apoio, Leskov contrapunha a ela a ideia do aperfeiçoamento de cada um e a da ilustração do povo, e fazia a prédica dos "pequenos atos", ou, talvez mais exatamente, das "pequenas obras" (*"málie delá"*).

Leskov cedo revela uma especial capacidade de atrair a antipatia até de opostos entre si. Um seu artigo a respeito de uma série de incêndios ocorridos durante semanas em São

Petersburgo, em 1862, fez os representantes do pensamento de esquerda acharem que atirava as culpas para cima dos estudantes (até a comunidade alemã da cidade fora citada); aos intelectuais de direita pareceu uma acusação de incompetência à polícia; foi tanta a indignação de um lado e a irritação do outro, que a revista conservadora *Siévernaia Ptchelá* (*A Abelha do Norte*) houve por bem enviar o seu colaborador como correspondente ao exterior, por um ano. O novel jornalista disse-se mal compreendido, mas o fato é que o seu pseudônimo, M. Stebnítski, tornou-se sinônimo do mais soez reacionário. O crítico e publicista Dmitri Píssarev, de tendência socialista, escreveu, no artigo "Passeio pelos jardins da literatura russa" [*"Progúlki po sádam rossískoi sloviésnosti"*, 1865]: "Todas as pessoas de bom-senso encaram tais cavalheiros[3] como gente perdida... Encontrar-se-ia hoje, na Rússia, com a exceção do *Rússki Viéstnik* (*O Mensageiro Russo*), sequer uma revista que tivesse a coragem de publicar algo saído da pena do sr. Stebnítski e assinado por ele? Encontrar-se-ia na Rússia sequer um escritor honesto, tão descuidado e tão indiferente pela sua reputação a ponto de trabalhar numa revista que tivesse o sr. Stebnítski como colaborador?".

Seria injusto julgar só pelos trechos da malfadada matéria, reproduzidos por A. Fariéssov, se Leskov mereceu ou não a vaga de indignação que sobre ele se abatera. Eles parecem amplificar aleivosamente os rumores de que aquele ato de vândalos, da alçada da polícia, pudesse haver sido inspirado por "demagogos políticos" e por uma "vil e revoltante conclamação para o derrubamento de toda a nossa ordem social". Bem, se ele não desse crédito a tais boatos, não deveria tê-los reproduzido, simplesmente; palavras como: "Proferir tal juízo é um ato tão terrível, que a língua se cala e o

---

[3] Píssarev cita mais algumas pessoas, para além de Leskov.

Leskov, humanista e satírico

horror sufoca a alma" não parecem sinceras, pois o dedo do autor está apontado para o campo dos inimigos do tsarismo. É compreensível que, em uma época de questões candentes e ânimos exaltados, uma opinião proferida de maneira inadequada e em momento inoportuno exaspere os que se julguem atingidos, mas, ainda assim, estes não têm nenhum direito a acoimar um adversário político de agente do regime que combatem; senão vejamos algumas palavras de uma carta de Tchekhov ao editor Suvórin, de 11 de março de 1892: "Li 'As personagens lendárias' de Leskov... Coisa divina e picante. Uma reunião de virtude, religiosidade e delírio errático. Reli a crítica de Píssarev a Púchkin. É de uma ingenuidade terrível... A mesma mesquinhez de destronar os outros, a mesma vontade fria e ególatra de fazer graça e a mesma truculência e indelicadeza no tratamento dado aos outros".

Havendo desencadeado a fúria dos radicais e extinguido a simpatia dos círculos progressistas, o episódio também não granjeou a Leskov a confiança dos conservadores, de quem mais ou menos se aproximara, embora a contragosto. A acusação de haver-se posto a serviço da polícia produziu nele uma impressão dura e amarga para sempre. Em 1865, contrai segundas núpcias, com Ekaterina Stepánovna Bubnova, e no ano seguinte nasce o filho Andrei, seu futuro biógrafo.

Para além do problema ideológico, a natureza do talento de Leskov só tinha realmente de pô-lo à parte no seu tempo, pois também no aspecto formal da escrita e nos temas ele não correspondia às expectativas da época. Era um tempo de culto ao povo, e a essa "liturgia solene ao mujique" (palavras de Górki) contrapunha-se o estilo herético, malicioso de Leskov, que, se mostrava lados bons daquele mesmo povo (bondade, misericórdia pelos decaídos, talento, coragem, desprendimento etc., como em "O artista dos topetes" e "A sentinela"), não deixava, por outro lado, de expô-lo também por prismas menos apreciáveis (alcoolismo, ignorância, crueldade etc.; "O papão", "O canhoto" e outros). À parte os motivos ideológico e formal, um terceiro, biográfico, concorreu para a situação de isolamento de Leskov no mundo literário; à diferença de quase todos os maiores escritores russos da época, ele não provinha da nobreza (Tchekhov, Górki e Kuprin, não esqueçamos, pertencem à geração seguinte), não fora senhor de "almas" (no sentido gogoliano de "servos"), à diferença, por exemplo, de Turguêniev e Tolstói, aristocratas liberais cuja mundividência mudara sob a influência de pensadores franceses e alemães, assim como também não fora criado por servos nem educado por preceptores e tampouco realizara curso universitário. Os anos normalmente dedicados pelos moços aos estudos, passou-os ele em ininterruptas viagens de trabalho por quase toda a parte europeia da Rússia, o que lhe ensejou o convívio com pessoas de todos os níveis sociais e profissões. Apercebido, assim, de um conhecimento direto e profundo da vida do povo, como talvez nenhum outro grande escritor russo de então possuísse, Leskov soía dizer que não conhecia aquela "pelas conversas com os cocheiros de São Petersburgo" e que não precisava de "estudar o povo", em indireta aos críticos e escritores da linha progressista (em contos desta coletânea, faz alusões ao assunto, grafando as palavras em itálico).

A carreira de Leskov propriamente como escritor inicia-se sob o pseudônimo M. Stebnítski, em 1862, com a publicação, em revistas, do conto "Bandoleiro" ("*Razbóinik*", 1862), e prossegue, nos dois anos seguintes, com as novelas *Vida de uma mulher* (*Jitió odnoi bábi*, 1863) e *Boi almiscarado* (*Ovtsebík*, 1863; escrito no autoexílio em Paris; tem como título a alcunha de um seminarista, que dá as costas à vida monástica pela propaganda das ideias socialistas) e os primeiros capítulos do romance antiniilista *Sem ter para onde ir* (*Niékuda*, 1864), de ataque à ideia de transformação do país pela via da revolução. (O segundo romance confirmador do seu reacionarismo, *Em pé de guerra* [*Na nojakh*], viria à luz em 1871.) Nesse decênio, de descobrimento das tendências do próprio talento, o pano de fundo das suas obras é a vida da província, já com uma obra-prima, *Lady Macbeth do distrito de Mtzensk* (1865), acerca da paixão fatídica da esposa de um comerciante por um empregado em uma modorrenta vila, e a novela *Anos passados no povoado de Plodomássovie* (*Stárie gódi v selié Plodomássovie*, 1869), de descrição, meio no gênero da crônica, do ambiente escravocrata do século dezoito. É já na novela *Mulher belicosa* (*Voítelnitsa*, 1866) e no conto "Kótin, o provedor, e Platonida" (*"Kótin doílets i Platonida"*, 1867) que surgem as narrativas na forma de *skaz*, que fariam de Leskov um escritor tão especial.

A segunda etapa da sua carreira literária, os anos de 1870, em que ele se afasta um tanto dos assuntos mais prementes da época, assinala outro fato importantíssimo, qual seja, o salto, para as páginas produzidas pela sua pena, de sujeitos esquisitões e extraordinários, os "justos", saídos de entre os pobres e remediados dos lugares mais atrasados da Rússia. Leskov disse que a força do seu talento era o ele trazer para letra impressa a figura dessas verdadeiras peças de antiquário a ele apresentadas pelos relatos comovidos de parentes e conhecidos, e, com tal, impedir que se perdesse a história de vidas tão exemplares; pois, com paciência de joalheiro, ele recolheu esse "ouro nativo que, na turba impura, a bruta vida entre o rebotalho velava" e mostrou verdadeiras fortalezas de virtude em um meio moralmente inculto e marcado pela erosão dos valores éticos; e, com mão de calígrafo, inscreveu joias nos fastos da literatura russa. O romance--crônica *Gente da catedral* (*Soboriánie*, 1872) foi o primeiro grande êxito de público de Leskov; a ele, seguiram-se obras--primas como as novelas *O anjo selado* (*Zapetchatliónni ánguel*, 1873, quase um tratado acerca da pintura russa antiga de mostrar-se e ocultar-se sob os punhos brancos.[4] Como pode ver-se, Leskov não usa o sobrenatural, mas somente alusões a ele, tiradas da convenção e do folclore. A insólita situação, que leva o amante desiludido ao ato tresloucado, não advém da ação de uma força oculta, mas representa apenas a culminação de uma sequência fatídica de acontecimentos, a combinação trágica de eventos fortuitos.

Aqui, voltamos ao fato anormal, referido no parágrafo anterior. Em "Homens interessantes", ele é a alavanca da ação, o fato iniciador do conflito; em "O papão", provê o desfecho necessário à trama. Nos dois contos, o ato inesperado de uma personagem (central, no primeiro, e secundária, no segundo), não condizente com a figura dela apresentada, explica-se tão-somente pelo esgotamento físico ou psíquico. Trata-se de um episódio relacionado com dinheiro, que permanece como lance de bastidores do enredo: alguém esquece uma quantia considerável em um lugar e dá pela sua falta apenas quando não a encontra consigo e não pode já recuperá-la. Só que se trata de um episódio contrário à lógica do caráter nele envolvido. A causa íntima e "fantástica" de um acontecimento, portanto, pode substituir-se por algum lance inesperado do enredo. O "sobrenatural" deve entender-se como o "absolutamente impossível" e substituir-se pelo "fantástico", considerado como o "extremamente improvável mas possível", dentro das probabilidades de combinação de uma grande quantidade de eventos fortuitos. Ao leitor e à leitora fica, como exercício estatístico, submeter a prova o improvável:

---

[4] Em "Viagem com um niilista", faz-se a mesma alusão, de motivação jocosa, porém. Ver a tradução deste conto em *Nova antologia do conto russo (1792-1998)*, organização de Bruno Barretto Gomide, São Paulo, Editora 34, 2011, pp. 189-99.

— de entre as milhões de pessoas, que podiam ir àquela cidade, chega alguém douto em ciências ocultas e, mais, com partes com o Demônio;

— quem chega cansado de uma longa viagem, vai deitar-se logo; que não consiga adormecer de pronto, nos primeiros minutos, pode acontecer, mas é muito difícil; um pouco mais cedo ou um pouco mais tarde, a pessoa, por força, ferra-se no sono;

— os amantes apaixonados do jogo compõem uma parcela ínfima da humanidade, e os representantes de todas as nacionalidades do mundo que, após um dia inteiro de estrada, sem paragem em lugar nenhum, sem alimento e sob as inclemências do tempo em campo aberto, sejam ainda capazes de trocar o repouso por uma rodada de cartas, todos reunidos, não devem formar número bastante a ocupar todas as cadeiras a uma mesa sequer não diríamos já do menor cassino, mas até do menor bar de Las Vegas ou Montevidéu;

— uma pessoa com coita de amor procura refúgio na solidão e foge ao convívio humano, ainda mais à multidão sabedora da causa do seu sofrimento;

— e o comandante, justamente a última pessoa de toda a Rússia perante quem o alferes podia despir-se, teve de chegar exatamente no momento em que ao rapaz tocava fazê-lo.

E a conjunção improvável de todos esses fatos improváveis teve, como ponto de partida, o ato igualmente improvável de Avgust Matviéitch, pessoa "extraordinária", que, comparada aos mecanismos de alta precisão de George Graham, relojoeiro inglês e construtor de todos os complexos equipamentos do Observatório Astronômico de Greenwich, no entanto, "falha". O fato de ele ter esquecido o dinheiro no quarto empurrou a ação pelos caminhos imprevisíveis do acaso.

Em "O papão", tem-se esse mesmo lance de bastidores do enredo, só que no final da ação. A tia da personagem-criança possui grande conhecimento prático da vida e não fica tolhida diante de nenhuma situação adversa. Ela salva o grupo de viajantes de morrer por congelamento sob a nevasca daquela noite de Natal, com o seu sangue-frio e a consciência de que o principal, naquele passo, era preservar ao máximo as energias dos cavalos. Ela sabia que somente os animais, pelo seu senso especial de orientação e faro, conseguiriam achar o caminho de casa, e manda o cocheiro deixá-los ir por si próprios. Então, como pôde uma pessoa tão lúcida e de absoluto controle dos seus atos esquecer na estalagem a fortuna em dinheiro que carregava? Bem, pelo pânico, ao ser estremunhada, no meio da noite, pelo criado Boris, que, atracado com Selivan, arrombara a porta do seu quarto aos gritos. O leitor e a leitora, a horas mortas, não bateriam os queixos mais vezes por segundo diante da mula-sem-cabeça ou de um saci graúdo e gadanhudo como um urso do que aqueles infelizes, que se criam caídos nos palpos de um sádico sedento de sangue. Tem-se cá o terror como produto das ideias deles acerca de Selivan; eles haviam já trazido o medo dentro de si como um turbilhão que precisasse apenas de um toque para desencadear-se; por outras palavras, o seu terror não viera de uma angústia crescente, que, alimentada por uma atmosfera lúgubre de hospedaria vazia de beira de estrada, em lugar isolado de uma floresta, chegasse a um nível insuportável (como se vê, por exemplo, em *Psicose*, de Alfred Hitchcock); não, o medo entrara ali com eles na qualidade de item de bagagem, como uma mala ou embrulho, e, com os seus olhos e orelhas grandes, vira e ouvira em tudo uma intenção sanguinolenta.

E que motivara, digamos, o diálogo muscular dos dois gladiadores? A desconfiança. O medo de Boris, insuflado pela fama do estalajadeiro, levou o seu cérebro a um trabalho frenético de especulação acerca do rumo das coisas nas horas subsequentes e à conclusão de que Selivan os mataria pelo dinheiro: para o rapaz, este teria uma sociedade com o de-

Leskov, humanista e satírico

mônio, o qual, no dizer de toda a gente, o ajudaria a manter o estabelecimento: um ficava com os pertences dos hóspedes, o outro com as suas almas. Selivan, por sua vez, por não ter nenhuma razão para crer na decência alheia, esperava uma patifaria da parte do outro e do cocheiro, naquela situação perfeita para os dois roubarem o dinheiro à patroa e transferirem a ele o delito. E, se o leitor e a leitora querem saber, até a ciência etnográfica russa da época parece fornecer elementos para tal suspeita: a cidadezinha de Krómi dividia com Oriol a fama de ser o sítio com os maiores ladrões do país; a região toda, aliás, trazia o estigma da mais arraigada velhacaria, tanto que, da vizinha Mtzensk, dizia-se que "até os ciganos passam a uma distância mínima de dez quilômetros". Tal argumento contém uma dose enorme de exagero, naturalmente, mas não causara espanto às pessoas o fato de o pequeno vendedor de pastéis não haver roubado a féria do dia ao patrão? E não trazia ele, desde o nascimento, a marca da desonestidade — a pinta no rosto? A morte simbólica de Selivan para a sociedade é assinalada pelo pendão da honestidade e, como se vê em seguida, também da bondade: o seu ato de compaixão pela órfã do carrasco não era possível na comunidade dos seus conterrâneos. Assim, se Selivan morre para um meio hostil, caracterizado pela desonestidade e malvadez, não admira que tenha ressuscitado por um impulso de sinal contrário: retidão e bondade. Como o próprio corregedor diz: sob o patrocínio da dona do dinheiro, que achava ter sido vítima de um ladrão de instintos mais do que homicidas. Imaginai o destino ulterior de Selivan sem esse lance do enredo: mais dissabores com a justiça, como os tidos por causa da história da mulher supostamente assassinada perto da sua casa, e a continuação da situação de odiado e perseguido.

Em "Homens interessantes" e "O papão", encontram-se todos os ingredientes do conto de *sviátki* e do natalino: terror, mistério, demonologia, maus humores da natureza e até o "fantástico" — se dermos tal nome à impressão dos viajantes de que a floresta de Selivan não lhes permitia a aproximação e à de que Avgust Matviéitch é mancomunado com as "forças das trevas". Ele e a tia da personagem-criança infringem, por assim dizer, a sua *logica comportandi*, desviando-se da esperada norma de ação, e o milagre sobrenatural dá lugar a um ato cuja probabilidade não está prevista na integridade do caráter delineado. Tal ato, no primeiro conto, determina um rumo para a ação; no segundo, no ponto de maior tensão da trama, prepara o desenlace. Se em um, certo ditado popular encontra exemplificação, com o posterior toque dos sinos de Corneville, no outro, Leskov usa a mesma situação para extirpar um ditame falso ou, pelas suas próprias palavras, "negar um preconceito pernicioso", isto é, para afirmar que ninguém nasce desonesto, que sinais de nascimento no corpo não significam absolutamente nada e que a ocasião *não* faz o ladrão.

O tradicional motivo dos contos de Natal e de *sviátki* (o embate Bem *versus* Mal) explica-se pela natureza dúplice desse período de festas, um dos mais importantes e mais ruidosos da cristandade. Durante ele, por algum motivo, aos habitantes do inferno sobejava tanta energia para crueldades, que se viam obrigados a subir em excursão a este mundo para despendê-la, e eles com especial gáudio aterrorizavam os cristãos (cada um de nós conhece uma penca de gente que teria penado feio nas suas unhas); em contrabalanço, era, também, um tempo de muitas horas extraordinárias, trabalhadas sem descanso pelo proletariado celestial em defesa das almas boas (capetas e anjos mediam músculos e poderes em diuturnas batalhas, com a sanha dos clãs de samurais de alguns filmes de Akira Kurosawa). As pessoas bem que temiam os maus espíritos e o seu sadismo, mas também sabiam-nos conhecedores do futuro, de modo que a curiosidade falava mais alto do que o medo, e toda a gente tentava saber do seu porvir.

Para que os demônios respondessem às perguntas de maior interesse, e a mais feita referia-se ao matrimônio, organizavam-se sessões de invocação daqueles, e de adivinhação; nessas assentadas, mulheres mais velhas e entendidas em sortilégios desfiavam histórias de previsões confirmadas, amores conseguidos e encontros aterrorizadores com as forças das trevas para uma assembleia composta majoritariamente por moças. E tais relatos, com as modificações a eles imprimidas por narradores de outras épocas, foram formando o substrato do conto de *sviátki* literário.

Não há melhor exemplo para ilustrar a conversa acerca da luta do Bem com o Mal do que "O papão", que fecha a coletânea com clave de sol e faz o leitor e a leitora olharem para trás e recordarem os seus medos e sonhos infantis. O narrador transporta-se em pensamento ao passado distante e mostra como ele, ainda pequeno, tenta chegar à compreensão daqueles conceitos.

Com base na propensão das crianças a inventar coisas e a aumentá-las e na consideração de um dos requisitos do gênero do conto de *sviátki*, o escritor introduz o motivo do maravilhoso, claro, também temperado com uma pitada de terror. Fascinado com a aldeia e a vida rústica e próxima da natureza, o pequeno citadino trava amizade com o velho moleiro Iliá, que lhe ministra aulas de "demonologia", íntimo que é das várias entidades maléficas do folclore russo: o espírito da casa, o das águas, o das florestas e a *kikímora*. Ao quarteto de esforçados malquerentes da espécie humana, Leskov adiciona um demônio de carne e osso, o "terrível bandoleiro" Selivan, que não destoa dos companheiros nem no nome: o russo Selivan provém do Silvano latino (*vide* Bernardes). Porque vivia na floresta e evitava contato com as pessoas, era considerado bruxo e, portanto, perseguido. Os sortilégios atribuídos a Selivan não resistem nem ao mais condescendente olhar da razão e são descritos com ironia pelo escritor; ao mundo da vigília, em que a gente grande diz os maiores disparates e não se comporta da melhor maneira, contrapõe-se o mundo do sono, em que o menino vê o impreciso vulto de Selivan na moldura de delicadeza e bondade da sua real pessoa, como se, em tais horas, o coração da criança, qual fonte livre dos elementos turvadores nela despejados pelos adultos, pudesse apanhar a verdade sobranceira à estupidez humana. Essa é a joia guardada pelo escritor em tão caro escrínio para revelação no final do conto. O Bem, enfim, triunfa sobre o Mal, em presença de todos os outros elementos do gênero: situações de desespero, natureza em convulsão, apaziguamento das aflições. A moral é apresentada pelo narrador e homem já com algumas cãs, mas ela vem como soma das coisas por ele vividas na tenra idade e como resultado da sua experiência de vida. O tom edificante do remate, ao contrário do proselitismo religioso do final de "A fera", não cria um problema de verossimilhança, mas, de outra parte, não deixa de causar certo incômodo.

À luz de tudo o que se disse nos parágrafos precedentes, pode dizer-se, *grosso modo*, em relação a Leskov, que o conto de *sviátki* é o conto natalino despojado do apelo ao sobrenatural e mágico. A estrutura permanece intacta: uma situação desesperadora (como a dos dois meninos pequenos, largados para trás pelos adultos na floresta de Selivan; o "caso gritante" da velhinha); algum quadro de terror (a lúgubre harpa eólica do senhor escravocrata, em cuja propriedade até as aves temiam cantar; o pernoite de uma família na estalagem do homem tido e havido como bruxo e homicida); um fenômeno natural brutal, com o desencadeamento dos elementos (o frio, que matava ovelhas; a nevasca, sob a qual quase perecem os regressantes da cidade); uma milagrosa mudança do mundo, com os engenhosos desenlaces das histórias, e o trânsito da personagem do sofrimento à ressarcidora ventura (até os animais passam a ter uma vida feliz, com a conversão da "fera" em cordeiro da filantropia; Selivan conquista a estima geral e a sua estalagem enche-se de hóspedes). O elemento fantástico substitui-se pelo colorido local, sabiamente explorado em traços impressivos e imprevistos: em um espetáculo da crueldade humana intervém não o dedo de um deus onipotente, mas o furor e o desespero de um urso (por sinal, o animal símbolo da Rússia), que, no esforço de livrar-se de um madeiro preso à sua mão por um pedaço de corda, gira-o acima da cabeça como uma arma e, justamente por isso, consegue escapar à morte; na busca por justiça, os paladinos de uma pobre mulher com uma grossa dívida por cobrar não são anjos sob a toga impecável de magistrados, mas dois representantes típicos da sociedade de então e personagens rentes da literatura realista russa — um funcionário público e um ex-soldado, ambos com cadastro na polícia e movidos a vodca; bruxas montadas em vassouras e feiticeiros de barbas longas não conseguiriam montar um teatro de horror e vileza mais repugnante do que o apresentado por certo mercador em um restaurante e uma igreja, com a colaboração de cocheiros, músicos ciganos e freiras.

A reinterpretação dos cânones de gênero constitui um princípio-chave da poética de Leskov. Ele deixou reflexões acerca de questões literárias, em especial o conto de *sviátki*, em cartas e artigos e, também, diretamente em várias obras de ficção. Por exemplo, da seguinte maneira define-o uma personagem de "Colar de pérolas" (*"Jemtchújnoie ojeriélie"*, 1885): "É um tipo de literatura em que o escritor se sente tolhido pela forma exígua e bem delimitada. Do conto de *sviátki* exige-se, sem falta, que ele traga uma história coincidente com fatos de uma noite do período, que ele tenha algo de fantástico e encerre alguma moral, ainda que a simples negação de algum preconceito pernicioso, e, por fim, que ele termine de maneira necessariamente alegre. A vida é pobre em acontecimentos desse tipo, e, por isso, o autor obriga-se a inventar uma fábula adequada ao programa. Daí a grande artificialidade, a afetação e a monotonia, que se notam nos contos de Natal". Ao que outra personagem retruca e faz um adendo importante: "[...] e também o conto de *sviátki*, encontrando-se dentro dos limites dela,[5] ainda assim pode variar e apresentar uma curiosa multivariedade, refletindo em si a sua época e os costumes desta".

E escreveu Leskov, no prefácio à coletânea de contos de *sviátki*, publicada em 1885: "Desses contos, apenas uns poucos possuem um elemento de maravilhoso — no sentido de suprassensorial e misterioso. Nos demais, o extravagante e enigmático baseia-se não no sobrenatural ou suprassensorial, e, sim, decorre de particularidades do espírito russo e de tendências sociais, que, para muitos, inclusivamente o autor destes contos, se mostram, em medida significativa, estranhas e admiráveis".

Ele conseguiu alargar os limites da fórmula e produzir obras relevantes, pintando quadros vivos da realidade russa de então, que atendiam à forma e ao programa do gênero, com a descrição do comportamento bestial da aristocracia rural, da carolice hipócrita e desregramento dos ricos e do peso do regime burocrático e corrupto sobre a vida dos cidadãos comuns, em contraposição à grandeza moral de um povo ignorante e indigente.

A opressão dos fracos, o desespero dos desvalidos e o precário destino dos excluídos da sociedade aparecem nos mais diversos cenários da luta do Bem com o Mal, em um tipo de relato em que Leskov via um gênero literário (na acepção hodierna) com forma e conteúdo definidos, e os correspondentes princípios de construção do enredo e procedimentos da narrativa.

---

[5] Da referida monotonia e uniformidade.

Os "justos" desta coletânea

Em 1880, Leskov publicou, em Petersburgo, a coletânea *Três justos e um Cheramur*. No prefácio, ele relatava as impressões penosas de uma visita ao escritor Aleksei Píssemski (1821-1881); este, hospedado em um hotel da cidade, estava a sentir-se muito mal, e não só moralmente, com a retirada dos palcos de uma sua peça, na qual todas as personagens eram gente sem préstimo. Leskov ter-lhe-ia dito que ele não devia haver descrito apenas pessoas ruins, ao que Píssemski respondeu que só escrevia o que via e que tudo o que via na Rússia eram canalhas e canalhices, e foi mais longe: "[...] mas que posso eu fazer, quando nem na minha alma nem na tua não consigo enxergar nada, exceto torpezas?". Ele partiu de Petersburgo no dia seguinte, deixando Leskov em duro trato com as ideias.

"Como — pensava eu —, será que, realmente, nem na minha alma nem na dele, nem em nenhuma outra alma russa, não é possível encontrar nada mais do que torpezas? Será realmente que tudo o que é bom e generoso, apanhado pelo olho de outros escritores, não passa de invenção e tolice? Isso não é apenas triste, senão também terrível. Se, como reza a crença, sem três justos, cidade nenhuma para em pé, então como poderá manter-se em pé a terra inteira só com a torpeza que vive na minha alma e na tua, leitor? Tal pensamento era horrível e insuportável para mim, e eu saí, então, a procurar por homens justos, com a promessa de não descansar, enquanto não encontrasse nem que fosse uma quantidade pequena de justos, sem os quais nenhuma cidade consegue ficar em pé, mas, para onde quer que eu me dirigisse e a quem quer que eu perguntasse, todos respondiam, mais ou menos, que nunca haviam visto pessoas justas, porque toda a gente era pecadora, e que, vá lá, a uma ou outra pessoa boa conheciam. Comecei, então, a fazer apontamentos acerca delas. Se são homens justos ou não, não sei — pensava comigo —, mas é preciso coligir tudo e depois averiguar o que aqui se eleva acima da linha da simples moralidade e é, portanto, santo aos olhos lá de cima."

Cabe dizer que, desde o início, Leskov apresentara tipos positivos nas suas obras. Com o romance *Gente da catedral* (*Soboriánie*, 1872), na pessoa dos sacerdotes Tuberózov e Benefáktov e do diácono Akhilla, o tema dos "justos" torna--se o principal para ele nos decênios de 1870 e 1880. A determinação em buscar pessoas de tal quilate torna-se a estrela-guia do escritor, para quem a arte "deve e até é obrigada a preservar, o mais que puder, todos os traços da beleza popular". Os justos de Leskov têm merecido estudos abrangentes e circunstanciados de críticos russos e estrangeiros e ocupam digno lugar na literatura russa.

O seu anseio de representar tipos admiráveis sob o aspecto moral era, ironicamente, consoante com a diretriz, pregada para a literatura russa por nomes do extremo oposto do espectro político, como Herzen, Dobroliúbov, Píssarev e Saltikov-Schedrin. Eles expressavam insatisfação com o grau de profundidade da representação da gente simples pelos escritores; o primeiro, por exemplo, achava que os literatos de tendência progressista tinham conhecimento apenas abstrato das condições de vida das camadas populares, e o último, um dos expoentes do realismo crítico, escreveu, no artigo "Temores vãos" (*"Naprásnie opassiénia"*, 1868), que uma condição para a existência de uma nova literatura russa era um olhar mais atento às classes sociais mais baixas e a revelação de tipos russos positivos. Leskov, crescido entre os servos da pequena propriedade paterna e viajante por deveres de profissão, conhecia de perto o povo, as suas condições de vida, virtudes e defeitos.

Leskov ingressara na literatura numa época de grandes reformas econômico-sociais. No centro da atenção dos escritores estava a questão camponesa e a defesa dos direitos do indivíduo perante o aparelho burocrático do Estado e do Capital, que se fortalecia. Problemas que sempre estiveram no campo de visão de Leskov: a incúria e inépcia na gestão da coisa pública, o burocratismo, os privilégios, o regime de arbitrariedades e o desrespeito aos direitos individuais. Isso levou-o a um dos seus temas preferidos: o destino amiúde trágico das pessoas talentosas da Rússia.

Leskov criou uma quantidade de personagens novas e peculiares, russos típicos das camadas mais pobres, que se distinguiam pela estatura moral, desprendimento dos bens materiais, altruísmo, religiosidade profunda e, não raramente, também por engenho, habilidades manuais e dotes artísticos — os "justos" ("*právedniki*"). Apresentam-se, praticamente com precisão documental, caracteres, destinos e ações verdadeiramente admiráveis, dos quais o mais imponente, pela riqueza da natureza da personagem e pela gravidade das situações por ela vividas, é Ivan Fliáguin, de "O peregrino encantado". Os principais conflitos do enredo, sobre que assentam os contos e novelas dos "justos", soem ser não a contraposição de ideias, doutrinas e teorias, mas a colisão do Bem e dos impulsos generosos de alguns com a fria indiferença, a decência de fachada, a esperteza desavergonhada, a futilidade e crueldade de outros. Leskov tinha a experiência do conhecimento direto e profundo da vida do povo, e com tal pôde alargar as fronteiras da realidade, espelhada pela literatura. A sua obra mostra-nos a Rússia inteira, na variedade da sua composição humana e social e na vastidão da sua extensão territorial.

A figura desses "justos" lança uma condenação à mentalidade egoísta de então. Ao contrário, porém, da pregação de Leskov, as boas causas, tocadas por indivíduos isolados, até podem combater o Mal social cá e acolá, mas vencê-lo só é possível com a mudança dos sistemas político e econômico.

Agora, algumas observações acerca das personagens dos contos da coletânea. Em três deles, não temos nenhum justo. "O expele-diabo" traz à memória a conversa de Leskov com Píssemski, pois todas as suas personagens são pessoas desagradáveis; o estranhamento do jovem provinciano comunica-se ao leitor e à leitora. Como, para bem e para mal, Leskov, à época já distanciado da Igreja Ortodoxa, em tudo mete religião, não se pode não falar, ainda que brevemente, da sua representação dos homens e mulheres de hábito escuro e talar, por uma parte, e dos seculares "pegados com deus", da outra. Em primeiro lugar, como é direito das senhoras, vêm as freiras, aqui mostradas como caixeiras da loja da fé: a moeda corrente, para elas, não são a compunção sincera dos pecadores, o pranto de fogo das paixões fatídicas e as promessas lacrimosas de correção do rumo da vida individual, mas o rublo, que vai para o cofre da instituição; por outras palavras, quanto maior a bolsa do penitente, tanto maior, na confraria, a sua patente. O mercador adquire na igreja a absolvição da sua "alma" e vai para casa limpinho de espírito, tal qual saíra lavado de corpo da casa de banhos; tudo muito simples, pois, pelo fato de a personagem ser um homem de negócios, reforça-se a ideia de que tal prestação de assistência espiritual por parte das religiosas é meramente uma operação comercial, uma transação monetária. (Muito diferente do que faz o padre de "A fera", que com o discurso de "um verdadeiro cristão" vira o leme à barca de crueldades de um monstro de província e move-o à prática da filantropia.) E a canalhice, oculta sob a severidade de costumes, o farisaísmo dos frequentadores de missas, que rumam impassíveis para o templo e fingem não enxergar a órfã faminta que dorme abraçada a um cão sob as chuvas do outono? E o sacerdote vulgar, armador de sarilhos em trens, que viaja uma noite inteira não por impulsos de serviço a uma ideia ou causa, mas por uma "notinha de dez"? O elenco de horror completa-se com os minorais e maiorais da Igreja em "O artista dos topetes" e "A sentinela", e o santarrão Marko, criminoso a quem, como a tantos outros, o fervor religioso dá uma roupagem de disfarce (ao seu desmascaramento, ficamos a saber que a tragédia do jovem alferes não o abalara nem o movera à confissão do furto; mais, ao lavar o corpo ensanguentado do suicida, ele como que tenta lavar o sangue da espúria consciência). Mas nem tudo é joio nas searas da fé, pois há o capelão de regimento, revolucionador da arte de fumar, o único representante verdadeiramente simpático da classe eclesiástica representada na coletânea, o qual, com a sua bondade e envolvimento nos assuntos mundanos, traz um pouco de pureza e decência à vida de homens desinteressantes e boçais.

Levantou-se, nos exemplos, apenas a pontinha de questões morais e doutrinais, aventadas mais detidamente por Leskov em artigos de jornal e obras muito significativas, como "Golovan, o não mortal", "O canhoto" e "Mesquinharias da vida de um arcipreste". Com o renegar a imagem idealizada, que dera à Igreja Ortodoxa em "Gente da catedral", na última fase da sua obra ele faz da instituição o principal alvo de sátiras ferinas, tanto mais contundentes por virem de alguém de profunda crença cristã. A crítica soviética enfatizou esse lado herege, antidogmático, do escritor, esquecida, porém, de que ele, tal como o nosso Eça de Queiroz, era inimigo dos padres, não da religião. Mas fiquem lá os crentes e os teólogos com o problema e resolvam-no como acharem por bem, que a nós outros interessa outra coisa: a ação dos justos no seu meio social e na qualidade de pugnadores pelo Bem.

Em "A fera", o servo identifica-se ao urso domesticado. Ambos representam itens do patrimônio de um latifundiário, que deles pode fazer o que lhe aprouver; não constituem, porém, objetos de matéria inerte, qual enxada ou roda de carroça, e podem, de alguma maneira, interferir no próprio destino. Enquanto Sganarel segue a evolução do seu instinto e põe as patas na senda da sua natureza de predador (entra a fazer "travessuras"), o escravo Ferapont permanece estático e adere ao tirano. Só o grande amor ao nobre animal, cuja morte consegue evitar, salva a sua figura. Ao sacrificar-se pelo amigo, abala o mundo dos valores do senhor feudal; este, ao ver o não acatamento da sua vontade, sofre a paralisante comoção moral da qual se aproveita o sacerdote oportunista para vender a sua treta. Carrascos não adotam o humanismo como norma de vida da noite para o dia, se é que em algum dia incerto do futuro possam querer fazê-lo, mas acontece o impossível; o tio da personagem-criança, já no mesmo dia, torna-se um homem bom, tão generoso, que até as aves de quilômetros e quilômetros em redor da sua propriedade, agora convertida em república do amor ao próximo, passam a dedicar a ele os seus gorjeios e trinados. Fica-se com um travo na boca e as mãos crispam-se, pois dos oprimidos espera-se que se sublevem contra os opressores. Ora, nem toda a gente espera tal coisa, e a religião abre margem para arranjo; Leskov repudiava a ideia de transformação da sociedade pela mudança do sistema político-econômico e, embora inimigo do regime de servidão, achava que o perdão das ofensas recebidas e o seguimento da doutrina cristã bastariam a transformar o mundo. Agora, se é verdade que as pessoas aferradas a ideias conservadoras não estão necessariamente erradas, muito mais verdade é que poucos se dispõem a deixar o feito pelo não feito, pois têm muito brio e pouca tolerância a maldades (haja vista a reação dos habitantes de uma cidade, depenados por um banqueiro, a quem um funcionário do necrotério dera a aparência beatífica de quem estivesse a palestrar com os anjos, no citado conto de Bret Harte). "A fera" constitui uma obra-prima na descrição realista do mundo russo e das suas, digamos, expressões endêmicas, e não se infringiu a veracidade artística do caráter. Ferapont nascera naquela aldeia, crescera com as ervas, a pequena criação doméstica e os ursos, era analfabeto e nunca saíra dali, portanto, não podia ter nem a mais remota ideia de coisas como liberdade, igualdade e fraternidade.

Trata-se de um aspecto relevante da personagem, porque o justo seguinte, o "artista dos topetes", distingue-se de Ferapont precisamente por ele. Repete-se a situação de luta do Bem com o Mal em um mundo em que pobre é bom e rico é mau, mas o escravo, agora, enfrenta o tirano, porquanto possui um aparato mental superior, desenvolvido no contato estreito com a arte dramática e no uso intensivo dos seus dons artísticos de cabeleireiro e maquiador. Ele aprendera a imaginar os rumos possíveis da própria vida, no exercício diário de comunicar, por rostos, barbas, cremes e penteados, as ideias prescritas aos atores das peças. Não obstante a margem mínima de liberdade de movimentos, empreende o plano de fuga, malogrado apenas pela cobiça e covardia de um homem da Igreja. Repete-se, também, embora sem abalo psíquico do opressor, o reconhecimento, por ele, da superioridade moral do servo, que, agora sim, mete-se no mundo para alforriar a si e resgatar a noiva. Não há o aprofundamento psicológico da personagem, mas o seu vulto, esboçado na distância do tempo, brota vivo, nos traços essenciais de gentileza, louçania, inteligência e destemor, do relato pungente, feito em tons crepusculares pela mulher, a quem aguardava mais uma noite de saudade do noivo da sua juventude.

Arkádi perece não por obra do senhor escravocrata, mas de um citadino dos estratos sociais mais baixos; perpetra-se um crime não por ódios de classe, mas por cobiça. A verdade insinua-se pelos desvãos da representação artística, pois no mundo os contrários podem achar-se juntos. Em "O papão", a clara fronteira traçada entre Bem e Mal nos contos cuja ação transcorria antes da libertação dos servos apaga-se completamente. Selivan sofre na mãos dos seus iguais em condição social, e verifica-se que os pobres também podem ser muito maus; a ignorância mora a paredes-meias com a crueldade, e os preconceitos fortalecem-se com uma crosta de indiferença ao sofrimento impingido aos outros. Enquanto Leskov desfila as infâmias e patifarias praticadas pelos habitantes de Krómi contra Selivan, e mostra-as como produto da mais ignóbil estultice, esculpe-se em relevo a fortaleza moral do estalajadeiro de beira de estrada, zurzido ainda pela pobreza extrema. Ela lembra os fornos das casas da aldeia que se vê destruída no filme *A infância de Ivan* (1962), do realizador Andrei Tarkóvski; em volta, só terra devastada, chuva, lama e mais nada, e eles lá, em pé, firmes.

Com os contos dos outros dois "justos", "O papão" tem em comum o fato de o narrador reviver acontecimentos da sua infância. O leitor e a leitora acompanham os arroubos, curiosidades, descobrimentos e medos da personagem-criança e recebem, como dividendos, o alvitre de reexperimentarem o assombro diante de coisas singelas da primeira quadra das suas vidas, cujo significado e magnitude se lhe revelaria apenas muito mais tarde. O Bem triunfa sobre o Mal, em presença de todos os elementos do gênero "conto de *sviátki*": situações de desespero, natureza em convulsão, apaziguamento das aflições. A moral é apresentada pelo narrador e homem já com algumas cãs, mas ela vem como soma das coisas por ele vividas na tenra idade e como resultado da sua experiência de vida; o tom edificante do remate, ao contrário do proselitismo religioso do final de "A fera", não provoca rejeição.

O escritor foi um denunciador corajoso das iniquidades de um Estado corrupto e despótico, e da degeneração moral das classes dominantes e dos aliados destas. A muitos seus admiradores, no entanto, não apraz a tendência do seu humanismo a renegar as exigências de classe pelas promessas da religião e a proclamar o melhoramento individual como o único meio de vencer a desigualdade e a injustiça. Segundo tal orientação, a justa reação à bofetada deve dar lugar à resignação, à dita não resistência ao Mal, cujo caldo de cultivo permaneceria, portanto, intacto; mais, os revoltados devem sentar-se e esperar por um milagre, como o ocorrido em "A fera". Ao ridicularizar, nos romances antiniilistas *Sem ter para onde ir* (*Niékuda*) e *Em pé de guerra* (*Na nojakh*), as ideias de transformação da Rússia pela via política revolucionária, Leskov afirma que se deveria esperar até ao dia em que na sociedade fosse majoritário o tipo humano das poucas personagens positivas neles mostradas, moços e moças dotados de um conteúdo moral testemunhador da possibilidade de evolução social e espiritual de todo um povo.

Um problema de tradução

Leskov dizia que os seus textos eram reconhecíveis até sem a sua assinatura. Tal decorreria da sua especial "impostação de voz" (*"postanovka gólossa"*). Isso, pelas palavras do próprio escritor, "consiste na capacidade de dominar a voz da personagem e não destoar dela, passando de contralto para baixo. Esforcei-me para desenvolver tal capacidade e acho que consegui fazer os meus sacerdotes falarem como gente da igreja, os mujiques como mujiques, e os arrivistas e os histriões falarem com floreios. Já eu por mim, no discurso puramente literário, falo com a linguagem dos contos maravilhosos antigos e uma linguagem eclesiástico-popular".

Ele escreveu que não inventara linguagem nenhuma e que o que se lia, na maioria dos seus livros, era a fala sorrateiramente apanhada, durante as suas muitas viagens pela parte europeia do país, da boca dos mujiques, dos pseudointelectuais, das pessoas bem falantes, dos mendigos videntes e dos santarrões. Pelas palavras de um crítico de então (Olieg

Miénchikov), Leskov erigira um "museu de todos os falares" da Rússia, com "todos os elementos do oceano da linguagem russa", como a dos cronistas históricos, a de salão, a dos funcionários públicos, a dos contos maravilhosos, a dos padres de aldeia, a dos dogmáticos e escolásticos, a dos andarilhos e dos artesãos. Ao resultado desse seu trabalho, Viktor Chklóvski, no livro *Teoria da prosa*, chamou "um enorme, verdadeiro, poderoso e novo russo, a rocambolesca linguagem dos pequeno-burgueses e dos parasitas".

A linguagem de Leskov é realmente especial, mas constituirá o principal assunto tratado em futuro trabalho dedicado a ele. Na presente, as questões eram pontuais e, cremos, foram suficientemente clarificadas nas notas aos contos. O nosso dever, agora, é confessar ao leitor e à leitora um expediente, a que nos compeliu o paladino da justiça, conhecido como o "velho gênio". No original, a velha senhora pergunta-lhe não o grau de escolaridade, mas o seu *tchin*, ou seja, a sua patente na escala hierárquica do serviço público da Rússia de então. Leskov usa tal palavra em um jogo inteligível só para quem estiver de posse de algumas informações históricas. Uma breve digressão impõe-se, portanto.

No início do século XVIII, com a modernização do país, tocada por Pedro, o Grande, criou-se um Exército regular com nova estrutura hierárquica e alargaram-se as esferas da administração pública, pelo modelo de instituições alemãs, inglesas, suecas e holandesas. Em 24 de janeiro de 1722, o tsar promulgou uma Tabela das Patentes ou Escala Hierárquica (*Tábel o rángakh*), que estabelecia catorze categorias de patentes (*tchins*) militares, civis e cortesãs, colocadas em rigorosa correspondência entre si. Assim, por exemplo, o posto mais alto da hierarquia civil (chanceler, encarregado das relações diplomáticas) correspondia ao de marechal de campo no Exército e almirante de esquadra na Marinha. Os civis trajavam farda, de cor azul-marinho, com as divisas e insígnias correspondentes ao posto. A carreira militar, como seria de esperar para um país que se afirmava como potência, tinha mais prestígio e pagava melhor soldo.

As patentes civis eram as seguintes: XIV — registrador colegiado (a mais baixa), XIII — registrador de gabinete, XII — secretário de província, XI — secretário de governo, X — secretário naval, IX — secretário colegiado, VIII — conselheiro titular, VII — assessor colegiado, VI — conselheiro à corte, V — conselheiro colegiado, IV — conselheiro de Estado, III — conselheiro privado, II — conselheiro privado efetivo e I — chanceler.

Todos os funcionários públicos com posto contemplado na Tabela, à semelhança dos oficiais militares, passavam a pertencer à nobreza. No início, esse título foi concedido, inicialmente, inclusivamente aos servidores da categoria XIV (por lei de 9 de dezembro de 1856, o privilégio restringiu-se aos civis da categoria IX para cima e passou a ser hereditário para os da IV e superiores e, no caso dos militares, a partir da VI). O pai de Leskov, Semion Dmítrievitch Leskov, depois de recusar-se a seguir a carreira eclesiástica, pelo que fora deserdado pelos pais, e de trabalhar no comércio e na administração privada, entrou no serviço público como investigador de polícia; pela sua capacidade de deslindar os casos mais complicados, recebeu a patente de registrador colegiado e o correspondente título de nobreza.

As promoções implicavam permanência durante determinado período de anos em um posto, e o prazo podia abreviar-se por alguma especial distinção no cumprimento das atribuições. Uma pessoa podia passar a vida em uma mesma patente, como o atesta o chefe de estação de um dos "Contos de Biélkin", de Púchkin. Até ao ano de 1856, os tempos de serviço em cada posto variavam conforme a origem social da pessoa, sendo menores para os nobres, mas aos poucos tornaram-se iguais para todos. Em 1906, eles eram: classes XIV

— IX, 3 anos; VIII, VII e VI, 4 anos; V, 5 anos; IV, 10 anos; daí para cima, a promoção ficava a cargo do próprio imperador. Em 1916, por exemplo, nas três categorias civis mais altas, havia cerca de 800 pessoas. A obtenção de um diploma de curso superior dava ao civil o direito a ingressar no funcionalismo público já como servidor de classe XII ou até à VIII, dependendo do prestígio do estabelecimento de ensino e do desempenho acadêmico da pessoa. Ordem análoga vigorava no serviço militar; nele os prazos para promoção às patentes mais altas eram maiores, e já a partir de capitão para major, só com a abertura de vagas. As patentes civis e cortesãs podiam conferir-se, por méritos julgados especiais, a pessoas de fora do serviço público — em particular, mercadores, categoria profissional, aliás, muito presente na obra de Leskov.

Com o tempo, essa escala hierárquica sofreu muitas mudanças, com a supressão de algumas categorias e a inclusão de outras, mas no essencial perdurou até à Revolução de outubro de 1917, quando foi abolida.

Em suma, os funcionários públicos russos, até à implantação do regime soviético, possuíam uma estrutura hierárquica semelhante à dos militares. Eram catorze *patentes* (*tchins*) *civis*, das quais o nosso "velho gênio" detinha a mais baixa: *registrador colegial*, conferida ao chefe da seção de protocolo de algum órgão público importante (recepção de documentos, sua cópia, emissão, distribuição etc.). Quando a velhinha lhe pergunta o seu posto na tal tabela, a sua resposta é: *na mnie tchin iz tchetírnadtsati ovtchin* — "eu tenho um *tchin* composto de catorze *ovtchin*"; esta última palavra é o genitivo plural do substantivo *ovtchina*, "pele de carneiro". Tradução literal: *a minha patente civil é a das catorze peles de carneiro*.

A ideia subjacente ao jogo de palavras do original é a colocação, lado a lado, de coisas cujos significantes são muito parecidos mas cujos significados não têm nem o mais remoto ponto de contato. Por outras palavras, *tchin* e *ovtchin* são como *alho* e *bugalho*: quase iguais no som, mas completamente diferentes pela origem e pelo significado.

Primeiramente, tivemos *tchin* em mente como "estrato civil". O motivo foi o poder agregar sentido (falso, é verdade) à palavra, já que o leitor e a leitora seriam levados a pensar na situação conjugal da personagem. O passo seguinte foi procurar uma palavra que englobasse esse "estrato" sem ter nem a menor relação semântica com ele e aludisse ao fato de que, como bem diz a personagem, a roupa faz o homem, como parte da, digamos, exterioridade duma pessoa, a qual inclui, ainda, a aparência, o semblante, o ar da pessoa. Pois bem, o nosso gênio justiceiro afirma que, ao vestir um traje diferente (especificamente, um sobretudo de pele de carneiro, vestido ao avesso), muda de identidade e sobe ou desce na escala hierárquica; de acordo com a tarefa (qualquer causa já quase perdida), usa esta ou aquela fachada; por outras palavras, muda a sua feição (e, consequentemente, também a fatiota) segundo a situação; é, portanto, um homem de muitas caras, com um *retrato* para cada ato. Chegou-se, então, a: "o meu *estrato* é de catorze porta-*restratos*", solução absolutamente insatisfatória.

O grande problema é que a segunda parte da resposta do "velho gênio" alude à ação de a pessoa pôr sobre o corpo a unidade componente do *tchin* dela — o sobretudo feito de pele de carneiro: "*kakúiu zakhotchu, tu cherstiu vvierkh vorotchu*": *o que eu quiser, eu viro com a lã para cima*; o nosso herói toma um casaco, vira-o ao avesso e fica com a patente ou graduação civil mais conveniente para esta ou aquela empreitada. O narrador, nessa passagem, remete o leitor e a leitora ao mundo dos contos maravilhosos russos, em alguns dos quais princesas e outros seres encantados vivem sob a pele de algum animal e, à necessidade de intervir no rumo dos acontecimentos, tiram-na de si e assumem a figura humana. Uma solução parece surgir, quando se associa *tchin* a prestígio social (mais alto aquele, maior este); a atividade da personagem consiste na defesa do interesse de pessoas desesperadas: ela trabalha por *encomenda*; e um sinal de distinção perante a sociedade daqueles tempos, meramente honorífico, é verdade, era a *comenda*, algo, enfim, que se pode vestir; a palavra é um substituto português capenga para *tchin*, mas entra inteiro no substituto de *ovtchina*: "eu tenho a comenda das catorze encomendas". Tecnicamente, a solução é aceitável, mas só até aqui, já que a comenda pode ser, no máximo, uma faixa, que se põe ao peito e não protege ninguém do frio e, virada ao avesso, não dá nenhuma distinção. Na continuação da fala do "velho gênio", ter-se-ia, na melhor das hipóteses, algo como: "a que eu escolho, eu visto com o avesso pro olho" ou "eu escolho a aparência conforme a incumbência".

Em seguida, tentou-se trocar a peça de vestuário (sobretudo de pele de carneiro) por um objeto qualquer de outra esfera de uso das pessoas e experimentou-se traduzir *tchin* como "*grau* civil". Então, a gabolice do nosso trampolineiro, que é também a afirmação orgulhosa, embora pouco séria, do préstimo de um marginalizado, ficou, por fim: "*o meu grau é o dos catorze degraus*". E a continuação do período: "Ca forma a situação, eu viro a degraudação" [*Conforme a situação, eu escolho o degrau*].

Confusões semântico-sintáticas desse tipo são comuns na obra de Leskov e difíceis, quando não impossíveis, de reproduzir em outro idioma não eslavo, e o leitor e a leitora puderam comprovar a inutilidade dos esforços do tradutor, que queria manter-se maximamente fiel ao texto russo. E havia ainda dois elementos complicadores da tarefa, a saber, a alusão à *ação de vestir algo* e o uso de frase feita, tirada do folclore. Donde não houve outra saída senão o pôr de parte, por intraduzível, um elemento histórico que, por outro lado, nada mais era do que um *marcador pessoal*, assim como nome, data de nascimento, filiação etc. Preencher o item "*tchin*" de um documento daquela época devia ser tão normal quanto o é hoje, em um formulário de procura por emprego, apontar morada, estado civil e grau de escolaridade.

Percebido isso, o próximo passo foi listar os nomes de peças de vestuário ("calças", por exemplo) e das suas partes ("barra", "braguilha", "cós", "bolso" etc.), bem como o vocabulário relacionado com a moda ("estilo", "decotado" etc.), tecidos ("lã", "casimira" etc.) e o ofício de alfaiate ("tesouras", "pregar botão" etc.), e fazer o cruzamento desses dados com os referentes aos identificadores do indivíduo; na prática, é tomar um elemento de uma lista e tentar obter algo maximamente parecido com um elemento da outra, por acréscimo ou substituição de uma letra ou sílaba. As palavras distribuem-se no nosso espaço mental como as estrelas no céu, e reúnem, em torno de si, todas aquelas com as quais condividem sílabas. Elas compõem-se de partes, que podem agir por conta própria, no sentido de combinarem-se com letras de fora delas; enfim, em cada vocábulo há outros inteiros e pedaços de terceiros. Portanto, cada significante de uma ideia tem, dentro de si, pedaços dos significantes de outras ideias. Basta uma letra, sozinha ou combinada com outras, achegar-se às sílabas de uma palavra, que sejam o tronco do significante de uma ideia ali existente em potência, para que tal ideia se avive, ganhando os faltantes membros e, com tal, expressão plena. A manipulação da palavra faz-se na sua vizinhança sonora e tira do contexto a força de atração para esta ou aquela combinação de letras.

Foi nesse exercício, verdadeiro tiro no escuro, que se obtiveram híbridos estapafúrdios, até que surgiu um *colarinho*, que seguia para a *escola*, *investido* de um *pergaminho* (diploma). Por partes: 1) *grau* dera-nos *degrau*, e *colarinho* deu *escola*; se o alfaiate "vira o *colarinho*" a uma camisa ou japona, para esconder o desgaste da peça, o "velho gênio", para ocultar a sua ignorância e mudar de escola e ficar com um pergaminho mais prestigiado, "vira o *escolarinho*" e vai para um *degrau* mais alto; 2) com a expressão "virar o colarinho" recupera-se a ideia do original russo de "virar um casaco de pele de carneiro ao avesso"; 3) de *prega* tira-se *pregaminho*, que rima com *colarinho*; 4) se a personagem tinha catorze sobretudos (*e fez coleção* deles, portanto), fica, agora, com o mesmo número de títulos científicos; só que 5) para obtê-los, ela, antes, *fez colação de grau* aqui e acolá; e 6) aí, sim, pôde, de acordo com a empreitada, *investir-se* deste ou daquele pergaminho, isto é, aparentar agir e falar com os conhecimentos da pessoa com a dada formação, em suma, entrar no papel escolhido.

Se o leitor e a leitora tiveram a bondade de ler-nos até aqui, haverão, também, de julgar com condescendência a solução a eles apresentada:

"— Já perguntei quem era ele e que grau de escolaridade ele tinha. 'Contar essas coisas, no meio desta gente aqui, não é preciso nem se faz; pode chamar-me Ivan Ivánitch, e eu fiz coleção de grau em catorze degraus. Pra me investir dum pregaminho, é só virar o escolarinho.'"

O tradutor expressa a sua gratidão a Elena Vassiliévitch, doutoranda em Letras da USP, e Ekaterina Víktorona Mázina, colaboradora científica do Museu Leskov (Oriol, Rússia), pelo esclarecimento de inúmeras passagens obscuras dos contos escolhidos para a coletânea. E também a Lucas Simone, Cide Piquet e Alberto Martins, da Editora 34, pelo incentivo e muitas sugestões proveitosas.

Leskov, humanista e satírico

SOBRE O AUTOR

Nikolai Semiónovitch Leskov nasce a 16 de fevereiro de 1831, na pequena cidade de Gorókhovo, província de Oriol. Seu pai, Semión, é um ex-seminarista que ocupa um elevado posto no departamento criminal da região, tendo a fama de ser um brilhante investigador. Em 1839, porém, Semión desentende-se com seus superiores e abandona o cargo, partindo com sua esposa Maria — filha de um nobre moscovita empobrecido — e seus cinco filhos para o vilarejo de Pánino, próximo à cidade de Krómi. É nesse período que o jovem Nikolai entra em contato com a linguagem popular que, mais tarde, tamanha influência exercerá em sua obra.

Em 1847, após abandonar o ginásio, ingressa no mesmo órgão em que anos antes seu pai trabalhara. No ano seguinte, Semión falece, e Nikolai Leskov solicita transferência para Kíev, na Ucrânia, o que ocorre em 1849. Nos oito anos que passa na região, frequenta como ouvinte a universidade, estuda a língua polonesa e trava conhecimento com diversos círculos de estudantes, filósofos e teólogos. Em 1853, casa-se com Olga Smirnova, filha de um mercador local, de quem se separaria no início da década seguinte.

Entre 1857 e 1860, trabalha numa empresa comercial inglesa, o que lhe propicia a oportunidade de viajar por diversas regiões da Rússia. As experiências desse período — descrito pelo próprio Leskov como a época mais feliz de sua vida — servirão de inspiração para muitas de suas histórias. De volta à cidade de Kíev, assina pequenos artigos e comentários em periódicos locais.

É apenas em 1862, já em São Petersburgo, que Leskov inicia sua carreira literária, publicando, sob pseudônimo, o conto "A seca". No mesmo ano, escreve, para a revista *Siévernaia Ptchelá* (*A Abelha do Norte*), um controverso artigo a respeito dos incêndios — provocados por estudantes do movimento niilista e por grupos nacionalistas poloneses — que à época assolavam a capital. O texto estabelece uma polêmica tanto com os liberais quanto com os conservadores. Em 1864, surgem duas de suas obras mais conhecidas: o romance *Sem ter para onde ir* e a novela *Lady Macbeth do distrito de Mtzensk*.

Já na década de 1870, após uma crise religiosa, rompe com a Igreja e publica *O anjo selado* (1872), além de uma série de artigos anticlericais. Entre 1874 e 1883, trabalha no Ministério da Educação, mas acaba dispensado por ser "demasiado liberal". Nesse período, surgem algumas de suas mais famosas narrativas, como as novelas *O peregrino encantado* (1873) e *Nos limites do mundo* (1875), e os contos "O canhoto vesgo de Tula e a pulga de aço" (1881), "Viagem com um niilista" (1882) e "A fera" (1883). Seu distanciamento em relação à Igreja Ortodoxa aumenta em 1887, quando conhece Lev Tolstói e adere a muitos de seus preceitos. Referências a essa nova postura aparecem em *Os notívagos* (1891).

Nos últimos anos de vida, Nikolai Leskov segue produzindo contos e peças e até auxilia na edição de suas obras completas, mas torna-se cada vez mais debilitado por conta de uma séria doença cardíaca, vindo a falecer em 5 de março de 1895. A despeito da relativa notoriedade de que gozou em vida, é apenas após a sua morte, na esteira de textos de Maksim Górki e de Walter Benjamin, que Leskov passará a ser reconhecido como um dos grande nomes da literatura russa do século XIX.

SOBRE O TRADUTOR

Noé Oliveira Policarpo Polli possui graduação em Matemática pela Universidade de São Paulo e doutorado em Literatura Russa pela Universidade Estatal de Moscou. Atualmente é professor de língua e literatura russas na Faculdade de Filosofia, Letras e Ciências Humanas da USP. Publicou diversos artigos em revistas acadêmicas, além de traduções, como a coletânea *O bracelete de granadas*, de Aleksandr Kuprin (Globo, 2006), os contos "Neve", de Konstantin Paustóvski, e "Viagem com um niilista", de Nikolai Leskov, que integram a *Nova antologia do conto russo (1792-1998)* (Editora 34, 2011), e a coletânea de contos de Nikolai Leskov, *Homens interessantes e outras histórias* (Editora 34, 2012).

ESTE LIVRO FOI COMPOSTO EM SABON,
PELA BRACHER & MALTA, COM CTP DA
NEW PRINT E IMPRESSÃO DA GRAPHIUM
EM PAPEL PÓLEN SOFT 80 G/M² DA CIA.
SUZANO DE PAPEL E CELULOSE PARA A
EDITORA 34, EM OUTUBRO DE 2021.